Florian Forestier

Basculer

roman

belfond

Conception graphique de la couverture : look specific, Jad Hussein

Belfond | un département **place des éditeurs**

place
des
éditeurs

À mes parents

Je ne peux pas m'arracher à l'impression que c'est enfin arrivé. Quelque chose qui ne tenait plus que par un fil vient de craquer, je suis de l'autre côté du temps. Tout se confond. Les masses bleues béantes, le soir déjà agité d'étoiles, sa lumière qui coule sur moi par la fissure où j'ai glissé, et là-haut, les lueurs qui tremblent et se démultiplient en cercles éclatants. Le ciel lui-même est gelé. Il est bleu et violet, comme le plafond peint d'un palais. Une lune plate, irréelle et translucide, couronne la présence noire d'une montagne, extraordinairement nette dans la nuit. Ses ombres, ses plis, ses écharpes glacées qui boivent l'obscurité.

Aucun souvenir de la chute. Tout est en lambeaux, de toute façon. À l'abord des premiers restes de neige, j'ai voulu chausser mes crampons, mais je n'ai pas su les fixer. Je n'ai pas renoncé à monter. Je ne renoncerai plus jamais à rien. L'avenir est si petit, si gris. Le mien comme celui du monde. Et de toute façon, rien ne tient plus en place au flanc de cette montagne. Le sol s'effrite comme du sable, les rochers vibrent quand on les touche, et, dessous, la pente abrupte, accélérée, tout droit jetée sur les falaises. Je me souviens d'avoir avancé dans un tunnel. Chaque pierre qui roulait me faisait sursauter. D'avoir posé le pied sur la neige dure avec la sensation d'embrasser la mort, regardé la pente fuyant en toboggan vers les barres rocheuses, curieux du moment où je tomberais.

Je ne suis pas tombé. J'ai débouché sur le glacier presque par surprise. Comme un marin, je me suis hissé sur la corde de métal accrochée aux derniers rochers. J'ai battu des bras dans le blanc, cherché ma respiration dans une énorme rafale. Après, il n'y a plus eu que la brume, le plat désert du glacier, çà et là troué d'ombres noires et de rocs. Le blanc, puis le noir, et maintenant le bleu.

AVIS DE DISPARITION

Le PGHM fait appel à la communauté pour retrouver Daniel Fresse. L'homme de trente-huit ans a disparu dans le massif des Écrins. Il a été aperçu pour la dernière fois mardi 14 juillet au niveau du refuge des Pléiades, à 2 568 mètres d'altitude. L'homme avait manifesté son intention d'aller au sommet de la Grande Borne. L'alerte a été donnée par la famille du randonneur ce vendredi, vers 19 heures. Son véhicule a été retrouvé ce lundi aux alentours de midi. Le PGHM exhorte les personnes disposant d'informations à appeler le 17 (gendarmerie).

Au cours des derniers 500 millions d'années, la vie sur Terre a presque totalement disparu à cinq reprises, à cause de changements climatiques : une intense période glaciaire, le réveil de volcans et la fameuse météorite qui s'est écrasée dans le golfe du Mexique il y a 65 millions d'années, rayant de la carte des espèces entières comme celle des dinosaures.

National Geographic

Plus la vie de Daniel avance, plus sa carte des lieux mythiques s'emplit de drapeaux. À défaut de prendre des risques, il va loin. Il n'est pas tout à fait dupe. Parfois, il aimerait se lancer dans des aventures plus réelles, de véritables ascensions par exemple, mais pour cela, il faut prendre le temps, s'exercer. Son voyage au pôle Nord, il le préparait depuis trois ans au moment où les frontières se sont mises à fermer. La fenêtre était courte. Un créneau de deux semaines, début avril, à la fin de la nuit polaire.

Juste avant la mi-mars, tout s'est emballé, Daniel a lâché les bulletins météo pour les discours du président. Tous y sont suspendus. Le monde n'a pas encore basculé. C'est peut-être ce qu'il y a de plus inquiétant. Beaucoup ne se doutent pas de ce qui arrive. Daniel est scotché à ses écrans, suit d'heure en heure les nouvelles de Chine et d'Italie. Il n'aime pas être dans cet état, se sentir nerveux, fébrile, impuissant, multiplier les nœuds dans ses cheveux. Il est content d'entendre la voix de Julie Dehotte au téléphone. Ils ont été amis avant d'être collègues, et puis la directrice de cabinet adjointe du ministre ne se laisse jamais acculer à rien. Sa voix ensoleillée n'a peut-être pas le pouvoir de changer le monde, mais elle sait tout de même courber un peu la réalité autour d'elle.

Une fois encore, elle veut voir le bon côté des choses. Bien sûr, l'épidémie est un choc terrible. Mais avec autant d'animation que la situation l'autorise, elle chuchote que leurs fonctions ne leur permettent pas de s'abandonner à la prostration. Daniel et elle doivent même profiter de ce qu'avec un peu de gêne elle appelle « l'occasion » pour apporter des idées, renverser la table, dit-elle. Un grand plan de relance va certainement être mis en place, des gens vont sortir de terre, de mer, de partout pour quêter des aides de l'État. Le ministre aura besoin de notes et de propositions. Ces derniers mois, Daniel s'est fait remarquer. Il sera sûrement de l'équipe.

Julie reprend sa respiration. Ce n'est pas la fin, non. Peut-être est-ce même le temps d'un sursaut. Pour l'instant, tout le monde ne parle plus que de l'épidémie, mais l'environnement reviendra bientôt sur le devant de la scène. Des questions que personne n'osait encore poser seront enfin discutées.

Le coup de téléphone de Julie Dehotte soulage Daniel d'un poids énorme. À plusieurs reprises, elle lui a permis de faire aboutir des projets qu'il croyait capables de changer la vie des gens.

*

Daniel marche en rond dans son salon, joue avec son téléphone, avec ses livres. C'est la guerre, a dit le président. Comment va-t-il tenir ? Depuis longtemps, seuls ses voyages le font rêver du lendemain. Il est de ces êtres qui n'ont le sentiment de vivre que confrontés à l'incertitude et à la tension. Le temps libre lui donne l'impression de voguer sur un fleuve et de glisser droit vers la mort. Il aime que ses soirées ne lui appartiennent pas, que l'urgence l'empêche de barboter en lui-même. Ces longues nuits où il lui faut jeter tout ce qu'il a dans les tripes avant que le ministre prenne une décision.

Le ministère, heureusement, s'élance toujours au-dessus de Paris, paquebot immense, si vaste que personne ne peut en voir les limites. Et sur Zoom, les membres du comité de direction s'encadrent un à un sur fond de décor domestique. Au milieu d'un grand salon fermé par des étagères de livres, le directeur général de la Sécurité économique et sociale pose ses coudes sur la table comme un Viking ses haches. Il met un point d'honneur à ce que personne ne pâtisse du désordre. Les interfaces mobiles seront mises à jour, les aides versées dans les temps. Mais il attend aussi des propositions constructives en matière budgétaire, car il faut se préparer à une hécatombe.

Par écrans interposés, les trois principaux chefs de service se jettent des regards inscrutables (dans l'administration, les chefs de service sont au-dessus des sous-directeurs, qui sont au-dessus des chefs de bureau). Ils ont beaucoup de gens sous leurs ordres, certains sur le terrain, responsables d'activités essentielles comme le versement de subventions, la programmation de formations pour la reconversion des travailleurs concernés par la transition, l'aide à la rédaction de projets conformes à des critères compliqués.

Le chef du service de l'Innovation sociale brosse sa veste en attendant qu'on lui donne la parole. Il n'est toujours pas convaincu que le tout-numérique soit la seule solution. Malgré ses avantages patents dans le contexte, le télétravail présente des risques. Les gains de temps sont souvent illusoires, l'information circule parfois mal à distance. Sans oublier les questions de sécurité. Enfin, certains agents risquent de se retrouver dans des situations d'isolement dramatiques.

Le chef du service de l'Inclusion numérique remet son nœud papillon en place. Il cache d'autant moins son étonnement qu'il l'exprime dans un somptueux décor, un long tapis soyeux rougeoie derrière lui. Ils n'ont pas le choix, lui semble-t-il, et doivent donc aborder le problème autrement. D'une manière certes brutale, dans des conditions évidemment pénibles, ils sont obligés d'inventer de nouvelles façons de travailler. Leur meilleure chance est encore d'y trouver l'occasion d'apprendre, voire d'expérimenter des méthodes qui profiteront à tous.

Cintrée dans une veste bleue qui se détache sur fond de mur laiteux, la cheffe du service de l'Appui aux territoires commence par s'excuser. Sa fonction l'oblige à penser « process ». À trop expérimenter, ils risquent le chaos – et aussi de lourdes conséquences humaines. Or, si une partie des effectifs sont en première ligne, d'autres se retrouvent temporairement désœuvrés. Peut-être peuvent-ils contribuer à formaliser une nouvelle organisation. Celle-ci ne devra évidemment pas se limiter aux questions de stratégie organisationnelle, mais concerner la globalité de sa mise en œuvre afin de parvenir à une meilleure structuration des activités stratégiques et opérationnelles.

— Des termes que j'emploie par facilité. En réalité, toutes les activités sont stratégiques, et toutes les activités sont opérationnelles.

En gros plan sur tous les écrans, le visage de Daniel apparaît. Il balbutie un peu, gêné par sa tête filmée de trop bas qui lui semble ronde, énorme. De n'avoir rien de concret à proposer, aussi – dans l'immédiat, ses possibilités d'action sont proches de zéro. Il se contente de répondre que sa sous-direction mettra évidemment ses ressources à la disposition de ceux qui en feront la demande. Toutefois, ajoute-t-il, il lui semble nécessaire d'agir avec tact et finesse. Ce n'est pas le moment de donner l'impression de vouloir tout bouleverser. Par ailleurs, le dernier chantier dans ce domaine s'achève tout juste. Six mois plus tôt, il en a rédigé le cahier des charges à l'aide d'un cabinet de conseil trop mal payé pour chercher à faire du zèle. L'essentiel lui semble de rassurer les agents – et surtout de ne pas se moquer d'eux dans une telle situation.

Le directeur fait mine de bâiller. Et les contacts de Daniel avec le cabinet du ministre ? La *task force* à laquelle on l'aurait associé, le plan de relance, tout ça ? Daniel s'y attendait, le directeur aime tout contrôler. Non qu'il soit spécialement menacé, mais pour parvenir à ce niveau, il faut acquérir un peu de paranoïa. À sa place, Daniel ferait pareil. Lui non plus ne saurait pas pourquoi. Les directeurs généraux d'administration sont plus inamovibles que le marteau de Thor. Ils sont nommés par le président directement en Conseil des ministres.

Leur désignation peut faire l'objet d'âpres négociations entre l'Élysée, Matignon et les grands corps de l'État. Ils ne rendent que très théoriquement des comptes à leur ministre. Leur position est plus solide, plus stable que celle des politiques. Rien ne les menace, mais ils ont peur de leur ombre. Peut-être parce qu'ils connaissent le fond inavouable des dossiers.

Le directeur ne s'oppose pas à ce que Daniel réponde aux commandes du ministre, à condition bien sûr que ce travail n'empiète pas sur ses activités courantes. Il souhaite seulement pouvoir jeter un œil aux notes avant qu'elles soient transmises. Et que les instances appropriées de sa direction soient impliquées, de façon que le texte fourni soit équilibré. Les services de l'Inclusion numérique, de l'Innovation sociale et de l'Appui aux territoires devront désigner des experts.

Au téléphone, plus tard, Julie soupire. Le ministre n'aura pas le temps d'attendre. Les choses vont aller vite. Daniel doit être agile, prendre des initiatives, collecter l'information où elle est. Et pour être vraiment pertinent et légitime, ajoute-t-elle, il lui faut voir des acteurs de terrain, entendre des paroles officieuses. Auditionner des représentants d'association. Et, si Daniel veut avoir de l'impact, mettre dès maintenant d'autres administrations dans la boucle. Ne pas oublier le secrétariat général à l'Investissement. Et bien entendu, la direction du Budget et le Trésor. En dernier ressort, tout le monde sait bien où chaque question se tranche, pas dans les cabinets, pas en Conseil des ministres, pas même à l'Élysée *in fine*, sinon dans les rares cas où un président met tout son poids dans une bataille. Le Budget et le Trésor sont les deux serpents qui veillent chaque projet au berceau.

Elle change de ton. Il y a quelques mois, il était question d'un débat entre le ministre et Stanislas Wenziger. Julie pense que le moment est venu. En tout cas, le ministre serait très partant. Wenziger n'est plus un simple scientifique, maintenant. C'est un influenceur. La conjoncture a fait exploser son audience, surtout depuis que Greta Thunberg et Kim Kardashian se sont mises à le follower. Maintenant, Stanislas a plus d'un million d'abonnés, et ce n'est pas fini. Seulement, il faudrait le cadrer un peu. Trouver un autre angle que l'effondrement de la civilisation industrielle. C'est sûr, avec ce qui se passe en ce moment, l'effondrement a quitté le rayon des fantaisies pour rejoindre celui des scénarios sinon crédibles, du moins à examiner. Pourquoi ne pas l'évoquer. Mais de là à le considérer comme une fatalité... Et franchement, le ministre n'a pas envie de se fourrer dans un piège. Pas question de prendre le risque que Stanislas lui rentre dedans. Il faudra préparer le débat en amont, donner des garanties. Julie sait que Stanislas Wenziger n'aime pas ça, mais Daniel pourrait lui en parler, le mettre en confiance. Aux dernières nouvelles, Daniel et Stanislas se connaissent bien.

*

Daniel et Stanislas ont été voisins d'internat. Stanislas était incapable de rester seul. On aurait dit que trop de mots affluaient en lui, qu'il échappait à tout, au monde, à sa place et à son rôle dans le monde. Alors il visitait les chambres une à une, frappait, entrait, parfois pour déverser un trop-plein de sentiments et d'idées, ou simplement pour se raccrocher à une voix.

Stanislas venait consulter les livres de Daniel, lui en empruntait parfois, et le prenait à témoin de toutes les incohérences qu'il décelait dans notre réalité. Ils se ressemblaient un peu. Un même style dans deux corps différents : Daniel, brun et carré, Stanislas, blond et fin comme une feuille, l'un et l'autre corrects, formels, parfois trop polis. Stanislas regardait des mangas, ignorait l'immense majorité de la musique de son temps, non seulement le rap, mais aussi le rock et la pop. Il semblait poussé par le genre d'élan que Daniel pouvait admirer. Tous deux devenaient adultes sans jamais avoir dansé, sans parvenir à considérer leur époque autrement que comme un phénomène périphérique, une distraction vouée à se dissiper.

Les conférences de Stanislas, Daniel n'a commencé à les suivre qu'il y a quelques mois. Sa collègue Amélie a attiré son attention sur elles. Hors de tout protocole, sans passer par les échelons intermédiaires de la hiérarchie, elle a frappé à sa porte pour lui en parler. Elle avait mal dormi, et la lumière du ministère n'arrangeait pas son visage. À la base de son cou, une veine palpitait.

Elle venait d'assister à un long débat entre Stanislas et le directeur du Muséum. Comme à son habitude, le professeur Cazalis était arrivé en retard et de mauvaise humeur. Il avait manqué de trébucher en enjambant quelques sièges pour s'asseoir. Il avait commencé par grogner, parler de tout ce qui n'avait pas été fait depuis cinquante ans. Et puis, Stanislas n'était pas un homme de terrain, mais un mathématicien. L'environnement n'était pas son sujet.

Mais Stanislas avait répondu et cela avait duré trois heures. Tout le monde transpirait. Les projecteurs surchauffaient la salle aux murs sombres et aux rideaux noirs. L'esplanade baignait dans une clarté féroce qui faisait des cheveux de Stanislas une aura. Peu à peu, les micros avaient cessé de se tendre vers l'ancienne sommité pour s'incliner vers le jeune homme blond qui avait – dit-on – abandonné les mathématiques alors que son nom circulait sur les listes officieuses du comité Fields. La prise de conscience est là, avait conclu Stanislas. Il n'est plus possible de se cacher la réalité. Cela se passe dans les esprits comme dans le monde physique. Les fissures se forment d'abord loin sous la surface, puis tout craque d'un coup, comme au Perito Moreno.

— Très vrai, avait approuvé son aîné.

En épluchant ses mails quelques jours plus tard, Daniel était tombé sur un autre texte de Stanislas. Une fondation venait de consacrer un dossier très complet à l'histoire de la violence. Des archéologues commentaient la découverte d'un charnier préhistorique au Kenya. Stanislas en tirait des conclusions sur l'avenir de nos sociétés. Daniel en a longtemps discuté avec Julie, le soir, à L'Arc-en-Ciel, après avoir couru avec elle autour du parc de Bercy. Il était essoufflé par les grandes enjambées de Julie. Avec sa respiration, Daniel a retrouvé ses ennuis. Au dessert, gentiment, mais très fermement, elle lui a coupé la parole. La colère est leur problème à tous, mais il ne sert à rien de s'y complaire. Elle préfère penser « résultats ». Elle s'est versé de l'eau, puis a dit qu'elle aussi avait lu le texte de Stanislas. Il l'avait intéressée. Pas par ce qu'il racontait sur la fin du monde, bien sûr. L'effondrement de la civilisation industrielle ne la préoccupait pas vraiment. Par ses thèses sur la violence. Elle aimait à penser que les massacres de masse ne sont pas liés à la nature humaine. Que leur apparition date des sociétés agricoles et sédentaires, qu'ils disparaîtront peut-être un jour. Pris au jeu, Daniel a défendu la thèse contraire : la violence gratuite naît avec le langage. Elle s'exerce déjà dans les sociétés de chasseurs-cueilleurs du paléolithique. Julie a écarté une mèche blonde de ses yeux. L'idée d'un monde préhistorique paisible et contemplatif lui plaisait vraiment, mais elle ne voyait pas bien comment, pour le moment, aborder ces sujets avec le ministre. L'occasion viendrait peut-être.

*

Quelques jours plus tard, Daniel a reçu un mail d'une cinéaste nommée Mathilde Guénot, cherchant à organiser un événement avec Stanislas et le ministre, et demandant à rencontrer Daniel. Mathilde Guénot. Un nom qu'il connaissait bien sûr, celui d'une fille dorée que jeune garçon il associait à Paris, à un destin glorieux. Mathilde était toujours en première ligne pour parler d'environnement et gérait la carrière médiatique de Stanislas comme un imprésario. Sans le dernier film de Mathilde, Stanislas n'aurait pas été écouté comme un héros.

Mathilde, la fille de Georges Guénot, née au cœur de la galerie des noms. Dont Daniel avait cherché les traits dans l'amphi. Il avait entendu parler d'elle bien avant de la croiser. Il connaissait toutes les rumeurs à son sujet. Inaccessible le jour, délurée la nuit, évidemment, la fille d'un grand acteur, qu'importe que tout cela soit vrai ? Un soir,

Daniel avait vu Mathilde distribuer des cocktails chers à toute une promotion puis se laisser tomber de tout son poids dans les bras d'un type barbu qui animait la section locale d'un parti de gauche. Le lendemain, le type avait raconté avoir passé la nuit dans un taxi avec Mathilde, à tourner autour de Paris. Elle n'arrivait pas à se décider pour une destination, multipliait les ordres contradictoires au chauffeur. Mathilde serait une star.

Dans son message, Mathilde tutoyait Daniel. Ils n'avaient pourtant jamais échangé plus de quelques mots. Qu'importe, oui. Quinze ans plus tard, son nom conserve la même aura. Daniel lui répond tout de suite. Il veut être le premier. Elle a sûrement envoyé beaucoup de messages, à d'autres gens, peut-être plus importants que lui. Il peut la recevoir dès la fin de la semaine. Lui travaille sur le numérique, sa préoccupation principale en ce moment est d'obliger les entreprises américaines à mettre gratuitement leurs données au service des collectivités territoriales. Mais Mathilde vient de passer dans plusieurs émissions télévisées, elle a toujours ses yeux noirs, son sourire, sa voix impeccable. Daniel a envie de la voir entrer dans son bureau.

*

Mathilde a le front brillant, des cheveux bruns, moussus et denses, des mèches qui rampent sur son cou comme des grappes de varech. Un sourire spontané creuse ses joues d'un sillon noir lorsqu'elle découvre les livres éparpillés sur la table-bureau de Daniel : Piketty à gauche, calant les falaises de Rosanvallon, puis les derniers numéros de *Futuribles* à côté de l'ordinateur.

Elle mène tout l'entretien à partir d'un cahier sombre qui ressemble à une plaquette de banque privée. Une présentation de son équipe, un rapport d'activité, un dossier de presse, une proposition de synopsis pour un débat entre Stanislas Wenziger et le ministre, un panel de questions classées par thèmes. Stanislas a été le personnage principal d'*Anankè*, le dernier film de Mathilde. Dans la mythologie, Anankè est une nymphe, l'incarnation de l'inévitable. L'inévitable ici est la transition écologique qui aura lieu, qu'elle soit voulue ou non, plutôt brutalement dans le second cas.

Chaque geste de sa main libère une nouvelle page, des photos d'arbres tordus, violets, noircis, de prairies envahies par l'ocre comme par la nausée. Jura. Leyde. Todtnauberg. Monte Cinto, cirque de la Solitude. Montjuïc, au-dessus de Barcelone. Constana. Forêt vierge de Boubín, dans le massif de la Šumava. Beaune. Saint-Pierre-d'Oléron. La Charité-sur-Loire. Argentière.

Mathilde parle lentement. Elle marque des pauses qui semblent appeler une réponse, mais reprend son exposé au moment où Daniel ouvre la bouche. Une équipe de professionnels l'aidera à filmer. Elle n'en est déjà plus à son premier débat. Il y a eu un ancien ministre, une ancienne astronaute, le directeur du Muséum… Les questions sont préparées en fonction. Dans le cas particulier du ministre, elle se doute bien qu'il faudra en passer par plusieurs niveaux de validation. Elle souhaiterait toutefois que ces démarches ne prennent pas trop de temps, que l'événement puisse s'organiser avant le printemps. Sinon, cela risque de faire « un peu tard ».

La voix de Mathilde devient plus grave sur le mot « tard ».

Elle propose de battre le fer tant qu'il est chaud. De téléphoner tout de suite à Stanislas pour discuter du débat. Alors, les choses s'enrayent un peu. Mathilde fait ce qu'elle peut pour adoucir Stanislas, mais il reste un scientifique, inflexible sur son message. Daniel et lui ne se comprennent plus. Plus Stanislas s'entête, moins Daniel retrouve ses convictions. L'usure, l'érosion du sentiment d'existence, autre versant de la course permanente derrière l'air du temps et l'attention des gens qu'impose le désir de compter. Stanislas critique à peu près tout. À force de dériver, ils en viennent à parler de la famille de Daniel, de sa fille dont Stanislas ne sait rien, mais qu'il n'éduque sûrement pas comme il faut. Quand les enfants ont des problèmes, c'est souvent que les parents ne les comprennent pas. De toute évidence, dit Stanislas, Daniel ne comprend pas mieux les enfants que la nature.

Mathilde prend un air agacé quand Daniel raccroche. Elle le regarde, s'excuse, esquisse un sourire. Ce n'est manifestement pas la première fois que Stanislas s'emballe de cette façon. Le projet en reste là pour le moment, mais Daniel ne l'enterre pas tout à fait. Il en parle autour de lui, prépare le terrain auprès du cabinet du ministre.

On entre à petits pas dans la pente de l'hiver. Le virus n'a pas encore fait surface, mais combien de guerres qui languissent. Du chômage à faire craquer les rues. Les énergies volées dans mille querelles routinières, les mêmes mots les mêmes refus les mêmes non les mêmes ahanements de petits-maîtres. Le même crépitement de cave. Sous les toits, sous les têtes, les mêmes petits paisibles combats.

Et des milliards de pollueurs bientôt outillés, en Chine, en Inde, la Sibérie brûlante, les pluies après la canicule. Et les extraterrestres qui ne viennent pas. Évidemment que c'est un peu tard.

Le taux d'extinction actuel pourrait être de 100 à 1 000 fois supérieur au taux moyen naturel constaté dans l'histoire de l'évolution de la biodiversité. En 2007, l'Union internationale pour la conservation de la nature évalue qu'une espèce d'oiseaux sur huit, un mammifère sur quatre, un amphibien sur trois et 70 % de toutes les plantes sont en péril, sur les un peu plus de 41 000 espèces étudiées.

Wikipédia

Stanislas conduit lentement. Ses mains sont crispées sur le volant. Chaque fois qu'une voiture s'approche, il ralentit encore. Il ne peut retenir ses regards de côté. La vallée se creuse entre les enchevêtrements rocheux formant le corps principal du massif et une rangée continue d'immenses falaises. Celles-ci tranchent le plateau surplombant d'un grand jet, bourrelé à son sommet d'un crépi vert liquide. De chaque côté, l'eau ruisselle.

Les premières maisons apparaissent derrière un tournant. Le village domine du haut d'un épaulement un fond plat pierreux, verdi d'un liseré humide d'herbes et de broussailles. Ensuite, la route devient difficile. Plusieurs hameaux ont poussé dans les rides du terrain, le dernier à l'embouchure d'un sillon de vallée latéral.

La petite masse noire du chalet se tient encore au-delà, à l'écart des quelques lumières qui tremblent entre les rideaux d'arbres. En l'achetant un ou deux ans plus tôt, Stanislas n'a fait que boucler la boucle initiée dans la vieille maison du vignoble d'Alsace où il a grandi. Il n'est sûrement pas le premier ni le seul à venir chercher la paix dans ce massif fréquenté par les sportifs ou les connaisseurs, mais jusqu'à présent il est resté discret. Depuis qu'il a déménagé, les autres le pressent de questions. Ils militent avec lui depuis trop longtemps pour ne pas être choqués de son départ. Ne veut-il plus les voir ? Va-t-il construire une nouvelle « base » ? Les pense-t-il installés trop près de Paris ?

Depuis dimanche, les mails ont changé de ton. « Ça » y est peut-être. « Ça » commence. Ils disent « ça » parce qu'ils ne se représentent rien de précis, rien que le désastre aussi certain qu'insaisissable. Le devoir de tous ceux qui *savent* est de diffuser le message, même si celui-ci n'a ni forme ni contenu. Stanislas lui-même ne tire de ses connaissances qu'une certitude tout aussi informe que la leur, simplement plus ferme et froide.

Va voir le maire, va voir les éleveurs, les guides, écrivent les camarades. Ils ne comprennent pas que Stanislas ne parle jamais qu'à deux ou trois personnes. Il salue tout le monde, sourit, enfin, se force à mimer le sourire, mais les Alpes gardent pour lui un aspect de chambre d'adulte dans laquelle il n'entre jamais sans la peur d'être grondé.

Lui aussi manque de mots. Pas pour lui-même à vrai dire, les siens expriment avec une certaine fidélité ce qu'il pense et ressent, ce besoin né de la fatigue et de la lassitude de se mettre en retrait d'un monde trop lourd. Il manque de mots pour les autres : il ne sait pas leur faire entendre le plus évident, qu'il a décidé de venir ici pour la vue, le son, les couleurs, pour tout ce qui lui rappelle la vraie vie quand il était enfant. Peut-être parce que, avec les mathématiques, les montagnes sont ce qui peut s'imposer de plus réel et de plus net à son esprit.

La manœuvre de Stanislas pour se garer fait crisser les cailloux. Sur la pointe des pieds, guettant chaque bruit, il porte ses affaires dans le chalet. Il ne l'a pas acheté pour se protéger, au contraire. Dans cette vallée, il est un étranger. Son enfance l'a rodé à la méfiance (qu'un rien transforme en franche hostilité) que suscitent les corps non assimilés. Personne ne peut prévoir l'attitude des autochtones si quelque chose de grave se passe. Et puis, il se sent un peu coupable. En ce moment, tous les journalistes critiquent les gens comme lui, qui ont fui en province dès la déclaration de confinement. Il dépose donc ses affaires au hasard, sans oser allumer la lumière.

Pendant plusieurs jours, il reste enfermé. Il ne réussit pas à faire atterrir ses pensées. Avoir annoncé depuis longtemps cette chose qui ne s'arrêtera pas avant d'avoir rendu la vie méconnaissable ne la fait pas moins irréelle ou moins terrifiante. Il ne se sent pas prêt. La solitude et les interdictions ont émietté le pouvoir qu'il croyait posséder de faire d'un tout petit monde un immense univers. Malgré le soleil, la vue libre autour de lui, dès la deuxième semaine, il ressent l'envie de bouger, de fuir.

Comme les autres, finalement, il n'arrive pas à se passer du bruit.

Chaque fois que le bois grince, il sursaute. Mais peu à peu, il se risque à sortir, marche vers le fond de vallée, bien au-delà du cercle autorisé. Il suit le petit sentier qui s'enfonce après l'ombilic rocheux ouvert au-dessus de son chalet, trace seul dans la neige jusqu'à ce que la vue se dégage, pour observer la ligne d'effondrement des glaciers sur la montagne sèche, fissurée, branlante.

Il recommence chaque jour. Il reste bien plus d'une heure à grimper dans le chaos de blocs, sans qu'aucun drone vienne le déloger. Et puis un soir, en redescendant, il se trompe, se perd sur des pentes glissantes, entrecoupées de rochers. Il avance à tâtons, retenant sa respiration, craignant moins de tomber que d'attirer l'attention de l'Autre diffus, sans nom, qui le guette, qui lancera peut-être sur lui les hélicoptères et les chiens. À force de voir et revoir les montagnes, il ne reconnaît plus rien. Ni le boursouflement des flancs, ni les couronnes de clochetons qui surplombent leurs falaises aux noms de grandes voies, ni la succession de piscines naturelles formées par le torrent dont le vent apporte parfois très haut l'odeur mêlée de pierre et d'eau.

Tout semble noir et blanc quand il lève les yeux. Tout est transformé, perdu.

*

Stanislas marche lentement vers le village. À l'approche des premières maisons, il lève les mains, comme dans un pays en guerre où des partisans le guetteraient derrière les volets avec des armes. Les rues ne sont pas tout à fait vides. Sur tous les visages, il a l'impression de retrouver la même expression. Vient-elle de lui, de son humeur, de sa crainte de déplaire, est-ce une manière d'être, une sorte de coutume locale, ou une manifestation d'hostilité ? Même l'épicière l'accueille sans sourire. Tous les gens qu'il salue sont aussi bourrus.

Comme d'habitude, il s'assoit sur un banc, pose son sac à côté de lui et regarde les passants défiler devant la porte de l'église. Un jour, un employé de la mairie l'a forcé à bouger. Il ignore combien de temps il est resté là, absorbé par la couleur des tours. Elles sont vertes, arrondies, couronnées de petites loggias surmontées chacune d'une boule dorée, encadrent un troisième toit, moins élevé, qui soutient une grande horloge coiffée d'un bouquetin flanqué de deux aigles. Stanislas aimerait apprendre des peuples qui ont couru les hautes vallées autrefois des façons de vivre compatibles avec l'avenir qu'il annonce. Lesquelles précisément ? Il ne sait pas, sinon que le silence et l'immobilité du confinement n'en sont que le prélude.

Il ne remarque pas tout de suite les voix et les silhouettes et, en levant la tête, découvre deux ombres, un homme et une femme, d'un certain âge, masqués, chargés de provisions, qui restent à la limite de la distance réglementaire. La femme répète : est-il bien le « professeur » Stanislas Wenziger ? Elle a l'accent anglais. Stanislas acquiesce et la femme lui sourit des yeux. Dans un autre contexte, elle demanderait un autographe. Elle aimerait beaucoup avoir l'occasion de le revoir pour parler de ses engagements.

Stanislas retourne vers son chalet. Qu'est-ce que ces Anglais font là ? Peut-être des collègues retraités. Le mot « collègues » est venu spontanément. Il a reconnu quelque chose chez ces gens, quelque chose qu'il regrette. Ils lui rappellent l'université. Après la mort du directeur de son laboratoire, pourtant, Stanislas a failli quitter la recherche pour de bon. Sans personne pour les orienter et les guider, ses travaux lui semblaient inutiles ! Et rien ne lui venait plus. Rien ne l'habitait. Écrire un article était presque une torture. Chaque ligne le rendait honteux ; se soucier de choses aussi futiles alors que la catastrophe arrivait !

Mais il faut croire que c'est tout de même en lui. La vieille curiosité bourdonne encore. Ce n'est pas l'insomnie, c'est une ardeur de dedans ses rêves, même les plages de demi-sommeil sont lourdes de formules. Quand il se relève pour les noter, il constate que sa méthode est toujours la même. Isoler un objet, le généraliser, bâtir une théorie formalisable, puis en tirer des conséquences systématiques. C'est aussi, se dit-il, ce qu'il a fait avec l'écologie. Pour lui, cette façon de procéder est une évidence. Si naturelle que les malentendus viennent vite. Mais il se rend compte qu'elle n'est pas partagée. Par les politiques, surtout. À Bercy, en particulier, ils ne fonctionnent vraiment pas comme lui. Sa dernière discussion avec Daniel Fresse s'est mal passée. Daniel lui avait donné l'impression de comprendre, mais à la fin, patatras. Comme si le réel n'était qu'une motion à négocier. Ses supérieurs ont l'air encore plus désordonnés. Et cette réserve qui ne s'avouait pas : tu pourrais présenter les choses autrement au ministre, tu pourrais dire…

Stanislas n'aime pas qu'on cherche à lui souffler des mots. Même quand cela vient de Mathilde. Il n'aime pas les garanties qu'on lui demande avant de le laisser parler. Il est partant pour discuter avec le ministre, à condition de le faire librement.

Mathilde l'appelle chaque jour, deux fois s'il le faut. Elle le surprend aujourd'hui en pleine bagarre avec une formule. Tu fais de nouveau des maths ? Tu n'oublies pas la cause, j'espère. Elle lui répète une fois encore qu'il a un talent fou, un don des dieux. Il a l'impression de la sentir s'échauffer au fur et à mesure. Ses suggestions se transforment en conseils, puis en reproches. Il ne peut pas exiger que le monde tourne autour de lui, dit-elle. Plus maintenant, plus avec ce qui se passe.

Et en quoi l'opinion de Mathilde Guénot compte-t-elle tellement ? Elle vous est si précieuse ? demande le docteur Tisser. Le psychiatre est passé de son cabinet à son appartement. Il est toujours accaparé par la même symphonie d'appels, de messages et de mails qui le distraient même de sa vraie passion, la pratique assidue de l'attention flottante.

Sur le moment, Stanislas ne trouve rien à répondre, tout lui vient bien après la fin de la consultation. Ce qu'il y perdrait ? L'énergie de Mathilde. Sa capacité à prendre des décisions, à donner forme à la vie. Vous savez, je suis un être, euh, symbiotique. Je ne vis pleinement qu'en association. Il y a eu mes parents, puis le directeur du laboratoire. Des gens qui ont envie d'aller quelque part. Moi, je ne sais pas où je vais, mais je les aide à avancer. Sans eux, j'ai l'impression que je me laisserais mourir sur place.

Nos sociétés tenteront, comme nous le constatons déjà, de mettre en œuvre ces réflexes ancestraux de repli communautariste ou nationaliste caricaturaux. Mais il se peut que la situation ne s'embrase pas, car quand tout le monde manque d'énergie, personne ne prend le risque de se battre.

Manifeste de l'association Adrastia

On pourrait croire que rien n'a changé. Que les rues soient pleines ou vides, les rames désertes et les métros silencieux, de chez Daniel au ministère, le trajet dure quarante-sept minutes. Alicia n'a pas manqué de lui faire une remarque en l'appelant ce matin pour fixer leur rendez-vous. Elle s'est souvent moquée de son besoin de régularité, de sa façon de ritualiser cette succession réglée d'étapes qui s'enclenche au bouclage du nœud de cravate et sans laquelle il ne se rappellerait peut-être plus qui il est. Au moins qu'il n'oublie pas qu'il a une fille, dont il sait qu'elle ne tolère d'autre objet d'attention qu'elle-même, et qu'il lui faudra récupérer ce soir sans faute à 18 heures.

Daniel quitte le métro. Il attend le moment où tout sort de la brume d'une seule bouffée. Alors, il stoppe, il prend le temps d'observer l'arche pointillée de meurtrières, dont les pattes, encombrées de boîtes secondaires, s'appuient au fond d'une immense esplanade, maintenant qu'un mois de confinement a rendu au site une forme de mystère. Il se dit que, pour une fois, le projet ressemble à la réalité. Une dizaine d'années plus tôt, lorsque le groupe du Laocoon a surgi devant lui au hasard d'un couloir dans le musée du Vatican, Daniel a eu l'intuition que l'architecture serait bientôt le seul art d'un monde dématérialisé. Pendant quelque temps ensuite, il a rêvé de villes-labyrinthes où chaque nouvelle journée serait une aventure. Il a un peu déchanté quand son tour est venu de vivre au milieu d'un rêve d'architecte. À propos du ministère, il a tout lu. Peu à peu, le rêve de Chemetov est devenu son cauchemar.

Mais aujourd'hui, quelque chose prend. Un fantasme au-dessus du grand espace vide où tout le monde semble toujours chercher son chemin. De temps à autre, capuches et survêts émergent de la brume mouillée comme sur un glacier les vestes d'alpiniste. Ils sont rares. Le personnel maintenu sur site se réduit à quelques centaines de directeurs, d'informaticiens, de techniciens.

L'entrée principale est fermée. Les gens se glissent à présent un à un par de petites portes dans les couloirs où les silhouettes s'immobilisent parfois le temps de brèves conversations. Dans la travée centrale, Daniel ne croise personne, il se sent minuscule dans ce hall d'échos qui démultiplie les bruits de pas.

Le bureau sent le papier et le livre propre. Daniel n'aurait jamais pensé retrouver la tour de son ordinateur avec tant de satisfaction. Il faut croire que le siège, la table, les panneaux coulissants qui dissimulent plus ou moins la vitre et protègent Daniel d'un redoutable soleil oblique prolongent le rituel du métro, car les idées coulent bien mieux dès qu'il s'assoit, elles se découpent et s'enchaînent aussi facilement que ses gestes. Pendant toute la matinée, il prend des notes. Il oublie le ronronnement sourd de la climatisation.

En début d'après-midi, un bruit de pas précipités trouble le silence des couloirs. Des coups violents sont frappés à la porte. Sa collègue Amélie apparaît, masquée, gantée, une pile de dossiers sous le bras. Elle n'a pas sollicité de rendez-vous. Elle parle et bouge comme une personne en manque, secouée par des frissons. Elle transpire. Daniel sait combien elle aime bouger, sortir, comment le confinement l'a prise de court. Elle est tellement nerveuse qu'elle oublie tout ce qu'elle doit à Daniel. Et d'abord, l'autorisation exceptionnelle de venir sur site. Un sursis.

Elle a entendu dire que Daniel travaillait directement pour le cabinet. Elle veut savoir à quel sujet. Elle se doute que ça concerne le numérique. Doit-elle vraiment lui rappeler qui porte toutes les propositions de la direction en matière de partage des données ? Elle veut être dans la boucle. Elle le prévient, elle ne laissera rien passer, elle ne tolérera plus de nouvelle humiliation. Hiérarchie ou pas, c'est elle l'experte. Elle connaît le terrain, elle est informée de tous les dysfonctionnements. En ce moment, l'État ne contrôle plus rien. Ce sont les entreprises privées qui font tourner le pays, surtout les plateformes américaines. Elles transportent matériel, médicaments ou nourriture aux personnes isolées, malades ou vulnérables. Ce n'est pas tolérable. Il faut promouvoir les stratégies soutenables, contrôlées par les collectivités locales, de préférence coopératives, et considérer les ressources comme des « biens communs », c'est-à-dire administrés collectivement, par tout le monde...

Daniel tempère, il vaut mieux laisser passer. Il aime l'expression « biens communs », qui lui rappelle son enfance. Le chalet de Savoie surtout, les discussions avec les fermiers et les montagnards, les bois et ces fameux torrents, qu'en Valais on appelle des bisses. Il serait ravi de parrainer la croisade d'Amélie, de glisser ce mot dans les bouches officielles. Mais pour cela, il faut avancer à petits pas, ruser, tant d'impératifs auxquels Amélie ne comprend rien, tout comme elle ignore qu'en comité de direction tous les chefs de service ont tendance à sourire, et le directeur général à lever les yeux au ciel dès qu'on évoque son nom. Quand le directeur général veut embêter quelqu'un, c'est elle qu'il impose dans le groupe de travail. Ou peut-être feint-elle seulement de l'ignorer, et use-t-elle, elle qui n'a aucune perspective de carrière, aucun pouvoir à préserver, du seul privilège que donne le placard, celui d'être buté, insupportable, aussi longtemps qu'on en a envie.

*

Daniel quitte le ministère plus tôt que d'habitude. Il lui faut aller chercher sa fille. Alicia l'attend à 18 heures. Il est nerveux par avance.

C'est simple, Alicia et Daniel sont incapables de vivre dans le même monde. Quand l'un respire, l'autre étouffe. Alicia n'a jamais pardonné à Daniel de la rendre otage de Versailles, cette ville d'ordre et d'harmonie qui flattait sa nostalgie du calme germanique, sur laquelle il ne s'était rabattu qu'après avoir voulu approcher Neuilly et fait machine arrière devant les prix et le mascara méchant des femmes dans la rue. De son côté, il a été furieux qu'aussitôt libérée de lui Alicia s'installe à Ivry. Ivry. Chaque fois qu'elle lui parle du dynamisme de la vie de quartier, il se sent attaqué.

Il déteste tout, à Ivry, jusqu'au chemin qu'il faut prendre. La Seine couleur de tôle, l'avenue de France, large vertige de béton vide, mélange d'avenue berlinoise et de parking abandonné d'une région désertée d'Ukraine. Le long de la piste cyclable qui sépare l'avenue en son milieu, chaque mètre colle à ses pieds. Et quand il s'amuse à sauter sur les grilles vertes concaves qui la bordent, il a l'impression de manquer de tonus et d'élan. Il se trouve raide, vieilli. Ivry l'ensevelit.

Daniel et Alicia n'ont jamais trouvé la clé l'un de l'autre. Leur séparation n'a été ni une surprise ni un événement soudain, mais le résultat d'un glissement progressif, inexorable.

Daniel a grandi en Lorraine auprès de parents âgés qui lui ont fait regarder des films français et lui ont appris à respecter les gens habillés avec mesure et s'exprimant de façon nuancée. Adolescent, il passait pour un original parce qu'il aimait chanter, jugeait rarement les autres et semblait toujours disposé à tout accepter. Il est discret, correct, il apprécie la musique classique et les promenades dans la nature. Il n'a pas la foi, mais laisse la porte ouverte, trouve qu'il y a quelque chose de grand, de sacré dans la vie.

Alicia ne supporte pas ça. Ses propres parents lui ont appris qu'il fallait s'engager. Trancher. Elle ne se permet jamais d'être innocente, bien que ce qui la juge varie sans cesse. On ne peut pas dire que c'est l'air du temps. Disons le refus de s'attendrir, de se pétrifier, de s'abandonner.

Au début, Daniel a été fasciné. Pour Alicia, quand ils se sont connus, le monde était un livre. Chaque vêtement, chaque mur, chaque être humain se déchiffrait, s'interprétait.

Alicia, Daniel, Julie et Guillaume… Il faut imaginer leur rencontre comme un soir de bataille. Pendant deux ans (voire trois) ils ont bavé sur les livres, les copies, multiplié les nuits blanches, vu leur orgueil lardé d'estocades par de vieux routiers blasés de l'intellect. Ils ont passé de longs écrits, sont venus dans cette cour mythique une première fois pour en recueillir les résultats, puis pendant trois semaines entre ces murs blanc-jaune, dans ces couloirs qui claquent trop sous les pieds, ça a été la cérémonieuse litanie des oraux et des risques calculés. Viser l'excellence quitte à se tromper ? Faire profil bas, accepter de faire nombre, ne pas sortir du lot parmi les lumières ? L'équation est connue de tous. Se montrer brillant exige de l'équilibre, il ne faut pas s'affranchir d'une forme de brio tolérée, que certains maîtrisent d'instinct, et qui à d'autres sera toujours ambiguë, incertaine. Daniel a choisi la stratégie d'une robuste modestie.

Et maintenant, ils sont englués dans le temps liquide de cette cour où flottent les odeurs végétales. Ils attendent. Dans leur esprit, il n'y a de place pour rien. Ils sont rivés au présent. À côté de Daniel, il y a cette grande fille blonde aux yeux trop émerveillés pour ces lieux où nul n'entre sans savoir feindre d'avoir tout vu. Ils parlent. De leurs prépas réciproques. Daniel, de Sceaux. Elle, du centre de Paris. Puis au fond de la cour, le brouhaha. Ils marchent vers la liste d'admission comme dans un tunnel noir. Le souffle ne leur revient pas quand ils découvrent leurs noms. C'est trop tôt. Le poids énorme qui vient de libérer leur poitrine ne laisse encore place à rien, sinon au flot de fatigue, d'indécision. Ils y sont. Depuis le temps qu'ils ne pensaient qu'à ça.

La fille blonde propose à Daniel de l'accompagner déjeuner. Elle s'appelle Julie. C'était sa seconde tentative, à elle aussi, et elle passe de justesse. Elle lui présente sa meilleure amie, beaucoup plus petite, plus brune, cheveux courts, lunettes, odeur envoûtante. Alicia, tu dis ? Et son, Julie ne sait pas comment le présenter, ami, copain, amant, *sex friend*, *sex toy*, Julie a l'humour innocent, Guillaume, grand blond au visage dur comme du bois, dont le nom ne figure pas sur la liste des reçus, sans que cela semble entamer son assurance. Même en ce moment de triomphe, Daniel est intimidé. Le hasard et la fatigue ouvrent leurs cœurs ce jour-là, entremêlent leurs sentiments raplapla, les rendent inséparables. Ils le resteront quatre ans.

Julie et Alicia dansent, pas de la même façon. Guillaume écrit, drague Julie et s'accommode de ses amis. Mais au fil des mois, le sentiment de triomphe s'éloigne. Rien n'est gagné, l'avenir est toujours aussi incertain, et dans l'air gluant de la cour figée, Daniel a parfois l'impression de sentir l'ennui, l'Allemagne, le chou. Les autres bougent et se parlent comme s'il y avait un secret derrière chaque mot. Guillaume surtout. Sa mère enseigne à l'université, son père dirige une grande institution culturelle. Il a vu, il connaît, sans y croire, il sait feindre. Daniel a eu beau réussir le concours et Guillaume le rater, la hiérarchie entre eux est claire. Chaque mot de Guillaume la rappelle.

Ce n'est pas vraiment l'argent qui les différencie. De l'argent, Daniel en a, plus qu'Alicia, et beaucoup plus que Julie, mais il faut dire que le cas de Julie est particulier : certains journaux sont même venus traquer dans la cour prestigieuse ce miraculeux exemple de fille de prolétaire. Daniel a peut-être autant d'argent que Guillaume, mais il ne fonctionne pas comme lui. Il ne pénètre pas le sens des atmosphères, les sous-entendus des critiques dans les journaux de référence. Guillaume s'en moque d'ailleurs souvent. Alicia rit aux plaisanteries de Guillaume. Daniel a parfois l'impression d'être une vache impuissante contre le taon qui la harcèle. C'est dans l'air, partout autour de lui sans qu'il puisse le saisir.

Cela monte avec les mois, s'intensifie avec les années. Telle une vache harcelée, il sent une colère s'accumuler. Une colère sourde encore. Vague, épisodique, comme le signe d'une catastrophe lointaine, mais que Daniel devine terrible. Avec une netteté effrayante, il lui arrive de sentir cette rage dont l'ombre a commencé à le traverser dès son adolescence, chaque fois qu'un coup venait quand il attendait une caresse : cette rage de brute et d'impuissant qui donne parfois envie de hurler et de frapper. Le seul fait de l'éprouver est déjà révoltant. Lui, le bon élève. Qui a grandi dans l'harmonie. Lui, se sentir privé des mots, de l'esprit.

Entre Daniel et Alicia, c'est la passion. Ils vivent une belle histoire, mais elle ne tient pas en place. Au matin, pleine d'énergie fébrile, Alicia lui explique ses projets de voyage. Elle veut tout voir, sauf les lieux où vont les bourgeois. Le Venezuela. Cuba. La Russie. La Chine. Son envie vorace de se gorger de choses vues passe en Daniel. Mais quand il lui parle de Dubai, de l'île de Pâques et des Galápagos, elle rit. Il ne comprend pas pourquoi.

La nuit a étouffé la flambée des couleurs. Seules les parois brûlent encore d'un feu intérieur de braise bleue. Insensiblement, le froid pénètre la couche de vêtements. Il entre en moi doucement, comme un calme traître auquel il ne faut pas céder. Sous peine de mort il ne faut pas céder. Pour boire, il me suffit de tourner la tête dans la poudreuse. Pour ne pas dormir, la gifle glacée sur mes joues ne suffit pas. Déjà, des amorces de rêve prennent forme et jouent devant mes yeux. Souvenirs de chaleur, souvenirs de peau. Sans qu'il faille me forcer, mon corps s'anime, mes doigts de pied, mes mains au fond de mes gants, mes extrémités frémissent comme si je m'étirais.

Toutes mes extrémités. Mon sac à dos contre moi est tiède comme le corps d'Alicia. J'ai un peu plus de vingt ans. Je n'ai pas attaqué Alicia. Comment aurais-je osé ? C'est elle qui est venue vers moi, m'a englouti comme une avalanche. Son regard s'est arrêté sur un détail de mon visage, ou bien était-ce ma façon de parler, le grain de ma voix peut-être, ou même un simple geste. Alicia est mince, petite, mais elle vous aspire entier. Elle est vive, rythmée, c'est une nuée qui vous enveloppe, vous fait vous sentir lent, vulnérable à ses rires. Ses tenues vert et bleu lui donnent l'allure d'une vague qui se serait achevée en femme. Son corps ressort du tableau comme dessiné à l'encre de Chine.

Ah, ces semaines au cours desquelles Alicia s'instille en moi, fait son nid dans ma peau. Dans ma nuit de neige, elles allument encore des pétards dans mes membres. À ma rêverie, à ma seconde d'hésitation, un soir, avant de poster une de nos photos de couple sur Facebook, la fille avec qui je sors alors devine que je pense à une autre, que cette autre est Alicia… C'est une latence, presque un inespéré.

Judith me quitte. Je glisse dans le souvenir tiède d'Alicia comme dans le cœur d'une dionée. Sa façon de fumer, ses gestes doux et négligents, son petit sourire et un regard lointain. Son sourire flotte et se multiplie devant mes yeux. Alicia sanglée dans son manteau, stylée comme une calligraphie, soyeuse comme une chanson. Sa façon d'être triste, comme une actrice sait l'être ! Triste à pas lents. Triste et distraite, triste et dédaigneuse. Soupirant parfois, comme savourant le secret d'une nuit à faire l'amour (ou peut-être tout son art consiste-t-il justement à suggérer qu'elle vit des choses ardentes et déchirantes). Les demi-réveils stupéfaits par la beauté de son visage : envier les gouttes de sueur, comme elles, rêver de prendre une mèche pour plongeoir, de se laisser rouler le long de l'épaule, d'autres fois être happé entre la langue et les lèvres rentrées.

Ce qu'Alicia a révélé dans la masse pierreuse de mon corps me revient. Je suis lent, je suis tendu, elle tourne autour de moi, m'enveloppe, m'érode comme un torrent le rocher. Je la suis trop volontiers dans ses jeux pour pouvoir faire l'innocent.

Le commencement est une apothéose. Pendant trois mois, Alicia est une onde. Quand elle prend la parole dans les amphithéâtres, sa voix est celle d'une révolutionnaire. Quand nous sommes seuls, elle est d'abord étouffée, douce comme du coton. Elle change ensuite, car elle veut que le monde entier sache quand elle jouit. Qu'il ne peut rien contre, qu'elle ne cédera rien. Elle brille comme un stroboscope quand nous baisons. Par impulsions, à-coups. Le plaisir la brûle, la déchire, elle crie en éclairs, avec une voix de métal. Sa main passe derrière ma nuque et serre comme si elle m'adorait à en paniquer. Elle ne fait pas tout à fait semblant. Elle n'est pas froide, elle sait mieux que moi que l'amour transfigure la sensation. Aimer donne plus de goût et d'intensité à la jouissance, alors elle se laisse envahir.

Une apothéose, oui. Au regard de la suite, une anomalie. Peut-être Alicia m'a-t-elle dupliqué chaque jour, plusieurs fois par jour qui sait, peut-être lui a-t-il fallu massacrer d'innombrables versions de moi pour garder si longtemps ce calme et cette fluidité.

Puis vient le temps du combat. Ce que je croyais pardonné m'est soudain reproché. Chaque fois que je baisse la garde, je me heurte à un rire méchant et des yeux durs. Dès qu'elle ne m'aime plus, elle me méprise. Un moment, le sentiment est tout, l'autre, il n'est plus rien et je disparais avec lui.

Alicia est si intense alors. Tout est spontané, pourtant tout est réfléchi. Il n'y a plus de lois, d'histoire, de sens, d'individus, il n'y a que des instants chauffés à blanc, des étincelles de désir qu'elle cultive, entrechoque, dont elle s'habille comme d'une armure d'or. Machine désirante. Cyborg vibrant. L'art n'est qu'un moyen de contaminer le monde avec ce qui la touche. Les moments de vérité sont ceux où elle n'est plus elle-même – ce faux elle-même, cette accumulation de souvenirs, d'événements, d'habitudes, ce dépotoir de temps que les cataclysmes de son corps rejettent. Contre l'engluement dans l'illusion d'être quelqu'un, la discipline du présent. Vivre selon la loi de l'affect dur, froid, ne jamais céder à la médiocrité moelleuse de la nostalgie. Se tenir à la lisière, vivre par la peau.

Nous restons accrochés l'un à l'autre. Nous négocions. Je ne lui reproche pas d'être ce qu'elle est, mais de ne pas m'attendre. Ce n'est pas que je n'aime pas l'amour. Je suis moins prude que lent. Mon corps s'adapte mal au rythme des villes, encore moins à l'allure d'étincelle d'Alicia. Il me faut du temps pour sortir du sommeil, pour surmonter ma somnolence après que j'ai mangé, pour que la rumeur des bars ne me transperce plus de mille aiguillons et m'autorise à m'abandonner. Mais le temps que je sois vraiment là, Alicia est déjà ailleurs. Si je résiste, nous nous disputons. Si je la suis, je suis de mauvaise compagnie, pépère, pantouflard, vieux avant l'âge.

J'aimerais lui faire comprendre que je voudrais seulement être un peu comme elle sans cesser d'être moi. Libre sans me disloquer en permanence. Me transformer, mais avec lenteur. Faire de la forme un moule et non une prison. J'essaie de lui extorquer des concessions, mais sous sa peau, elle ne connaît que le soleil, elle ne comprend pas mon corps plein de brume et de nuages et pense que je veux la contrôler, la mettre en cage. Elle ne cède pas plus que sur les cris. Alors, je la questionne encore pour lui arracher des méchancetés, je la regarde frissonner, nue, mouillée, un frisson qui n'a rien de la peur ou de la tristesse, et dit à nouveau cet ailleurs en elle. Je ne sais pas à quoi elle pense, à quoi son corps pense, sa masse est une seule pensée close, dense, pensée-sensation, ambiance, couleur jetée sur le monde. J'en suis effacé, mais nous sommes enchevêtrés.

Le ciel lui-même n'y peut rien. Pourtant, il frappe de sacrés coups de bleu au-dessus des toits staliniens. Un ciel industriel aux lignes gigantesques, mais Daniel ne sait qu'en faire, il ne s'y accroche pas, ne rebondit pas vers lui sur le sol qui s'obstine dans la lenteur. Il cherche une échappatoire. Quand il est à Ivry, il saute sur n'importe quel prétexte pour emmener ses pensées ailleurs. Alors qu'il s'apprête à pousser le portail, justement, le portable se met à vibrer. Un numéro inconnu. Daniel regarde l'immeuble d'Alicia, le téléphone, hésite, puis décroche. À l'autre bout du fil, la voix cherche ses mots, bafouille, le genre de voix qui donne envie de jeter l'appareil dans une mare pour en interrompre l'horrible crécelle. L'inconnu appelle de la part de Stanislas, plus exactement avec la permission de se réclamer de lui. Il se nomme Bruno Delorme, il est le président d'une association appelée Anankè (que Daniel connaît peut-être), dont Stanislas a été membre. Depuis plusieurs années, l'association est installée dans une petite ville, enfin, un petit village bourguignon.

Daniel traverse la cour et le jardin-parking sans raccrocher. Alicia lui a donné rendez-vous dehors, devant la balançoire. Il sait qu'elle l'attend déjà depuis dix minutes, mais à chaque pas la perspective de la voir devient plus accablante. Ils ont trop de choses à se dire, ce sera fatalement désagréable. Seul le téléphone le protège de la confrontation.

Bruno est persuadé qu'il a beaucoup à apporter. Il a appris que Daniel aidait Mathilde Guénot à organiser un débat avec le ministre, et par ailleurs, c'est là où il veut en venir, qu'il occupe le poste de sous-directeur des Instruments d'avenir à la direction générale de la Sécurité économique et sociale. Il a pas mal de choses à dire. En particulier concernant le numérique. Il lui semble que Daniel s'occupe de ça. Bruno met en place un service de livraison pour les personnes isolées, fragiles ou âgées, en relation avec des exploitations locales. Pour le moment, tout fonctionne à l'improvisation, grâce au bénévolat et à l'engagement de jeunes habitants, en particulier des membres d'Anankè. Pour continuer, il a besoin d'argent.

Léa se balance. Alicia tire sur sa cigarette. Comme prévu, elle soupire. Son visage fatigué semble un ultimatum, une attaque à laquelle Daniel ne veut ni céder ni répondre. Alicia a changé. Ou peut-être est-elle simplement devenue ce à quoi la société la destinait. Le tempérament d'autrefois a laissé place à cette froideur désenchantée, cette obstination à tout ramener aux eaux glacées du calcul et de l'échange, aux jeux pervers de l'exploitation. Qu'a-t-elle pu espérer pour refuser de voir le monde autrement que comme une immense tromperie qu'elle aurait pour mission de débusquer ? Professeure de lettres en classe préparatoire, chargée de cours à l'université, jeune maman, auteure de livres, engagée depuis la crise dans une série d'initiatives locales de soutien aux personnes vulnérables, elle s'amuse bien sûr beaucoup moins qu'avant. Elle semble même prendre un malin plaisir à accepter les responsabilités, invitations, articles, direction de numéros thématiques de revues, de mémoires. Puis, par ses traits épuisés, à accuser la corruption capitaliste du monde.

Alors Daniel ne raccroche pas, un simple signe de main rapide, il feint de se concentrer sur le téléphone. Bruno lui explique qu'Anankè n'est pas seulement une association militante ; c'est aussi un réseau auquel beaucoup de citadins adhèrent pour s'aider mutuellement à « transitionner », à s'installer à la campagne en choisissant des modes de vie plus durables. Jusqu'à ce qu'Alicia hausse les épaules, s'éloigne, moins déçue sans doute que confortée. Léa, elle, se balance toujours. Elle semble n'avoir rien vu, ni l'arrivée de son père ni le départ de sa mère, et se concentre avec tant d'intensité sur son balancement que la troubler serait un sacrilège. La conversation téléphonique maintient une bulle autour de Daniel.

Pour construire quelque chose de plus durable, explique Bruno, il faut une aide technique, des moyens matériels, un accès à des systèmes informatiques qui ne dépendraient pas des grands groupes, un financement. Voire un plan de financement dédié, car, à ce qu'il en a compris en tout cas, les outils de financement et appels à projets actuellement portés par le ministère paraissent peu adaptés à ce type de solutions pourtant économes et soutenables.

— Ce que je raconte, vous savez, ça peut facilement se répliquer.

Daniel raccroche enfin. Alicia ne reviendra pas. Léa ne lui prête aucune attention. Il sait que cela peut durer longtemps. Il a passé des après-midi entiers à la regarder jouer, s'absorber dans les couleurs des magazines qu'elle découpe, perdre toute notion du temps jusqu'à ce que son collage ait pris forme. Il connaît tout. Son expression de réprobation et de tristesse, si parfaitement décalquée de celle de sa mère que Daniel se tait et recule quand elle la darde vers lui. L'indifférence souveraine de ses promenades dans l'appartement, sa façon de feuler lorsqu'une porte ou un mur bloque son exploration. Sa façon de se balancer sans fin.

Peut-être s'y prennent-ils vraiment mal avec Léa ? Avec plus d'attention, ils pourraient éviter beaucoup de problèmes, les crises en particulier. Après tout, c'est vrai, Léa est si joyeuse quand on la laisse tranquille. Évidemment, elle court partout, évidemment, elle n'arrête pas, Alicia n'en peut plus de devoir la surveiller sans cesse, d'autant que, pour la troisième fois en un an, Léa s'est fait exclure de la maternelle. En ce qui la concerne, ça ne change pas grand-chose que les écoles soient ouvertes ou fermées, mais en temps normal, c'est Alicia qui assume tout.

Daniel soupire. Léa ne réagit toujours pas. Daniel s'assoit, prend son ordinateur sur ses genoux, essaie de poser quelques idées au propre malgré le soleil qui explose dans le soir tombant. Puis un couple sort de l'immeuble, suivi de deux enfants qui se mettent à crier. Un garçon s'approche de Léa. À la grande surprise de Daniel, elle saute de la balançoire et court à sa rencontre. L'homme adresse à Daniel un regard qu'on pourrait dire complice, la femme un sourire qu'il ne serait pas déplacé de qualifier de chaleureux. Alicia n'a peut-être pas tout à fait tort d'apprécier cette ville, elle a en tout cas plus de chance que Daniel avec ses voisins. Avec tout ce temps passé à travailler, il n'a pas encore pris la mesure du nombre d'individus sensibles et amicaux qu'il pourrait croiser. Il lui reste certainement beaucoup de choses à apprendre.

Je ne vois pas Léa. D'avance, je souris à la perspective de son rire. Je *fonds*. J'ai toujours joué avec elle comme si j'avais eu son âge, sans faire semblant ni imiter un comportement d'enfant, en m'y impliquant avec tant d'attention et de sérieux que j'étais le premier fâché que Léa m'abandonne pour chercher d'autres jeux. Encore une chose que je voudrais ne voir jamais finir. Mon cœur s'accélère dès que le contact se rompt, que Léa revient en elle-même, s'évade dans un monde dont je n'aurai jamais la clé. Le bonheur qu'elle lui accorde est rare, fugace. À tout instant, elle peut se refermer.

J'aime voir ma fille peupler chaque objet de sens, faire toujours les mêmes sauts pour descendre l'escalier et ne pas manquer de revenir en arrière une fois sur l'avant-dernière marche du troisième étage, bondir de crocodile en crocodile aux passages cloutés, et déceler bien mieux que moi les limites symboliques qui bornent les différentes bulles d'espace qui peu à peu font passer du voisinage de la maison au grand large. Elle vit dans une réalité plus chargée que la plus mystérieuse des tribus de la selva. Je suis son seul ethnologue. Alicia est agacée par cette fascination qui lui rappelle peut-être nos premiers temps. C'est tout moi, c'est complaisant, ma manière habituelle de ne rien faire et de me sentir profond. En somme, dit-elle, j'aime ma fille à la façon dont on adore un être magique, une sorte d'elfe capricieux, si enchanteur qu'on lui pardonne d'être tyrannique. Autrement dit, je m'aime en elle, je ne vois rien derrière l'image animée.

J'ai été le premier à deviner. À admettre que quelque chose n'allait pas chez elle, n'était pas conforme en tout cas, résistait déjà à son rôle d'enfant. Léa habite la vie comme un vêtement qui n'a pas été fait pour elle. Sa vibration est trop singulière. Un peu comme Stanislas, même si je doute que Léa suive son chemin. Elle ne lit pas encore. Certains me disent que c'est normal à son âge. Ce qui l'est moins, c'est sa façon de parler, en mélangeant les mots, en les laissant venir au hasard comme de petites perles. Elle doit toujours se cogner pour apprendre, on dirait qu'elle vit dans la découverte permanente du présent, et qu'à cette exploration elle concentre toutes ses forces et son attention.

Dans mon petit jardin, elle a reconnu toutes les fleurs, réarrangé leurs tiges, elle le fait presque chaque fois qu'elle trouve un bouquet et chaque fois après son passage les couleurs se répondent mieux. Rien n'interdit de penser que dans le monde à venir elle ne soit pas si fragile et menacée. Peut-être même que, rendues à la vraie nature, ses antennes ultrasensibles révéleront leur utilité. J'aime l'imaginer en tout cas. Alicia et moi avons dû fournir tant d'efforts pour la maintenir ne serait-ce qu'aux marges du système scolaire. Toutes les écoles maternelles se sont défaussées. Il a fallu trouver des arrangements. Par l'intermédiaire de Julie et d'un autre ami, je suis remonté jusqu'au recteur de Paris.

En septembre, la logique voudrait que Léa entre au cours préparatoire, et tous les pistons du monde ne pourront l'y faire tenir en place. Léa bouge tout le temps, avec l'obstination hautaine d'un petit chat qui sort les griffes. Elle renverse tout, casse, éclabousse. Quand je la laisse venir dans ma vie en ouragan, c'est avec la sécurité de savoir qu'elle y est seulement pour deux ou trois jours. C'est avec elle, au fond, que tout a commencé. Depuis qu'elle est là, je ne pense plus à l'avenir sans effroi.

Une fois que des barrages sont installés partout où c'est « techniquement faisable », c'est-à-dire avec les conditions de relief requises, on ne peut pas faire grand-chose de plus. C'est ce qui explique la croissance puis la décroissance de la courbe de construction des barrages ci-dessus : il est habituel de considérer que, en Europe, à peu près tout ce qui était installable a été installé.

Jean-Marc Jancovici

La réunion Zoom se prolonge. Au début, Daniel s'est connecté avec une collègue, une femme dont l'attitude n'a pas rassuré Bruno. Elle semblait agacée de perdre son temps avec lui. Elle lui a donné l'impression d'évaluer leurs phrases, leurs explications, et, ils en étaient sûrs, de ne les écouter qu'en soupesant par avance les prétextes qu'elle pourrait trouver pour leur dire, avec toutes les précautions d'usage, et sans négliger de l'encourager, que pour une raison quelconque, peut-être administrative, sinon technique, plus vraisemblablement par lâcheté ou simplement paresse, elle ne pourrait rien faire pour eux. Au bout de vingt minutes heureusement, elle s'est déconnectée.

Depuis qu'il est seul avec Daniel, Bruno parle d'une voix moins hésitante. Daniel lui a semblé plus réceptif. Un ami de Stanislas, il paraît. Un disciple peut-être, si Bruno se débrouille bien. S'il arrive à dépasser le sentiment qui l'empêche encore d'être tout à fait franc avec Daniel. Un sentiment qui ne relève pas vraiment de l'antipathie, car, justement, le visage de Daniel est sympathique, avenant, il y a en lui quelque chose d'établi, de racé, naïf, franc aussi, Daniel ressemble à ces garçons que Bruno regardait autrefois comme des grands frères trop parfaits, ces garçons sportifs, structurés de bas en haut par une socialité sans fausse note ni temps mort, qui ne refusaient pas même d'être ses amis, mais l'écrasaient par la simplicité avec laquelle ils abordaient la vie. Un mélange de jalousie et de ressentiment, peut-être.

Oui, Daniel ressemble tout de même aux anciens patrons de Bruno. Bruno avait beau être bon dans son domaine, ils l'intimidaient toujours un peu. Pour décrocher son diplôme d'ingénieur, il avait dû bosser, il maîtrisait très bien les systèmes experts, mais ceux qui le commandaient avaient l'assurance des grandes écoles et le ton péremptoire de ceux qui n'ont jamais affaire qu'à des chiffres. Une armée joyeuse de consultants et de technocrates, avec leur logique sibylline, leur rhétorique contournée, leur connivence assez instinctive pour les préserver de toute remise en question. Tout cela, Bruno le devine chez Daniel. L'étage juste au-dessus du sien. Pas celui d'où partent les ordres, celui par lequel ils arrivent. Celui qui marque une limite que Bruno ne dépassera pas, que quinze ans de vie professionnelle lui ont appris à maudire. Le jour où tout pétera, quand il faudra vraiment choisir un camp, la démarcation passera précisément entre ces deux étages, entre les gens comme Bruno et les gens comme Daniel.

Mais pour l'instant, Bruno a besoin de Daniel. Quand ça a commencé, il s'est dit que son moment venait peut-être ; l'État ne saurait pas faire face et se mettrait en quête des conseils de gens comme lui. Capables de voir la catastrophe. Il ne faut pas que son moment lui échappe. Alors, il ne lâche pas. À l'instinct, il plante ses crocs à l'endroit qu'il sent vulnérable. Pour retenir Daniel, il parle sans s'arrêter.

D'abord, l'arracher à sa prudente indécision. La voix de Daniel le trahit. Il y a sa réserve d'énarque, bien sûr, comme s'il ne participait pas vraiment à leur conversation, mais la surplombait seulement, en adulte qui ferait mine de prendre part à un jeu d'enfant, mais saurait par avance et par principe que rien de ce que pourra dire Bruno ne le concerne. Il voit bien que Daniel croit avoir tout lu. Que sa tendance est d'analyser ce que Bruno lui dit pour le classer sur sa carte des controverses.

Mais il y a autre chose. Un fond d'inquiétude. Parfois, Daniel semble si naïf que Bruno le soupçonne de se moquer de lui. Quelle est votre stratégie pour passer à l'échelle ? Quels standards techniques le faciliteraient ? Depuis vingt ans, l'État se vend aux firmes américaines, méprise le libre et le gratuit, et maintenant Daniel donne des leçons sur les effets de réseau et l'interopérabilité. Le pire, c'est qu'il est sincère, il y croit, il vient vraiment de découvrir qu'un monde dans lequel les petits pourraient survivre autant que les gros, ce serait un peu mieux.

Ça se passe toujours comme ça. Certains mots tirent des grimaces à Bruno. Il s'agite tellement quand il les entend que son malaise devient visible. Ce n'est pas bon pour lui. D'autant que les notables qui utilisent ces mots sont éduqués à deviner la faiblesse, à exploiter tout rapport de force. Pour se calmer, il boit un peu de bière, se raisonne, se dit que ces moments d'abattement sont absurdes. Les rancunes personnelles et les souffrances individuelles n'ont plus leur place dans le grand drame des prochaines années, car oui, c'est forcé, d'une façon ou d'une autre, quelle que soit la forme que ça prendra, rapide ou lente, violente ou déliquescente, la société finira par se déliter, *ça va péter*, comme ils disent sur les réseaux. Un jour, malgré toute l'intelligence déversée à ce sujet et tous les livres, c'est à cela que tout se résumera.

Si seulement il pouvait ne plus faire partie du monde. Ne plus déprimer des mêmes petites choses : l'arrogance d'élites qui n'en sont plus, l'État qui ponctionne tout et tous, le président, son air de vendeur d'aspirateurs sous coke, et aussi le fait de manquer de mots pour exprimer ce qui l'accable…

Peu à peu, heureusement, sa patience paie. De fil en aiguille, la conversation évolue, se fait plus précise et technique, comment construire des éoliennes, comment entretenir celles qu'on possède déjà sans accès aux minéraux, aux terres rares, à la machine industrielle chinoise. Là, Daniel n'a rien à répondre. Il est forcé d'écouter Bruno parler de ses propres installations (en enjoliver la réalité, plutôt, mais Daniel ne peut pas le savoir), de la capacité de ses éoliennes, de son toit solaire, des solutions de stockage les plus appropriées au site et au climat.

Bruno mime le ton assuré, un peu docte, de ceux à qui il demandait conseil au temps des premiers pas de son itinéraire. Leur façon de lui faire sentir que la route serait encore longue, dure, qu'il lui faudrait bien des réveils matinaux, bien des lectures, avant d'être capable de comprendre vraiment où il allait.

Le ton qui l'avait tant découragé le jour où, pour n'éveiller aucun soupçon, il était allé à Auxerre se renseigner sur les groupes électrogènes. D'abord chez Mr. Bricolage, où un jeune chevelu l'avait assommé de détails à propos des rendements, de la régulation, fait miroiter toutes sortes d'options (alternateur, régulateur à boules, groupe électrogène temps zéro) sans saisir le double sens de ses questions, puis au Butt Matt, tenu par un gros barbu qui avait deviné à sa manière de pousser la porte où il voulait en venir. Qui lui avait décrit précisément le fonctionnement de quelques modèles adaptés aux situations d'urgence (à condition de disposer d'une réserve d'essence suffisante), qui pourraient certes servir à court terme en cas de crise brève, mais ne le sauveraient ni lui ni les siens quand arriverait le temps des grands craquements.

Bruno se revoit charger l'engin dans sa voiture avec la précaution d'un artificier qui manipule un obus, puis le regarder trônant dans sa cave avec un sentiment d'impuissance si total qu'il n'avait plus pu retenir ses larmes.

Daniel n'a toujours pas raccroché. Bruno et lui parlent depuis près de deux heures maintenant. Comme un client honteux de sex-shop, Daniel relance la discussion. Bruno sent que quelque chose peut céder. Il n'y a pas si longtemps après tout, lui-même n'était qu'un rouage, un ingénieur bien formé. Il a fallu que sa boîte l'estime trop vieux, trop lent, dépassé à même pas quarante ans, pour que le voile se déchire. Et quelle bascule depuis ! Trop forte peut-être, trop spectaculaire, Bruno n'est pas totalement dupe de son pessimisme : il est conscient de s'y complaire, un peu comme un producteur de série Z dont les gros plans s'attardent sur le visage du zombie qui charge en ânonnant « Cerveaaaaaau ».

Derrière Daniel, des cris. D'après le volume sonore, il doit gérer une crise familiale. Combien d'enfants a Daniel ? Un seul ? C'est au tour de Bruno de poser des questions. Contre son gré, il se retrouve en Daniel. Lui, il en a deux. Il aurait aimé les avoir avec lui en ce moment, mais leur mère trouve toujours de sales prétextes pour le priver de ses filles. C'est vrai que depuis que Bruno *sait*, il ne met plus ses enfants dans du coton. Il tolère et parfois encourage leurs imprudences. Son ex n'a pas apprécié qu'en revenant de chez lui un soir son aînée demande à pratiquer le tir. Quand ça commencera pourtant…

— Ça ?

Le ton de la question ravive la lassitude. Tout ça pour ça. Pour que Daniel reprenne ce ton ni vraiment supérieur ni vraiment narquois, intéressé de loin, et pourtant détaché, surplombant, comme un acheteur qui soupèse une curiosité. Bruno a envie de dire ce ton de gauche, en tout cas, c'est très précisément à ça qu'il associe la gauche, une agitation qui n'est motivée par rien, sans désir, sans foi, sans horizon, rien que le perpétuel mantra du mouvement et la hargne refoulée d'en connaître la vanité. Oui, *ça* ! Ils en parlent tous ainsi, comme dans un livre de Stephen King. Ils ne savent pas quelle est la chose obscure et multiforme qui les menace, ils savent seulement qu'elle est déjà là.

Il se contient parce qu'il sent que Daniel hésite vraiment. Daniel se trahit, par cent petits détails : il est nul en mécanique, il conduit comme Gaston Lagaffe et ne sait pas jardiner. Parle de sa sœur médecin dont il envie parfois l'utilité. Avoue avoir l'impression de vivre une vie un peu abstraite, un peu désincarnée, qui n'a plus tellement de sens dès qu'on le sort de son milieu. Il se défend aussi. Dans son esprit, le tribunal futur plante déjà ses drapeaux. Il répète un peu trop qu'il ne se sent pas un ennemi du peuple.

Non, Bruno ne s'était pas trompé. Daniel s'inquiète. Bruno savourerait presque l'expression indignée, peut-être même apeurée qui vient d'apparaître dans le regard de Daniel. Il comprend mieux. Ce n'est pas le mépris qui guide les objections de Daniel. C'est la peur. Les objections de Daniel, Bruno les a entendues cent fois. Toute l'histoire prouve que les groupes isolés sont les moins viables en cas d'effondrement : que feront Bruno et ses amis si la population locale les rejette, si la police ou l'armée prennent leur autonomie, instaurent un ordre féodal ou mafieux, comme cela se produit déjà au Mexique ou en Colombie ?

Bruno n'est pas sûr que ses réponses soient moins banales. L'objectif n'est pas de rester seul, justement, le but de la manœuvre est de constituer des communautés à l'échelle d'un ou de plusieurs villages, sur le modèle des bourgs fortifiés d'autrefois, ou mieux, des monastères protégés par leurs murs des traînards de l'ost royal et des grandes compagnies d'écorcheurs, des communes organisées, fraternelles, autonomes.

*

La conversation est finie depuis cinq minutes. Bruno n'a plus aucune énergie. La plénitude quitte peu à peu son cerveau, le laisse au blanc, au vide. Il est persuadé d'avoir raté son coup. Daniel ne les aidera pas, il aura raison de ne pas les aider, car au fond, aucun d'eux n'ose pousser leurs conclusions jusqu'à leur terme, aucun d'eux ne met les pieds dans le plat et dit noir sur blanc que oui, il faudra assumer toutes les conséquences de ce à quoi ils se préparent, y compris la lutte armée.

Bruno a suffisamment voyagé pour savoir d'assez près ce qui se passe pendant les guerres, il connaît la situation au Mexique, en Colombie, au Liban, en Afrique, combien d'hommes et de femmes âgés et désabusés lui ont parlé des splendeurs disparues de leurs pays. Il a vu les militaires en bandes, les grandes manœuvres industrielles des pétroliers, les multinationales françaises plaçant leurs pions, les Chinois avançant les leurs…

Il sait tout cela, mais il en revient toujours aux forums, à ces récits d'apocalypse qui masquent seulement la réalité intérieure de l'effondrement, ce grand vide en lui qui le fait frissonner.

Il a d'abord expliqué qu'il stockait pour économiser. Après tout, nos grands-parents stockaient, certains de nos parents aussi, et pourquoi cette logique, admise, et même respectée quand il s'agit de constituer une cave à vin, ne pourrait-elle pas être étendue ?

Il y a eu dix bouteilles d'huile d'olive, puis vingt, puis cent. L'huile d'olive aide à métaboliser les vitamines, et Bruno avait de l'espace. Et même si les sites survivalistes le faisaient rire, il ne manquait pas de s'y renseigner avant un achat. Farine. Beaucoup de farine. Riz. Flocons de pomme de terre. Toutes sortes de légumineuses. Sel de mer. Fruits secs. Sucre. Viande séchée. Noix, amandes, sésame, pavot, graines sèches. Conserves variées de viandes, poissons, légumes, fruits… À force, il a eu peur de ne plus s'y retrouver, de laisser passer les dates de péremption. Il a réfléchi à une gestion plus scientifique.

Quand on le pousse dans ses retranchements, il avoue qu'il possède plusieurs livres de Francesco Da Costina, qu'il suit ses fils YouTube et Facebook. Non, il ne prend pas ça au sérieux. Mais sur le ton de la plaisanterie, il lui arrive lui aussi d'évoquer les institutions secrètes qui jouent aux dominos au-dessus des banques, et au-dessus encore ces petits groupes qu'on n'ose pas nommer et que certaines vidéos représentent par un œil dans un triangle vert.

Quand Stanislas s'en est allé, Bruno n'a pas pu s'empêcher de réunir les autres et de leur demander : franchement, à votre avis, en cas de gros coup dur, est-ce que nous sommes trop près de Paris ? Il avait examiné beaucoup d'options avant de faire son choix, le plateau suisse, l'Islande, la Norvège, la Nouvelle-Zélande. La Suisse était exposée au réchauffement, la Suède et la Norvège trop proches de la Russie, et la Nouvelle-Zélande sans aucune échappatoire si quelque chose tournait mal. Et puis il fallait pouvoir entrer dans ces pays, y vivre. Bruno n'était pas prêt à lâcher son poste à Paris. De toute façon, la plupart de ceux qui l'ont rejoint en Bourgogne ont un profil de bras cassés. Pas vraiment une bande de superhéros, les membres d'Anankè. Johanna parle beaucoup mais ne touche jamais un outil. Arthur fait ce qu'il peut pour se rendre utile sans cesser d'être un boulet pour la communauté. Katia n'y croit clairement pas, et leur fils Paul passe son temps à hurler. Stanislas n'habite même plus avec eux. D'autres commençaient à devenir sceptiques avant le début de l'épidémie. Râlent sans cesse à cause des légumes gris, de la forêt sans fond et de ses sangliers, de la première gare à quinze kilomètres.

Par la fenêtre, le vent pousse un air humide. Chaque craquement, chaque mouvement du verre de Bruno sur le bureau s'en va remplir couloirs, chambres et caves de bruits fripés. Bien qu'il soit seul dans la grande maison, il ne bouge plus qu'avec précaution. Il a l'impression d'une menace suspendue, le moindre geste peut déchirer la toile d'immobilité et de paix.

Il boit lentement. Bien que l'alcool fasse ressortir ce qu'il a en lui de plus pitoyable. La peur abjecte, son insécurité d'homme élevé dans le chaud et froid, qui a fantasmé des rencontres inopinées et des aventures initiatiques avec les filles qui lui plaisaient dans une chambre tapissée de livres aux couvertures grises écrits par Asimov, Vance, Herbert, ensuite Simmons et Banks. Il y aurait celle qu'il surprendrait un soir dans les ruines d'un vieux cimetière en plein « contact » avec des aliens et dont il partagerait le combat, la blonde aux cheveux lisses et aux collants robotiques qui révélerait plus tard sa vraie nature d'ange de métal blanc ; et fatalement, un jour, la peau de la Terre cloquerait, éclaterait pour libérer les armadas de vaisseaux et l'univers entier serait le terrain de son aventure.

Sa famille n'était pas assez riche et enracinée pour lui offrir un passé. Sa vie était un désordre, une improvisation. Il attendait le moment où tout se convertirait. Dans le bus, tôt le matin, il regardait les lumières baliser la route comme une piste de décollage tandis que Gala et d'autres voix préparaient son prochain envol. *Freed from desire.* Tout devenait son, rythme, l'existence promettait d'être stellaire.

Et puis au fur et à mesure, le domaine de la lutte se reconfigurait, les filles restaient au loin, on se battait pour le travail contre des escouades de mercenaires sans rêves venus d'un ailleurs plus terrestre. Le monde dans lequel il allait vivre serait petit, compliqué, sans issue.

Les premières années de la vie adulte passent, la réalité professionnelle siphonne son attention, la musique même ne lui promet plus rien. Ses nuits sont agitées. Son âge lui saute au visage. Il se retourne dans son lit. Pense qu'il ne sert à rien, attend, lapin pris dans les phares de la mort. Il fait des crises de tachycardie, s'étourdit aux somnifères et à la bière sans retrouver ce que l'angoisse pouvait avoir d'inspirant.

Le sommeil est passé, le sommeil m'a frôlé, a laissé tomber sur moi son avant-goût de néant. Peu à peu, le temps et l'espace percent le fond uniforme de la douleur. Une étendue de blancheur et d'attente. Sa monotonie dépasse celle des plaines et des plateaux gelés. Peut-être est-ce le blanc d'un ciel sans fin, peut-être un désert de sel, peut-être un sous-sol de laboratoire éclairé d'une seule boule de feu d'un blanc incandescent. Pendant des siècles peut-être, le temps n'a plus été qu'un abîme de durée.

Je ne suis pas encore gelé. Par morceaux, je retrouve les sensations encore flottantes de mon corps. Ici le creux de la paume d'une main. Ailleurs, l'articulation d'un coude. Un pont formé par le dernier et l'avant-dernier doigt de pied. L'entrejambe. L'épaule qui ne m'appartient plus, qui n'est qu'un vide en moi, une absence. Ces fragments sont-ils vraiment miens ? L'apocalypse m'a éparpillé. Mon regard lui-même s'éveille comme un papillon sans force, allant d'une flaque blanche à une autre, à une ombre, à un renfoncement, incapable d'y trouver profondeur et réalité.

Le maintenir posé sur une zone sombre est une souffrance intolérable. Faire l'effort de creuser dans l'épaisse vibration, y révéler un coin dont part une arête, la suivre jusqu'à un autre coin, puis encore un autre, et bientôt l'espace n'est qu'un enchevêtrement sans fin d'angles et de lignes.

Une soudaine catastrophe le balaie. Un choc a rabattu mon regard dans ma tête, l'a tassé sous la masse de mon front, et, comme une fleur, mon corps d'autrefois se déplie, s'épanouit autour de moi, reprend possession du temps, de l'espace. Cette chaleur qui monte, c'est anormal. Hypothermie, explique un fragment d'âme. Plage, dit un autre. Été, abandon. Le soleil est aussi blanc que le sable qui me recouvre. Léa m'a-t-elle à nouveau enterré ? Le sable n'est pas chaud, le soleil radical et dur, droit dans la mince cassure noire qui cisaille le ciel.

Une dune ? Trop haute, trop raide.

De l'épuisement des ressources pétrolières à l'accélération du rythme d'extinction des espèces, en passant par l'essoufflement de l'agriculture intensive et les risques que représentent les chaînes d'approvisionnement de plus en plus tendues pour l'économie, rien de tout cela n'est vraiment neuf. La nouveauté réside plutôt dans la manière d'aborder le drame qui nous attend. L'effondrement, c'est la convergence de toutes les crises : climatique, écologique, biogéophysique, économique...

20 Minutes

Dieu sait combien d'applications clignotent sur le portable de Daniel. Sur l'une d'elles, les messages d'Amélie se succèdent. Encore plus flippée que d'habitude. Elle l'assaille de ces plaintes sans fin qui font l'impression d'une pluie grise, qu'on laisse passer sans prêter l'oreille et qui malgré ça trouvent le moyen de vous déprimer. Elle est la première à vouloir tenir compte des remontées de terrain. Mais cela doit se faire avec méthode, de façon collective. Une fois de plus, Daniel a choisi de l'écarter. Elle aurait dû être associée à l'audition de Bruno Delorme. Après tout, la cheffe du service de l'Appui aux territoires l'a été. Elle se sent mise devant le fait accompli. Privée de toute autorité, de respect. Personne ne l'informe plus de rien, elle n'est pas en copie des messages concernant les sujets dont elle a la charge, depuis qu'elle ne participe plus aux réunions d'encadrement, elle ne connaît même plus l'agenda de la sous-direction. Elle n'en peut plus.

Ailleurs, ce sont les rumeurs qui circulent. Petites affaires d'État qui restent le quotidien. Le ministre envisagerait de partir sur un coup d'éclat. Le directeur général serait bientôt poussé vers la sortie. En tout cas, les membres du comité de direction sont aux aguets. Fidèles à leur rôle d'emmerdeurs, ils se plaignent que Daniel ne consulte pas les représentants de leurs administrations. Julie Dehotte non plus n'est pas très satisfaite. Dans le dossier provisoire que Daniel lui a adressé, elle n'a trouvé aucune trace de discussions avec les autres administrations ou le monde industriel. La société civile ne se réduit pas aux mairies et aux associations, pourtant. Elle a transmis à Daniel une liste de personnalités qu'il semble nécessaire d'auditionner. Elle aimerait aussi que le projet de débat avance.

Et puis, il y a les réseaux sociaux. Daniel a beau n'y être que sous pseudonymes et rester silencieux, il sent à ses réactions, ses craintes, ses exaspérations toujours plus sèches et rageuses que les petites dents des algorithmes mordent et mâchent. Le piège fonctionne. Depuis des années, le piège qui dégoûte des livres qu'on aimait, dégoûte de soi, fait lentement de vous un clone de l'agent Smith, et sinon de lui, d'un militant quelconque, gauche droite, néocons, intersectionnel, les prototypes sont aussi nombreux que les chaînes spécialisées. Jusqu'à maintenant, Daniel se contentait d'observer. Depuis quelques jours, il commente. Profitant de son anonymat, des idées qui le surprennent jaillissent de ses doigts, des bribes de lui qui ne trouvaient nulle part leur place s'éveillent, se déploient. Il sait qu'il s'engage sur une pente raide et glissante.

La courbe des morts est sur le déclin. La première vague va passer. Cette semaine marque aussi la maturité du complot. Lequel ? Nul ne peut le dire. Chacun s'est fabriqué le sien. Une angoisse s'estompe. Une autre s'installe. Plus personne ne se sent vraiment en sécurité. Il n'y a plus de havre, plus de sol solide ni d'avenir balisé. Daniel lui-même n'a plus de certitudes. Le président peut annoncer un confinement éternel ou une guerre, une police secrète l'arracher en pleine nuit à son appartement. Une canicule épouvantable noyer l'atmosphère de vapeur noire. Le répertoire est si riche, on peut n'être jamais déçu. Non, cela ne s'arrêtera plus. La vie ne sera plus jamais douce.

Il faut désormais vivre avec ça dans l'air, s'inquiéter au moindre signe, à la moindre poussée de fièvre. L'angoisse qui oppresse parfois sa poitrine conduit Daniel à de longs exercices d'hypocondrie avec sa sœur au téléphone. Il cherche à faire redescendre le mal dans ses membres, réalise que ce sont les épaules, oui, et la nuque, douloureuse, dure comme du bois. Parfois c'est la bouche, aussi, et le front, un peu tout en fait, ce n'est pas vraiment une douleur, mais un malaise, dont l'impression d'avoir le corps bourré d'une matière cotonneuse n'est qu'une manifestation superficielle, que c'est dans sa tête que ça ne va pas, que la douleur passe seulement de sa pensée à son crâne, à ses épaules, à son dos.

Avec tout ça, il ne trouve plus ses mots, même pour répondre aux questions de sa mère. Il ne peut que l'écouter se plaindre, pas du gouvernement, non, ils font leur possible les pauvres, ils n'en savent pas plus que nous, mais du comportement de son père. Parce que la Suisse ne confine pas, parce que l'économie prime, parce que ça fait longtemps qu'il a tout lâché, l'entreprise est vendue, les brevets sont convertis en rente, la propriété de Lorraine en gîte, les vieux terrains au bord du lac d'Annecy en chalet moderne avec sauna et jacuzzi, le père de Daniel est parti en croisade. Il ne veut pas prolonger indéfiniment sa vie, mais vivre, savourer le printemps comme un randonneur sa bière, se promener tant qu'il peut, jouir de tout ce qu'une époque bénie lui a permis d'accumuler. Sur Facebook et sur WhatsApp, il est prêt pour la révolution, le père de Daniel !

Lorsque tu fais quelque chose, sache que tu auras contre toi ceux qui voudraient faire la même chose, ceux qui voudraient le contraire et l'immense majorité de ceux qui ne voulaient rien faire.

Confucius

La porte de l'ascenseur s'ouvre sur l'étage ministériel. Comme chaque fois, Daniel est surpris par l'agitation. Derrière sa large banque d'accueil gris-bleu, l'hôtesse masquée lui impose son mutisme réglementaire. Deux minutes durant, elle poursuit une activité mystérieuse, apparemment urgente, qu'elle parachève d'un dernier coup de crayon avant de relever la tête pour le redécouvrir et lui annoncer que le ministre n'est pas disponible.

D'une main qui semble à chaque geste devoir porter le poids du monde, elle désigne, sous de grandes affiches rouges, la rangée de bancs d'un bois sans doute aussi sophistiqué que les pensées de l'architecte. Un sur trois est occupé par des hommes et des femmes en costume, graves et gênés sous leur masque, qui se lèvent à tour de rôle au signe de la vestale pour se glisser dans un des quatre couloirs en étoile autour du hall. Des profondeurs fonctionnelles montent des bruits de voix et des grincements de porte.

Daniel remâche ses arguments dans sa tête. Il a passé la nuit sur sa note mais n'est pas satisfait. Julie l'a prévenu au dernier moment. À 1 heure du matin, pour lui dire que le ministre souhaitait connaître ses premiers résultats. Daniel n'a pas eu le temps de travailler comme il l'aurait voulu. Et la fatigue, évidemment. Avec un peu de chance, malgré tout, il convaincra. Faire des phrases courtes surtout. Ne pas se perdre dans ses raisonnements. Éviter les concepts qui énervent le ministre. Aller au fait. Il n'a pas le temps de terminer sa liste qu'une ombre passe devant ses yeux et le fait sursauter. Un homme chauve qu'il croit reconnaître dépasse la banque d'accueil, puis plonge vers les ascenseurs. D'une voix douce alors, l'hôtesse appelle Daniel. Elle le guide comme un Chamoniard un client japonais.

Son empressement est remercié d'un salut joyeux de Julie Dehotte qui attend Daniel en fou-riant devant la porte du couloir. Les flaques bleues de sa robe de madras flottent autour d'elle. *Sorry*, dit-elle. Finalement, le ministre ne pourra pas te voir. Il a eu un truc urgent, mais je dois lui faire un feed-back ce soir. Elle ralentit son pas dans le couloir, de manière à laisser Daniel entendre, montant de l'ultime caverne à l'extrême fond du couloir, le gros rire du ministre de la Transition énergétique et de l'Économie résiliente, qui traverse le volume de son antre, rappelle à tous sa présence de bon cyclope.

Parfois, le ministre sort de son bureau, saute dit-on celui du directeur de cabinet pour venir bavarder avec la directrice adjointe, qui ne rit que de ses meilleures plaisanteries. Le directeur de cabinet s'en plaint d'autant moins que la réputation d'efficacité du binôme qu'il forme avec son adjointe dépasse les frontières du ministère. L'un montre aux représentants britanniques son visage le plus intransigeant, tandis que le docteur Francis Busch de Berlin quitte le bureau de l'autre avec un sourire proportionné aux concessions obtenues.

Julie conduit Daniel dans son bureau, tire sur son masque et dévoile son sourire d'être solaire, enthousiaste, suffisamment plastique pour rester persuadé, après trois années de basse politique, d'œuvrer encore pour le bien commun.

Jusqu'à présent, la voie de l'enthousiasme a été payante.

Daniel pousse une chaise et s'assoit à la grande table de réunion. Julie se place de l'autre côté, un peu décalée pour ne pas lui faire directement face. Elle le regarde sortir de sa poche un carnet et sourit à nouveau. Comme si elle regardait un gamin, pense Daniel. Non, c'est absurde. C'est de la complicité. Ils se retrouvent souvent ainsi, le soir, pour l'ultime balayage de rapports avant transmission au ministre. Plusieurs fois ces derniers mois, Daniel en a profité pour faire passer des idées sans les soumettre à la validation de son directeur. Il prend toujours de nombreuses notes. Julie se contente de feuilleter les dossiers, se fiant à sa mémoire. Daniel connaît cet air de gamine en train de comploter un coup.

Ce que je te raconte est tout à fait confidentiel, dit-elle. Le Premier ministre va partir. Quand ? Elle se remet debout, traverse la pièce, pousse la fenêtre, soupire, avoue qu'elle ne sait pas, que personne ne semble savoir, pas même le président sans doute, comme d'habitude, c'est le désordre et l'improvisation, mais tout le monde comprend en tout cas que quelque chose d'important et de profond se passe. Daniel devrait être content. Là-haut – le doigt de Julie pointe vers le ciel – ils sont devenus capables d'entendre les propositions vraiment originales.

Wenziger dit un truc de ce genre, non ? Un glacier qui se fissure lentement, puis bang, qui craque d'un coup. En ce moment, ça se fissure.

Ça ? Daniel a du mal à l'écouter. Depuis le début de la conversation, il tourne à gauche et à droite et cherche des traces de sa note. Une demi-heure plus tôt encore, Amélie l'a assailli de messages. Bruno aussi lui a téléphoné. Julie comprend. Non non, elle n'oublie pas. Elle a cette façon si subtile de faire des critiques sans blesser. Il va falloir itérer. Il y a des trucs vraiment cool, des idées super, et bien écrites en plus. De petites reformulations à faire peut-être. Restaurer la cohésion sociale, par exemple, ça ne donne pas vraiment envie, c'est trop défensif, justement, il faudrait un mot qui projette plus dans l'avenir, renouveler, potentialiser, je sais pas. Faudra penser niveau de normes, aussi. Ça peut pas être seulement réglementaire, faudra un peu cranter dans la loi, mais si on fout tout ça comme ça dans la prochaine charrette, on risque de prendre un nouveau taquet du Conseil constit. Bon, ce qui serait vraiment cool, ce serait une ordonnance, mais pour ça, faudrait un truc plus ramassé. Une seule proposition, phare. Une *silver bullet* qui craque le problème. J't'assure que ça fera briller les yeux des conseillers du président.

Et puis, Daniel s'en doute, si le Premier ministre s'en va, beaucoup des directeurs qu'il a nommés partiront aussi, dont celui de la direction générale de la Sécurité économique et sociale. Daniel aurait de vraies chances de lui succéder, s'il prouve qu'il a la carrure et le sens politique nécessaires. Mais pour cela, il faut qu'il fasse un peu parler de lui. Pour mettre n'importe quelle proposition en œuvre, il faut exister dans le débat public.

— Le ministre serait vraiment content de faire ce débat avec Wenziger. Franchement, je comprends pas ce que tu fous. C'est si compliqué de demander des garanties à ton pote ? Ta copine Mathilde a pas l'air d'y arriver non plus. Il faut te bouger un peu. Sérieux, le ministre tient au truc, mais il ira jamais s'il est pas sûr que l'autre jouera pas au con.

Ainsi, tout ce qui s'effondre (les objets de la vie de tous les jours, les tours, les avions, les écosystèmes, les entreprises, les empires et bien d'autres) est un système en réseau. Parfois les nœuds sont des atomes et les liens des liaisons chimiques ; c'est le cas pour les matériaux solides, parfois les nœuds sont des liaisons physiques entre des composants de structures artificielles. Parfois les nœuds sont des êtres humains ou des groupes sociaux.

Ugo Bardi, Institut Momentum

Ça a peut-être commencé devant le panneau d'affichage, dans le silence cotonneux de cette cour, avant même qu'ils échangent leurs noms. Daniel anxieux, Julie en soutien. La relation s'est construite ainsi. Médiatrice auprès d'Alicia, coach en montagne, *sparring partner* au bord des canaux de Strasbourg, mesurant au rétrécissement de leurs discussions les avancées en eux de la langue de bois... De la bande des quatre, seuls Daniel et Julie sont restés amis. Ils se trouvent plus beaux sur les photos que dans leurs souvenirs. Sans Julie, Daniel n'avancerait pas autant. Elle n'oublie pas qu'elle lui doit certains de ses premiers « waouh », au-dessus du lac d'Annecy, aux échelles de la mer de Glace, dans cette fameuse fissure de la Grande Borne où même Alicia a reconnu que parfois la vie valait la peine d'être vécue.

Daniel accepte que Julie monte plus vite que lui les marches de la carrière. Il aime l'entendre parler, se reposer sur l'énergie et la bonne humeur qu'elle partage sans peur de dilapider. En elle, il retrouve le monde simple et évident auquel ses parents l'ont préparé.

Elle a su depuis le début, dans le tout petit village où elle a grandi en aval d'une écluse, au milieu de collines qui lui ont tôt appris que l'effort peut être un plaisir. Pendant des années, elle a travaillé, sans réfléchir, comme on règle son pas pour une longue ascension. Sous les applaudissements comme dans le silence. Même quand elle n'est pas la meilleure de la classe, c'est elle qu'on encourage. En seconde, M. Meyer lui met le seul vingt de sa carrière. Elle le mérite peut-être. Peut-être faut-il aussi y voir un petit coup de pouce. La copie de Florent n'est pas moins bonne, mais il n'a que dix-huit. Cela se reproduit souvent. Au moment des dossiers de prépa, les commentaires sont élogieux. Le professeur de mathématiques propose de l'héberger dans sa maison de campagne pendant les vacances pour lui permettre de prendre de l'avance.

À Paris, ses yeux émerveillés ouvrent des portes sur lesquelles d'autres se fracassent. Il suffit de s'accrocher et ça passe, si bien qu'à certains moments elle ne sait plus quoi choisir, grisée par la nuée des possibles, cumule trois masters, le sport, devient, à force de vouloir tout faire, un sujet d'amusement et de plaisanteries pour les autres. Pendant plusieurs années, Julie les regarde se poursuivre, Alicia toujours sérieuse, Daniel avec ce léger côté désuet qui l'attire un peu et agace aussi parfois.

Aux États-Unis, Julie apprend à se moquer des petites connivences pour tracer son chemin. L'immensité des bibliothèques l'étourdit. Elle se couche à l'aube pour le seul plaisir des nuits blanches dans les sous-sols saturés de livres introuvables. Elle se sent chez elle. Personne, ici, n'entend prendre la file d'attente. Pas d'aînés accrochés à leur siège dévorant leurs enfants et leurs petits-enfants. L'une sera journaliste et publie des nouvelles dans le *New Yorker*. Un autre continuera la métaphysique quelques années encore, puis il ira voir ailleurs, vers le conseil plus que vers la finance dont ses stages l'ont dégoûté. Julie apprend aussi de leur ambition.

À son retour en France, Alicia la tient éveillée lors d'interminables conversations nocturnes. Elle s'indigne : tu ne peux pas croire au marché, au libéralisme, enfin. Julie y croit. Ce n'est pas infaillible bien sûr, pas mécanique, mais quand même, le marché incline à récompenser le travail, l'énergie, la persévérance.

Évidemment, on peut dire qu'elle rêve sa vie, mais ça n'a rien d'un rêve éthéré, plutôt l'essor continué d'une force qui se nourrit d'elle-même, qui n'est jamais venue se briser contre rien, peut-être aussi parce qu'un instinct de conservation l'a toujours retenue de se précipiter contre les murs. Pour entretenir la sensation d'être invincible, elle s'est bien gardée de tenter l'impossible.

Daniel et Julie volent quelques illusions à l'ENA. Pour Julie, y entrer est une consécration. Daniel, lui, a préparé le concours en désespoir de cause, parce qu'il ne voyait pas d'autre issue. Ses propres rêves étaient trop ténus. On sent tout de suite qu'il n'est pas à sa place. Julie, c'est différent. Maladroite en ambassade, elle cartonne en revanche en préfecture. Elle en revient même avec une note qui n'a été attribuée qu'une seule fois avant elle, à un jeune homme depuis passé en banque d'affaires en qui tout le monde nourrit de grands espoirs. En fin de scolarité, Julie est huitième, Daniel vingt-troisième. Une différence qui change tout. Julie intègre l'Inspection générale des finances. Daniel n'est qu'administrateur civil. Tous deux se retrouvent à Bercy. Ils se promettent de conserver des espoirs au-delà de l'équilibre des comptes publics. En bout de chaîne, le désir d'infléchir un tant soit peu les choses et les projets de carrière se mêle en un même avenir, que leur nomination comme sous-directeurs commence à esquisser.

Les bulletins de leurs journées d'alors rempliraient des pages. Elles s'enchaînent, rythmées de coups de billard à multiples bandes, parfois improvisés, d'autres fois longtemps prémédités, dont la percussion répétée transmet à leur esprit une énergie aussi fébrile qu'optimiste.

Le matin, propulsé hors du lit par l'imminence de la réforme structurelle, Daniel s'élance de son pas ondoyant et catégorique vers un petit déjeuner d'énarques dans les abris du parc de Bercy. Il pousse la porte avec la même énergie qu'il compte mettre à pousser ses idées, et d'un seul mouvement, emporté par l'audace souple et pétrolée de son costume Kenzo, salue ses camarades de promo, Charles, Vincent, Myriam, et tous les autres.

Peu après, discrètement, la haute silhouette de Julie se dessine dans l'encadrement de la porte, et, avec une agilité de fée, se glisse entre les groupes. Derrière elle, un à un, mais sans tromper personne, les membres de l'Inspection des finances ayant achevé leur propre réunion privée viennent jeter un rapide coucou aux camarades un peu moins égaux.

Julie et Daniel cheminent ensuite côte à côte vers le ministère. Une autre journée commence. Dossiers, coups de téléphone, séminaires, entrecoupés de discussions de couloir. À midi, Daniel regrette d'être tenu à l'écart du restaurant des huiles au dernier étage et se rabat sur la cantine de second niveau. Chaque semaine au moins une fois, Julie et lui y accompagnent les membres de leurs équipes, experts ou secrétaires.

Dans les temps morts de l'après-midi, ils lisent. De site en site et d'article en article, emmagasinent les tendances de l'actualité technocratique, font provision de mots en vogue, réfléchissent aux façons les plus habiles de les glisser dans les conversations qu'ils auront à mener le soir, après 21 heures. Pour rester informés, par prudence, ils finissent deux fois par semaine leurs soirées au café Bourbon en face de l'Assemblée. Un mercredi sur deux, sans que Daniel le sache, ces soirées se prolongent pour Julie. En plus petit comité, elle sympathise avec quelques députés susceptibles de prendre leur essor.

Inspectrice des finances comme le jeune président, Julie a toutes les chances d'être sur la photo. Quelques jours après l'élection, elle est contactée pour intégrer le cabinet d'un ministre tout juste nommé. Daniel, lui, est seulement convoqué par sa supérieure, la directrice générale de la Sécurité économique et sociale, une toute petite dame mince et vibrante, toujours habillée de façon sobre et chic, qui lui annonce qu'elle quittera bientôt ses fonctions pour l'Inspection générale des affaires sociales. Elle lui dit nous devons absolument changer notre logiciel sur les questions que vous traitez. Sur un ton plus doux, elle continue, comme en se parlant à elle-même, et dit que son expérience lui a au moins appris que les sociétés sont fragiles. Elle en a vu beaucoup qui avaient l'air solides et se sont désagrégées.

Ce moment d'euphorie ne dure pas. Daniel est trop jeune pour lui succéder. Rapidement, les rumeurs annoncent la nomination d'un homme réputé efficace et pragmatique. Quelques jours plus tard, Daniel retrouve Julie à L'Arc-en-Ciel. Elle vient de finir son jogging, en tenue de sport elle paraît plus grande et plus mince que jamais. La fatigue ne l'empêche pas de se montrer aussi compatissante que le permet son souffle. Elle mord ses lèvres pour ne pas rire quand il lui raconte le séminaire exceptionnel organisé pour fêter le nouveau directeur général. La carrure de rugbyman, la tenue sophistiquée, les lunettes énormes et le crâne méticuleusement rasé, la façon dont le DG s'est assis devant le fameux bureau en teck installé à grands frais pour satisfaire le besoin de prestige d'une précédente ministre, sa voix si incongrue dans cette salle tapissée de rouge.

Le sourire de Julie est un peu ironique. Toujours le même scénario : Daniel tourne en boucle sur une obsession, elle finit par le couper. Tout de même, le nouveau DG n'est pas Bachar el-Assad. Il a suffi à Julie de faire quelques recherches sur Google pour le cerner. Parfois, on se déteste déjà sur CV. Ce qui désespère Daniel, c'est la vitesse à laquelle l'antipathie est venue. Ce n'est pas la première fois que ça lui arrive. Il a toujours la même envie d'être aimé, il ne comprend pas ce qui provoque ce genre de réaction chez certains. Il s'imagine que le problème est politique. Le DG est ce que dans le privé on appelle un cost-killer. Julie n'ose pas dire à Daniel que ce qui ne va pas chez lui, c'est justement son air gentil, sa dégaine de bon garçon.

En tapant le nom du DG, on trouve, outre son arrêté d'intégration au corps des Ponts, des temps de semi-marathon. Le nouveau DG est un battant, élevé dans l'obsession du travail et la hantise de redescendre, qui se remet toujours en selle quand il tombe, et ne supporte pas les enfants gâtés. Dressé à chercher le sérieux, l'esprit rationnel et pragmatique, la discipline, tout ce avec quoi on ne triche pas. Elle imagine l'acharnement, l'éclosion tardive de l'adulte dans le nid d'aigle de Polytechnique sur le plateau de Saclay, lorsque, dans les solitudes, souvent la brume, sa jeunesse trop longtemps comprimée explose enfin. Elle ne pense pas qu'il aime spécialement le capitalisme, mais que comme elle, il ne connaît pas d'alternative.

Alors, Julie fait comprendre à Daniel que son supérieur est là pour un moment. Qu'il aboie pour l'instant, mais aura bientôt besoin d'alliés. Elle n'est pas dans le secret des dieux, mais elle voit bien que les problèmes à régler sont nombreux. Avant de tout transformer, il est raisonnable de faire en sorte de consolider ce qui est. Quoi qu'il en soit, elle n'interviendra pas. Il n'est pas question de provoquer des difficultés entre le ministre et les directeurs, pas maintenant, en tout cas. Avec le temps, Daniel et son directeur s'apprivoiseront. Elle est sûre que ce qui les divise pèse moins que ce qui les rapproche, qu'ils trouveront des terrains d'entente. Il le faut. Il doit prendre cette cohabitation comme un test.

— Dès que je vois un créneau, je te bipe.

Ils apprennent à fonctionner comme ça, remportent quelques petits succès. Comme Julie l'a prédit, les relations de Daniel et de son directeur s'apaisent. Daniel est trop sage pour rester fâché longtemps avec un supérieur.

Il s'adapte, se fait sérieux, prévenant. Le DG est obligé d'admettre que Daniel connaît ses dossiers. La façon dont les yeux du DG s'allument ou s'éteignent dicte à Daniel de nouveaux centres d'intérêt. Il n'est même pas surpris de se découvrir soudain un goût réel, profond, durable pour la préhistoire.

Daniel sait son combat gagné le jour où le Codir réuni au réfectoire des huiles se met à discuter d'informatique quantique. Les chefs des principaux services savent à peine allumer un ordinateur. Daniel, lui, a fait le travail. Il sait que les prototypes actuels ne sont que des calculateurs, restreints à des champs de problèmes très délimités. Il sait ce qu'est un qubit, sur quels principes fonctionne un algorithme quantique, connaît les grandes directions de recherche des entreprises et des laboratoires privés, les segments sur lesquels la France pourrait exceller – comme souvent, ceux des principes théoriques, des systèmes nerveux conceptuels de la Deep Tech, la France est un prestataire spécialisé en abstractions qui n'a pas la force hélas de leur donner vie tout seul. Et puis, l'informatique quantique en est encore à ses balbutiements, même si la négliger serait irresponsable. Pour un littéraire, c'est louable.

Daniel apprend. Il calque son management sur la façon dont son directeur mène les réunions, au trot, coupe court aux envies de discourir en résumant les interventions d'une phrase souvent plus claire qu'un exposé. Il éprouve lui-même l'envie de dresser des plans d'action intelligents et carrés dont ses équipes n'auraient qu'à suivre les rails. Le DG, c'est un peu notre Albert Speer, se moque Amélie, et Daniel ne sait pas s'il doit rire, sévir, ou apprécier cette description qui n'est finalement pas si fausse, et, vue d'un certain angle, pas si négative non plus.

Un ministre remplace l'autre, Julie devient directrice de cabinet adjointe, accueille avec le même optimisme la démission du nouveau et la nomination du suivant, un homme de terrain, longtemps premier adjoint de la Ville de Paris, ayant eu assez d'influence pour débloquer des investissements conséquents dans les énergies renouvelables. Il a des convictions, une vraie vision. Il veut couvrir les mers d'un blanc manteau d'éoliennes plus hautes que n'importe quelle cathédrale.

Chaque jour, le rôle de Julie Dehotte se renforce. Elle ne sait pas plus s'habiller que parler, mais c'est sa marque de fabrique. Ça plaît. Elle n'est pas comme les autres inspecteurs, mais pense aussi efficacement qu'eux. Un atout. D'autant qu'un foisonnement de membranes subtiles la relie à tous les étages hiérarchiques et administratifs du navire et lui permet d'impulser à cette machinerie (les secrétaires, les vigiles, les chargés de mission temporaires la tutoient) sa volonté discrète.

Maintenant, c'est de son grand bureau qu'elle prodigue ses encouragements. Elle lui avait bien dit qu'elle l'avertirait. L'avenir est plus ouvert que Daniel l'imagine. La *task force* à laquelle il participe pour le ministre n'est qu'un élément du dispositif. En prévision du remaniement, le président mène en effet une vaste concertation. Si Daniel sait se faire voir, il a de bonnes chances d'être nommé directeur. Et même de pousser des idées le cas échéant. Elle marche de long en large, fait tournoyer les fleurs de sa jupe, insiste. Beaucoup de choses vont se décider dans cette concertation. Elle dit souvent que peu vaut déjà mieux que rien. Cette fois, c'est encore mieux que peu, si Stanislas daigne être raisonnable, oublier son rapport, comprendre que l'important est toujours de savoir décider *where to compete*.

Les chiffres dont parlent tous les pessimistes ? Elle les a vus, mais a compris qu'elle n'aurait rien à gagner à les poser les uns à côté des autres. Pour en tirer quelles conclusions d'ailleurs ? Elle reprend le ton dont elle usait pour encourager Daniel avant le grand oral, qu'elle aurait pris aussi s'il avait flanché au moment de monter dans l'avion, le jour de leur baptême en parachute. Elle comprend l'inquiétude, le souci de tous les désastres en cours, elle sait que d'affreux événements peuvent arriver, mais pourquoi ne pas tenir compte de toutes les prévisions sinistres qui ne se sont pas accomplies depuis deux siècles, de tout ce que le progrès a permis, famines éradiquées, mortalité infantile jugulée, mœurs policées, après tout, objectivement, malgré toutes les horreurs qui tournent sur les réseaux sociaux, les guerres actuelles sont moins meurtrières que les bains de sang d'il y a trente ou quarante ans. Il y a des risques, c'est sûr, des rechutes, de temps en temps, mais le but à atteindre reste le même, même si le progrès de tous appelle parfois le sacrifice momentané de quelques-uns.

Ce n'est pas la première fois que Daniel et Julie ont ce genre de conversation. Le sujet est revenu souvent lors de leurs dîners à L'Arc-en-Ciel. De nouveau, Daniel tourne en boucle. Julie ne comprend pas ce pessimisme qui ne lui apporte rien, ne le rend pas plus efficace, plus convaincu, ne lui donne même pas la capacité de se battre plus fort.

Elle, elle préfère se mettre en mode *doer*. Elle a la parole fluide de ceux qui volent, le pas léger de ceux qui ne se laisseront jamais confiner. Elle va trop vite pour comprendre que nulle part elle ne sert à rien. Ou plutôt, elle le comprend très bien, au fond, elle sait que les choses ne vont pas aller mieux, que l'avenir n'est pas rose, quoi qu'il se passe, il faudra être agile, affûté, pour s'offrir encore quelques lendemains qui chantent.

Jusqu'à présent, c'est vrai, elle n'a payé le prix de rien. Les amis d'autrefois sont restés les amis, ils font mine d'oublier que Julie gagne dix fois leur salaire, et dans son village natal, quand elle pousse la porte des vieilles boutiques, elle ne découvre que des sourires de fierté. Ils la regardent comme s'ils l'avaient faite, comme si elle portait leur étendard au ministère, comme un sportif de haut niveau sur la pelouse du Stade de France.

Son père lui-même ne l'a pas condamnée. Malgré ses convictions. Elle ne l'a pas connu du temps où il avait la foi, à vrai dire, pour elle, les grèves et le parti n'ont été que des ouï-dire, sinon peut-être en 1995. À l'époque, elle a vu son père connaître une seconde jeunesse, recevoir des groupes d'hommes et leur donner des instructions. Puis, ça a été fini. Son père a capitulé, plus rien ne l'a distingué de ses voisins, sinon, justement, sa fierté quand Julie lui montrait ses bulletins. La révolution aura besoin de têtes, disait-il. Mais Julie ne voyait pas les choses ainsi : dans les journaux, elle lisait les articles consacrés à Juppé, entourait les mentions de ses diplômes, se promettait d'accumuler les mêmes. Plus tard, elle n'a pas osé avouer tout de suite à son père qu'elle avait eu l'ENA. Elle a été surprise qu'il la félicite d'intégrer le cabinet d'un ministre qu'il haïssait. À une autre époque, il en était sûr, elle aurait fait partie des élites naturelles des classes laborieuses, mis son intelligence et son énergie au service du parti, mais maintenant… Au moins, elle ne serait pas l'esclave des riches, des ploutocrates (il utilise encore ce mot).

Elle l'est un peu, pourtant. Sous contrat, comme toute mercenaire. Elle est la flèche, elle ne décide pas de la direction dans laquelle on la pointe. Elle joue le rôle qu'on attend d'elle, laisse croire aux puissants qu'elle trouve leurs blagues drôles, rit avec eux de ses maladresses de fille puisqu'ils aiment tant la voir en faire. Fidèle au corps, docile devant les aînés, ambitieuse sans l'être trop, prenant un air attentif pour écouter les conseils de ceux qui lui veulent du bien. Tout cela fait-il vraiment d'elle quelqu'un de libre ?

Il y a quelque chose d'un peu joué dans la façon dont elle saute finalement du bureau, s'approche de Daniel, lève les mains – ce n'est pas très exemplaire, mais personne ne les voit – puis, très légèrement, en pose une sur son épaule pour lui répéter une fois encore qu'ils avancent. Il est sceptique, elle le sent, c'est tout à son honneur, mais si cela le conduit au cynisme et à l'inaction, des gens sans scrupule agiront à sa place.

— Oh, j'oubliais. Le ministre est dégoûté d'avoir dû décommander ton audition. T'inquiète, il va te voir.

Tous ces systèmes ont plusieurs choses en commun, la plus importante étant qu'ils se comportent de manière non linéaire. En d'autres termes, ils ne réagissent pas de manière proportionnelle à l'intensité de la perturbation externe. Il n'existe pas de relation simple cause-conséquence dans un système complexe. Au contraire, un système complexe peut multiplier de beaucoup les effets de la perturbation initiale, comme lorsqu'on gratte une allumette sur une surface rugueuse.

Ugo Bardi, Institut Momentum

Derrière Daniel, un groupe de policiers armés monte dans le train. Il sursaute. Pour ôter la buée de ses lunettes, il vient d'abaisser son masque. Et le portable qui vibre. Bruno lui envoie message sur message. Le train met une heure et demie pour arriver en Bourgogne. Daniel en profite pour se connecter sur les réseaux.

Deux heures plus tard, il est à côté de Bruno dans une voiture qui fonce dans la grande forêt d'Othe. Il ne sait pas ce qu'il fait là, quelle curiosité le pousse, ce qu'il est venu chercher. Chaque fois que Bruno lâche le volant, Daniel sursaute. Les dernières traces de gêne l'ont abandonné. Il tente de mémoriser un chemin dont il perd le fil à force de bifurcations sur des routes latérales. Sur son téléphone, le réseau est lent, presque mort. Un de ces trous encore béants dans le maillage national, qui font la honte du secrétariat d'État au Numérique.

Pas une indication, rien ne distingue la longue piste de l'impasse. Bruno grogne. Tout le monde ne comprend pas qu'il aime tant conduire alors qu'il dirige Anankè, une association décroissante et catastrophiste. Daniel plaisante. Mad Max aussi, après tout. Mais Bruno ne rit pas. La voiture dépasse quelques hameaux, quelques propriétés masquées par des murs en briques dont les brèches laissent apercevoir des constructions bizarres, colonnes, cheminées, peut-être des monuments funéraires. À mesure qu'ils avancent, Daniel est repris par ce qu'il a passé son adolescence à vouloir fuir, à coups de rencontres et de voyages : le sentiment d'être seul, cerné par des choses lentes et vieilles.

L'ombre des maisons, l'une à côté de l'autre, se décalque des arbres. Une grande propriété, entourée de ses communs, de sa grange, d'un débarras. Le corps principal ressemble à un manoir, constitué de deux ailes enrobées de ronces et de lierre et réunies par un mur sans fenêtres. Dans le jardin, plusieurs personnes discutent. Les voilà donc, ceux qui ont compris les premiers. Ils ont l'air d'une bande de vieux étudiants, vaguement geeks. Pas vraiment le genre qu'on imagine survivre en cas de catastrophe majeure. C'est peut-être pour ça que Bruno se défend tellement d'être survivaliste, se veut plus nuancé, plus subtil.

Daniel et Bruno s'approchent. Les murs sont jaunes, sales, le lierre tordu s'agrippe à leurs fissures. Toutes les constructions ont l'air vieilles, presque abandonnées : d'anciennes dépendances, peut-être. La villa seule semble en bon état, quasi neuve, si banale que Daniel sursaute quand la porte s'entrouvre sur une créature en survêtement bleu, au visage caché par un casque antibruit et des lunettes qui lui donnent une allure d'astronaute.

Une femme aux cheveux courts et un homme chauve attendent sur des rondins de bois autour d'une table, Daniel les rejoint et s'assoit. Tout à ce qu'il raconte, l'homme chauve salue à peine. Aux premiers mots, Daniel comprend dans quelle bulle cognitive l'autre flotte : il parle de films de superhéros. Tant mieux. Cette bulle, au moins, Daniel la partage un peu.

Les coudes se heurtent autour de la table trop petite. Daniel lâche sa fourchette. La femme aux cheveux courts l'attrape au vol et la lui rend sans un mot. Daniel la trouve brusque, limite agressive. Cette femme ne doit pas aimer beaucoup les hommes. Daniel est surpris d'apprendre que l'homme chauve est son compagnon. Katia et Arthur sans doute. Bruno a parlé de ce couple à Daniel. Bon, en vérité, il lui a parlé de beaucoup de gens, mais trop vite, en donnant trop de noms pour que Daniel ne s'y emmêle pas. Il a retenu ces deux-là à cause d'un détail, leur fils, ingérable paraît-il. Les enfants ingérables, Daniel sait ce que c'est.

Arthur lui fait aussitôt l'effet d'un moustique dégoulinant de gentillesse embarrassée. Il est grand, sur une autre tête ses yeux bleus seraient beaux. Il parle depuis dix minutes maintenant pour raconter la façon dont il a rencontré Bruno lors d'une convention de science-fiction. Il est plutôt DC, Bruno plutôt Marvel, mais il espère encore lui faire entendre raison. Trop de désordre dans l'univers Marvel, pas assez de lois. Si tout peut arriver dans un monde, aucune aventure n'a plus d'enjeu, plus rien n'est irrémédiable. Arthur avoue cependant avoir apprécié *Infinity War*, la folie de Thanos en particulier.

Dans le comic, il est amoureux de la Mort. Ils en ont fait un écologiste fanatique, malthusien. C'est assez bien trouvé. Même si c'est plus pauvre.

Vous reprenez du vin ? crie Bruno. Il tend la bouteille à Arthur qui la saisit des deux mains, comme si c'était une bombe. En mâchant, Bruno explique que, Marvel ou DC, les films de superhéros suivent tous le même schéma. L'humanité passe un cap, affronte un nouveau défi. La Terre devient visible dans le multivers, ce qui risque de causer sa destruction. Un mal inévitable arrive. Thanos d'un côté, de l'autre Darkseid. Les studios ont beaucoup joué sur l'attente, du coup bien sûr le dénouement est parfois décevant. *Justice League* par exemple est complètement raté, alors qu'avec la folie de Luthor et la mort de Superman, il y aurait eu de quoi faire. Wonder Woman est merveilleuse.

Arthur agite la tête. Oh oui, elle l'est. Une femme dont la force inspire aussi les hommes. Gal Gadot, c'est vraiment l'antithèse de Brie Larson, qui joue Captain Marvel dans l'univers Marvel. Elle est tellement « overpowerée », Captain Marvel. D'un point de vue narratif, c'est une catastrophe. Par féminisme mal compris, on donne tous les pouvoirs à ce personnage, qu'on est ensuite obligé de tenir éloigné de l'action du film pour ne pas ôter tout suspense. D'ailleurs, en toute honnêteté, lorsque Thanos attrape la pierre de Pouvoir et balaie Captain Marvel, il fait ce que tous les spectateurs ont eu envie de faire.

— Enfin, tous les incels, dit Johanna.

Katia émet un bruit rauque qui est peut-être un rire. Elle ne dit rien de plus. Décidément, c'est une présence hostile. Aussi antipathique que Captain Marvel. Mais Captain Marvel est-elle vraiment antipathique ? Daniel intervient dans la discussion. Les autres paraissent étonnés. L'énarque est donc humain ? Le problème de Wonder Woman, dit Daniel, c'est qu'elle n'est pas un *role model.* Elle ne peut pas. Une déesse que rien n'atteint ! Et qui n'a à lutter contre aucune vexation, personne ne la contraint, ne la limite, ne lui explique ce qui est bon pour elle. Et puis le personnage est fabriqué pour plaire aux hommes. Puissante, mais compatissante. Dominatrice avec de l'amour. Avec elle, leur ego ne risque que du bon. Alors qu'au début de son histoire, Captain Marvel n'est qu'une humaine. Avec des limites d'humaine. Elle se heurte à la misogynie, même dans l'empire Kree elle est sous tutelle. Et puis un jour, elle se libère. Elle comprend qu'elle n'a pas besoin de vivre pour les autres, d'être ce que les mâles attendent d'elle. Ni d'être gentille ni de ménager leur ego. Elle libère son superpouvoir, et basta. Oui, une femme de notre époque peut s'identifier à Brie Larson.

Le sourire de Katia prend Daniel par surprise. Une tout autre personne soudain. Il ne dure pas, disparaît quand s'élève la voix de Bruno, qui explique que de toute façon, la Justice League est loin de valoir les Avengers ! Mais c'est vrai que *Captain Marvel* – le film – est mal foutu. Ajouter un personnage après tant de saisons, et prétendre qu'il sera la clé de l'intrigue finale, c'est forcément un peu casse-gueule, alors si en plus le film est moyen… Ils n'ont pas été très malins, aussi, de ringardiser des héros auxquels le public avait eu dix ans pour s'attacher. Regarde ce qu'ils ont fait de Hulk, et je ne parle même pas de Thor ! Bruno en revient là, les producteurs auraient dû avoir le courage d'en rester à *Infinity War.* Thanos a gagné, la moitié des êtres vivants s'est évaporée. La seule chose qu'ils auraient pu faire de mieux dans *Endgame*, c'est aggraver le désastre. Terminer sur un deuxième *snap* détruisant le reste du monde. Évidemment, ils n'ont pas osé. Hollywood n'a pas osé dire la vérité.

Arthur regarde son assiette, soupire, explique qu'il ne doit pas boire avec tous les médicaments qu'il prend. Daniel se ressert. Arthur parle toujours. Katia l'arrête d'un regard. Elle sait capter l'attention d'un rien. Bruno et Johanna se tournent tous deux dans la même direction, pointent le doigt vers un animal rouge immobile si parfaitement dessiné que Daniel le prend d'abord pour une peluche. Il vient régulièrement manger ici, dit fièrement Bruno. Il s'entend bien avec le chat. Daniel est étonné. Il croyait que les renards tuaient les chats.

— Pas celui-là. Ils jouent même ensemble.

Le renard est assis et les regarde tous comme s'il était au spectacle. Avec une extrême lenteur, Arthur tente de se lever. Son genou heurte la table, qui sonne comme un coup de gong dans le silence. Le renard sursaute, recule de dix mètres en quelques bonds. Arthur soupire et se rassoit. Un renard va réfléchir à deux fois avant d'attaquer un chat errant capable de se défendre, dit-il. Par contre, un matou domestique castré…

Il part dans un rire forcé, gênant, qui meurt dans le souffle soudain qui court à fleur de table. On dirait que brusquement les rêves dans lesquels tous se débattent se soulèvent à la manière d'un rideau. Qu'ils se découvrent là, les uns en face des autres.

C'est bien vrai, bon sang. Bruno profite de l'instant grave. Oui, tout cela est dur à croire. On sait, mais sans savoir. Il raconte la façon dont il est monté dans sa chambre embrasser ses filles et sa femme le jour où il a compris. Leurs corps devenus mous et étrangers dans ses bras.

Il n'a jamais réussi à les retrouver. L'effondrement a creusé une fissure. Ils sont rares, les couples qui résistent à ça. Il arrive que des familles basculent, prennent la décision de déménager dans des chalets lointains… Il n'a pas eu cette chance. Il a eu envie de s'excuser auprès de ses filles de les avoir précipitées dans ce monde-là. Il a écrit à plein de gens pour demander comment faire comprendre à sa famille que tout allait s'écrouler.

Johanna grimace en parlant. Daniel n'aime pas son ton trop compatissant. Ce qu'elle raconte ne lui plaît pas non plus. Elle a compris plus vite que les autres, dit-elle, parce qu'elle a moins d'attaches. Elle n'a jamais terminé d'études ni gardé d'emploi. L'idée de l'effondrement lui est venue naturellement. On ne peut pas lutter, dit-elle, mais se préparer. Être en bonne santé, en forme, se défendre. Avoir des réflexes. Elle a fait des exercices pour les développer : marcher la nuit, traverser certains quartiers, surmonter sa peur des chocs en dansant le pogo. On apprend à tenir malgré son petit gabarit. En attaquant de façon tonique, on arrive à bousculer des gens plus gros. Elle s'entraîne aussi en s'occupant des bêtes : ce sont les meilleurs professeurs. N'importe quelle vache vous éclate le crâne d'un coup de pied, et pourtant, ces mastodontes obéissent. Question de posture, de regard.

La petite voix de Johanna coule comme un supplice chinois. Au fond du jardin, le renard trottine. Katia glisse de sa chaise et s'élance. Le renard recule sans s'enfuir. Sur une impulsion, Daniel se lève à son tour. Il est surpris par la fluidité de ses gestes. Bruno n'a rien le temps de dire. Pas à pas, Daniel suit Katia qui suit le renard, se baisse pour passer sous la branche d'un grand arbre. Katia est à moins de deux mètres du renard, mais soudain, celui-ci se tend, file comme un feu rouge dans les champs. Encore le rire rauque de Katia.

— Ça ne marche pas formidablement, la méthode Saint-Exupéry.

— Saint-Exupéry ? demande Daniel.

— Le renard et le Petit Prince.

La voix de Katia est aussi dure, aussi grinçante que ses regards. À nouveau, Daniel se sent sur la défensive.

— Vous essayez de l'apprivoiser depuis longtemps ?

— Deux mois.

Daniel fait un pas de côté dans les hautes herbes. Comment détendre l'atmosphère ?

— À propos, dit-il, puisqu'on parle du Petit Prince… Il y a des serpents, ici ?

— Non, mais il y a des hérissons. Il y en a un juste à vos pieds.

Daniel se fige. À côté de votre pied droit, dit Katia.

Un temps, puis de la même petite voix froide :

— Vous êtes venu voir des sauvages, ou vous comptez nous rejoindre ?

— Non, je ne crois pas, non. Enfin ça dépend.

Ils se surprennent l'un l'autre à sourire. Le sourire de Katia est aussi soudain et violent que celui de tout à l'heure. Daniel est frappé par son regard vigilant. Il a envie de se justifier, ce qui l'agace. Il évoque sa fille trop agitée, et qui serait si bien à la campagne. Katia répond :

— On a dû vous dire que mon fils aussi avait des difficultés.

Daniel hoche la tête. Comme Katia ne réagit pas, il se demande si son geste n'a pas été trop discret. S'il ne trouve rien à répondre, le silence se prolongera. Alors il parle de ses doutes de père. Et, il ne sait pas pourquoi, des reproches que lui a faits Stanislas au sujet de sa fille. Quelques mots au cours d'une conversation qui portait sur tout autre chose, mais qui le travaillent toujours.

Cette fois, le sourire de Katia est moins éphémère. Stanislas lui a fait le coup aussi. À plusieurs reprises, quand il habitait encore avec eux. Katia ne faisait pas ce qu'il faut, ne comprenait rien à son gosse, si elle écoutait les conseils de Stanislas, son fils serait polytechnicien à sept ans. Sans même avoir besoin d'apprendre à parler.

Katia se déplace avec beaucoup de légèreté, mais bouge comme un garçon. Elle se tient si peu droite que parfois elle semble bossue. À d'autres moments, sculpturale. Ici aussi, dit-elle, Stanislas critiquait toujours tout. Au début, quand il les a lâchés pour s'installer en montagne, elle a cru qu'elle respirerait plus facilement. Elle en est moins sûre, maintenant. Stanislas a beaucoup de défauts, mais un grand mérite : la sincérité. Ce n'est pas toujours le truc des autres, ici, la sincérité...

*

Il leur a fallu un long chemin pour se retrouver tous ensemble dans cette maison. Katia, Arthur, Johanna, et Bruno le premier.

C'est presque toujours d'un seul coup que ça casse. On ne l'anticipe pas. D'un moment à l'autre, l'horizon se ferme. Ça se met à monter, une sorte de frénésie. Pour certains : des données qu'on pose l'une à côté de l'autre sur une feuille. Pour d'autres, des constatations : vous vous dites écologiste, mais vous voyagez sans cesse, en train et en avion, le reste de l'humanité n'accédera pas à votre niveau de vie, jamais. Peu à peu, vous prenez conscience du mur. Les limites physiques du monde.

Bruno aussi a passé des appels. Il a cherché des informations, lancé quelques messages, s'est installé sur les deux ou trois sites qui osaient afficher le mot « EFFONDREMENT ». Mathilde Guénot n'avait pas encore investi le sujet, personne ne connaissait le nom de Stanislas Wenziger. Seule une fille appelée Johanna avait réagi aux appels de Bruno.

C'était il y a plusieurs années. Bruno avait donné rendez-vous à Johanna place du Châtelet, dans un bar qui deviendrait leur quartier général. Cette petite rousse qui s'habillait comme une hippie semblait l'écouter sans le juger. Il lui donnait encore moins de chances qu'à lui-même dans le nouveau monde. Elle n'avait rien à troquer en échange de sa survie, pensait-il, c'était un de ces êtres désarmés qui sont les meilleurs lanceurs d'alerte parce qu'ils se savent les plus menacés.

Elle l'écoutait beaucoup, en effet. Où fallait-il déménager ? Elle le conseillait. Proximité, ensoleillement, irrigation, pente du terrain, qualité du sol… Façons d'anticiper le dérèglement climatique. Pour l'accompagner plus sérieusement dans ses recherches, elle demandait bien sûr un dédommagement. Oh… pas grand-chose. Bruno n'allait pas chipoter pour si peu, surtout avec ce que Johanna allait lui apporter. Idéalement, bien sûr, elle aurait tout fait bénévolement, mais il fallait bien vivre. Et trois cent quatre-vingt-dix-sept euros, franchement, ça ne représentait sûrement pas beaucoup plus qu'un dixième du salaire mensuel de Bruno.

Un jour, il lui avait parlé de sa découverte de la grande forêt d'Othe. Une région pauvre qui avait été riche et pourrait peut-être prospérer à nouveau. Des maisons bon marché. Beaucoup moins de mille euros le mètre carré. Une première marche comme la Lune aurait dû l'être pour les conquérants de l'espace.

— Ce n'est pas si loin de Paris. Il y a un grand domaine.

Johanna avait hésité. Pourquoi ne pas choisir la vallée de Chevreuse ou la forêt de Fontainebleau ? Peut-être le pouvoir sanctuariserait-il le centre de la capitale ? Le plateau de Saclay ferait aussi l'affaire : il y avait le campus, l'École polytechnique, l'armée.

Quelques mois plus tard, Bruno avait rappelé Johanna. Le maire du village ne demandait pas mieux que de la rencontrer. Un homme conscient des menaces, prêt à monter quelque chose. Il leur fallait absolument réfléchir ensemble. D'autres gens devaient penser comme eux.

— Tu en connais sûrement.

Johanna en connaissait. La seule chose dont, curieusement, Bruno se souvient distinctement est ce ton clair, cassant, qu'il aurait jugé narquois s'il n'était pas habitué à Johanna, quand elle avait dit « J'en connais ».

Ils étaient les premiers. Ils ne savaient même pas ce qu'ils craignaient. Ça n'allait pas continuer, quelque chose allait changer, l'avenir n'aurait rien à voir avec le présent. Et tout cela se mêlait à leurs malheurs quotidiens, au chômage pour certains, à la succession de PowerPoint idiots pour d'autres, aux restructurations sans fin depuis la crise…

Ils en discutaient par Google Hangouts quand ça ne plantait pas, dans l'obscurité, à la manière des premiers chrétiens ou des alcooliques anonymes :

— Comment tu tiens, toi ?

— Je fais ce que je peux, c'est dur.

— Je fais ce que je peux pour accepter, mais il y a mes enfants.

Ils guettaient les signes. C'est sans doute déjà en cours en Afrique, disait Johanna, mais on ne le voit pas. Pour nous, le truc sera d'abord économique. Il y aura peut-être quelques coupes dans les territoires non métropolitains, Mayotte par exemple. À l'échelle nationale, des villes seront laissées à l'abandon, comme Detroit aux States. À l'échelle européenne, de plus en plus de pays connaîtront le sort de la Grèce. Il y aura des guerres. Le truc c'est de ne pas se trouver dans les endroits dont on va se débarrasser.

Ils passaient de l'abattement à l'euphorie. L'afflux continuel des témoignages les maintenait en alerte. Je crois que cette fois on y est, avait dit une fille nommée Aurore un jour de 2014. C'est l'heure de vérité. J'ai été radiée du RSA. Plusieurs amis l'ont été aussi. Emmanuelle n'a plus de courant, plus rien. On va enfin savoir, on va savoir si nous sommes prêts.

— Déjà ? C'est tôt, non ?

— Ça sent vraiment mauvais. Moi, je pense que c'est le commencement.

Ça durait depuis quelques années, ils avaient besoin d'autre chose, un geste, une action un peu concrète, n'importe quoi.

Un soir de novembre 2015, leur conversation fut trop intense. Pendant deux heures, ils oublièrent de consulter leurs téléphones portables. En les rallumant, dans la rue, ils découvrirent les alertes. Tout s'était passé à deux pas. L'attentat. Moins absorbés par la fin du monde, ils auraient peut-être entendu les fusillades. Ils se regardèrent indécis, étonnés de leur propre étonnement. N'auraient-ils pas dû être prêts ? Au fond, ils n'y croyaient pas eux-mêmes.

Johanna, la première, retrouva ses esprits. Il restait peut-être des tireurs. Cela pouvait venir de partout. Il y avait sûrement un commando en cavale, comme après *Charlie Hebdo*. Ils n'avaient aucun intérêt à traîner.

Presque toutes les stations de métro étaient fermées. De nombreuses sirènes criaient. Le grésillement des réseaux sociaux déchaînés laissait imaginer un chaos sous le silence. La traversée avait été interminable. Ils avaient couru sans réfléchir. À chaque pas, Bruno découvrait la réalité d'une ville dans laquelle il ne marchait d'habitude qu'en automate, comme un décor impalpable. La peur restituait le poids de chaque mètre ; la forêt d'immeubles grouillait de possibles pièges. Il s'était laissé guider par Johanna. Sitôt dehors, elle avait manifesté des réflexes de guerrière. Regard panoramique. La tête baissée pour n'offrir aucune prise, ne rien faire qui puisse susciter l'agression. Chuchotements.

— Ta voiture est à Cité ?

— Normalement oui.

— On la prend.

Bruno n'avait pas protesté.

Comme tout le monde, ils passèrent les jours suivants sur les réseaux, dans le même état de fascination, d'addiction. Johanna attendit que la tension retombe pour les appeler un à un. Tous ceux qui savaient. Les forces de sécurité avaient bien encaissé, le système, prouvé sa robustesse et sa plasticité, mais la prise de conscience allait s'accélérer, c'était certain. Peut-être était-ce le moment de créer une association. Johanna proposait des noms. Pourquoi pas Transition 2030 ?

Le choc des attentats se dissipa. Un autre le suivit. Pas un instant Johanna et ses amis n'avaient douté que la COP21 serait un échec. Depuis de longs mois, ils anticipaient tous leur déception. Ils la guettaient presque avec avidité. Ce qui les marqua surtout fut l'empressement de l'État à retourner les lois d'exception contre les gens comme eux, les écolos, les zadistes. Depuis cinquante jours pourtant, un immense incendie se répandait d'île en île en Indonésie, brûlait sans discontinuer sur des centaines de kilomètres, consumait des millions d'hectares de forêt vierge et des millions d'animaux, et sur toutes ces côtes des millions d'humains en respiraient les miasmes dans une pénombre permanente.

Cette vigueur des réactions sécuritaires les surprenait à demi. Il se passait exactement ce que les plus prospectivistes parmi eux annonçaient. Beaucoup de gens cependant déclinaient les invitations à venir habiter en Bourgogne. C'était trop tôt. Il ne fallait pas tout lâcher maintenant, au risque de finir comme les gauchistes des années 1960. Ces gens attendaient chaque matin une révolution qui avait finalement été libérale et les avait balayés. Peut-être les sociétés postapocalyptiques seraient-elles des émirats. Il ne fallait pas négliger ces questions-là.

Et puis, tous ne disposaient pas des moyens de Bruno. En mutualisant leurs fonds toutefois, ils croquaient peu à peu le sol bon marché de Bourgogne. Tristan les aiderait à cultiver, dit un jour Johanna en leur présentant un immense garçon blond qui regardait toujours vers elle avant d'ouvrir la bouche. Le mot « permaculture » les fit rêver de murets en spirale couvrant des bosquets à l'ombre de hautes haies de hêtres ou de toits de laurier. L'ail et la laitue pousseraient en soupe dans un bouillonnement de tomates et de pommes de terre. Et quant aux fruits, ils seraient livrés par les graves assemblées des arbres amis.

Le prochain à s'installer fut Marian. Il s'occuperait de l'infrastructure. Sophie, qui était infirmière, aurait la responsabilité des soins urgents. Puis Aurore, Marie, et une belle prise, Stanislas Wenziger, un mathématicien, qui aurait pu, dit-on, avoir la médaille Fields. Katia, Arthur et leur fils Paul vinrent grossir le nombre.

Plusieurs années sont passées. Les autochtones ne se montrent pas tous accueillants. La grande maison de Bruno fait naître des fantasmes. On le croit riche. Les vexations se multiplient. De toutes petites vexations, mais dont Aurélie, la compagne de Bruno, a fini par ne plus supporter l'accumulation. Au tribunal, pour le divorce, la brutalité de la bagarre a sidéré Bruno. L'avocat d'Aurélie a tout ressorti, jusqu'à la correspondance intime. Le mot « secte » a été prononcé.

Puis, il y a eu les frais inattendus. Il y a deux ans, la communauté a appris durement qu'il ne suffisait pas de s'éloigner de l'Yonne pour éviter l'inondation. L'eau s'est accumulée dans le jardin, puis au bout de quatre jours d'averse, a ruisselé partout. La conséquence d'une transformation agricole mal pensée, a expliqué l'hydrologue venu les visiter. Trop de petits ruisseaux bouchés pour faire grandir les champs, de routes tracées en dépit du bon sens. L'eau, on ne la dompte jamais. Elle retrouve toujours son cours naturel.

L'an dernier, les bruits nocturnes ont commencé. Martèlements, grognements. Clôtures défoncées. Tous ont passé des nuits terrés dans leur lit sans oser respirer, guettant les grosses ombres par la fenêtre. On leur a dit qu'ils avaient bien réagi. Les sangliers peuvent être méchants. Beaucoup de randonneurs imprudents l'ont constaté à leurs dépens récemment. Des accidents parfois graves. On imagine bien le genre de dégâts que fait une charge de sanglier.

Juste après, il y a eu l'affaire de l'essence. Encore une traîtrise, cette histoire-là. Ils utilisaient beaucoup les voitures dans leur forêt. Beaucoup plus qu'ils ne l'avaient imaginé. La taxe risquait de les clouer sur place. Coincés, battus. Certains ont voulu aller sur les ronds-points. Bruno a prôné la prudence. Ces arrestations, cette police qui tirait dans le tas, faisait ce qu'elle voulait. Peut-être que cette fois c'était la bonne. Le pouvoir dos au mur, dans la main des forces de l'ordre. Ça risquait d'être l'explosion. Mieux valait rester discrets, tout petits.

Mais d'autres communautés se développaient maintenant un peu partout. Certaines plus organisées, mieux pensées, appuyées sur des exploitations ou des ZAD, financées par des citadins de passage ou des formations. Ceux qui s'étaient décidés trop vite regrettaient leur précipitation. La majorité se contentait de plaisanteries, mais quelques-uns évoquaient parfois l'idée d'un départ. D'autres renchérissaient dans le pessimisme. Ça ne servait à rien, c'était une nouvelle ruse de l'entropie, une expression de ce poison, l'espoir. Le but ne devait pas être de survivre à l'effondrement, ni même de vivre un peu plus longtemps, mais de prendre conscience de la nécessité d'accepter l'extinction, de la désirer peut-être. Johanna suggéra de renommer l'association. Transition 2030, c'était trop optimiste. Elle proposait Anankè. L'« inévitable ». Au moins, les choses seraient claires.

L'été dernier, le thermomètre avait dépassé quarante. On transpirait, on buvait plus que d'habitude, on dormait mal. On ne s'habitue pas à suffoquer. On vit avec l'épuisement, et l'épuisement s'accroît. On pense de moins en moins, et plus confusément. C'est à ce moment-là que Mathilde Guénot leur avait mis le grappin dessus. Anankè, quel beau nom pour une association. Quel beau nom pour un film ! S'ils lui permettaient de l'utiliser, elle saurait renvoyer l'ascenseur. Faire leur pub. La canicule pouvait être leur chance à tous. Le basculement de l'opinion. À l'aide de son réseau et de ses contacts, Mathilde pouvait créer le buzz en chorégraphiant l'occupation d'un lieu symbolique – par exemple un centre commercial.

Johanna avait vite compris quel atout et quelle emmerdeuse Mathilde pouvait être. Avec elle, chaque détail devenait un drame. Le site Web de l'association n'allait pas. Mathilde le fit refaire plusieurs fois. Elle s'emportait à propos de la police de caractères, des couleurs, puis s'énervait de nouveau sitôt les modifications apportées. Non, ça n'allait pas. Ils auraient dû demander l'aide d'un graphiste dès le début. Comme elle avec ses films, bien avant que son propre travail ait percé. Simple question de bon sens. Elle avait payé quelqu'un plusieurs milliers d'euros pour son site.

L'étape suivante avait été l'accident de la CTMP, au tout début des grèves de décembre. Ils avaient refusé de croire les analystes. L'hypothèse de l'attentat circulait partout comme une virtualité informulée, laissait perler sous chaque mot sa réalité de secret éventé. Quelque chose de plus inquiétant qu'une simple fusillade. L'amorce d'une révolution, peut-être d'un coup d'État intérieur à la machine gouvernementale, fomenté quelque part au ministère de l'Intérieur ou de la Défense. D'autres rumeurs fulguraient parmi les flashs d'information. Nocivité dissimulée des émanations de la zone d'incendie, répercussions bactériologiques, qui sait ? Le pays n'avait pas connu d'accident de cette ampleur depuis l'explosion de l'usine AZF à Toulouse en 2001, et encore. AZF s'était contentée d'exploser alors que la CTMP brûlait continûment comme un vaste volcan, crachait sur des dizaines de kilomètres carrés un panache de cendres toxiques.

À cette occasion déjà, le gouvernement s'était signalé par une succession de déclarations confuses, contradictoires, par son incapacité à donner une estimation claire des dégâts pour la Loire et son estuaire. Peut-être était-ce intentionnel ? La conséquence en tout cas avait été la multiplication des paroles alternatives – un grand patron du nucléaire, André-Pierre Lupovici, prévoyait la fermeture presque totale du port de Saint-Nazaire et de possibles pénuries – et dans le pays, des blocages sporadiques que certains pensaient coordonnés. Dans ce contexte, des micros plus officiels s'étaient tendus vers Stanislas Wenziger, et plusieurs préfectures avaient émis des consignes de conciliation lors des occupations organisées par Mathilde.

Maintenant, les sous-directeurs du ministère viennent parler de l'effondrement, et Stanislas partagera bientôt l'affiche avec un ministre. Avant, qui sait, de la partager avec le président.

*

Les premières rafales les surprennent. Bientôt, les arbres gémissent, le verre de Bruno se renverse, Daniel ne sait combien d'autres il en a bu ni combien de fois le sien a été rempli. Il titube.

— Il vaut mieux rentrer, dit Bruno.

De toutes petites gouttes perlent. La pluie hésite. En chancelant, Daniel aide Bruno à mettre la grande table de bois à l'abri. Katia rentre les bouteilles. L'air de rien, elle s'occupe d'un peu tout. Arthur, lui, court après les serviettes de papier qui s'échappent comme des poules. D'un coup, les écluses de l'averse s'ouvrent. Plusieurs éclairs frappent la forêt qui s'élève en arrière des champs, colorent le ciel d'une teinte violette. La région est célèbre pour ses orages, dit Johanna. Le sol est très ferreux.

Il fait sombre dans l'immense maison. Daniel passe d'une chambre à l'autre pour chercher les toilettes, ouvre la porte d'un débarras plein de bûches, d'une chambre à coucher, puis d'un couloir central bordé sur toute sa longueur d'une grande bibliothèque noire. Bruno a beaucoup de livres d'histoire, d'anthropologie, d'archéologie. Plusieurs rayons de stratégie militaire. Sur une commode de vieux bois, le dernier livre de Jean Lopez, sur l'opération Barbarossa. À côté, un gros livre sur El Argar, civilisation andalouse qui fut – d'après la quatrième de couverture – la première d'Europe à se doter d'un État, avant de s'effondrer de manière rapide et brutale, vraisemblablement à la suite d'une révolution.

La voix de Bruno s'élève. Daniel ne l'a pas entendu venir. Il n'aime pas le sentir si proche derrière lui, si complice.

Bruno achète ses livres discrètement dans des librairies. Pas beaucoup d'achats en ligne. Ça laisse trop de traces. Avec le Big Data, il est sûr que certains recoupements de titres sont surveillés.

Le sourire de Bruno gêne Daniel, son regard de mendiant, la nervosité qui rend ses phrases confuses et tortueuses. Bruno lui demande des nouvelles. C'est son heure, il en est sûr. Il faut que ce soit son heure. Pourquoi ne l'a-t-on pas encore appelé ? Comment l'État peut-il se passer d'une expertise comme la sienne ? Qui d'autre pour leur apprendre l'effondrement. Les idées de Bruno seront-elles au moins transmises au ministre ?

Une fois que la pluie cesse, Daniel est le premier dans le jardin. La température a chuté. Il repense à sa discussion avec Katia, à Léa. Rien ne l'empêche de s'installer là, d'acheter une maison à côté de l'Yonne et de la gare. D'ici au ministère, le trajet n'est pas tellement plus long que depuis Versailles, d'ailleurs ne dit-on pas que certains services vont bientôt déménager dans ce coin ? Bruno le lui a expliqué, beaucoup de Parisiens ont fait ce choix pendant le confinement. Les prix sont en train de monter. Il suffit de garder un pied-à-terre à Paris. Léa adorerait. Daniel l'imagine courir dans un grand jardin, se balancer aux branches, domestiquer les chats.

Un éclat de voix le ramène sur terre. Bruno et Arthur viennent de sortir de la maison. Ils se disputent. Daniel comprend qu'il est le sujet de leur discussion. Bruno a vraiment trop bu. C'est à Arthur de ramener Daniel. Arthur dit qu'il a bu aussi. Trois verres, pas plus, insiste Bruno. Lui plus d'une bouteille. C'est simple, il a l'impression que les sapins sont en train de courir vers lui. Même dans une voiture à l'arrêt, il aurait le vertige. Arthur croise les bras comme un enfant qui boude. Il ne supporte pas de conduire la nuit.

— Ce n'est pas encore tout à fait la nuit. Daniel doit avoir le dernier train.

Daniel constate qu'en effet il ne lui reste plus beaucoup de temps pour regagner la gare. Bruno se tourne vers lui. Doit-il absolument rentrer ce soir ? Daniel hésite. Il voudrait bien dormir ici, mais il a un comité de direction demain matin. Il doit repasser chez lui prendre des documents. Il va falloir foncer, gémit Arthur.

— Alors partez tout de suite.

Arthur reste debout à côté de la voiture comme si elle allait le mordre. Daniel respire profondément. Le plus simple serait peut-être que lui conduise, au moins à l'aller. Il espère que les autres vont se récrier, mais Arthur le regarde avec tant de gratitude qu'il n'ose plus faire machine arrière. Pourtant, il a bu lui aussi. Il est loin d'être un as du volant. Il a dû passer son permis trois fois, il se souvient encore du stress des séances de conduite accompagnée, de la façon dont les moniteurs se moquaient. Il est rarement allé à un examen avec tant d'anxiété, mais enfin il l'a eu, un homme le doit, comme le lui ont dit ses parents. Il ne conduit pas souvent, mais sur une route droite au milieu d'une forêt, ça devrait aller, ça semble moins risqué en tout cas que de donner le volant à Arthur. Et puis, la voiture de Bruno est une Nissan Micra. Il connaît ça.

Il enclenche le moteur. Il cale. Il démarre enfin, si lentement qu'il a le temps d'entendre le rire de Bruno derrière lui. Il roule à trente à l'heure, et encore, il est nerveux. Il a besoin de toute son attention pour ne pas être déconcentré par le monologue de son voisin de siège.

Heureusement que Johanna est là pour le soutenir, dit Arthur. Sans elle, il n'aurait plus le courage. Pourtant c'est important, de continuer à sensibiliser les gens.

Sans s'en rendre compte, Daniel a pris de la vitesse, beaucoup de vitesse. Il ralentit si brutalement que l'estomac lui monte aux lèvres. Décidément, il a trop bu lui aussi, entre ça et sa tête qui sonne comme une enclume, il se demande dans quel état il sera demain au ministère. Arthur a repris. Cuba et la Corée du Nord ont su faire face à la pénurie de pétrole après l'effondrement du bloc de l'Est. Quand ils sont tenus d'une main de fer, les systèmes complexes sont résilients. C'est terrible à dire, mais pour que l'humanité ait une chance, il faudrait des dirigeants capables de penser à ces échelles. Xi peut-être. N'est-il pas vrai que l'oligarchie elle-même compte sur lui, sur la Chine, pour faire le sale boulot ?

Daniel ne répond pas. Il sait en tout cas que ça ne se passera pas comme ça. L'annulation progressive des trains et des avions. Les distributeurs de billets hors service. La queue à la supérette du coin de la rue. La rumeur, comme si tous étaient au courant de quelque chose. C'est exactement ce qui s'est passé mi-mars, ce à quoi beaucoup de gens ont cru. Maintenant, ils sont sûrement nombreux à se demander s'ils ont choisi la bonne fin du monde. Partir à la campagne ? Ils ont tout juste. Le reste, ce n'est pas aussi clair. L'État et sa toile d'araignée sont plus que jamais là, pour longtemps certainement, le cauchemar ressemble plus à la Corée du Nord qu'à *Mad Max*. Ils ne savent plus ce qu'ils doivent craindre, d'ailleurs Arthur oscille sans cesse, d'une phrase à l'autre il passe de l'espoir de survivre à quelque chose de moins net, qu'il n'évoque qu'à demi-mot, en essayant d'adopter un ton de plaisanterie qui ne prend pas, au timbre cassé, presque sinistre.

Et puis d'un coup, il hurle si fort que Daniel se fige. L'ombre se dessine comme un éclair sur la route. Puis très vite, trop vite, le premier choc. La voiture tourne sur elle-même comme une toupie et bascule sur le bas-côté. Un second choc plus brutal projette Daniel et Arthur en avant.

À force de bouger, j'ai chassé de moi la mortelle sensation de chaleur et de paix. À nouveau, mon corps vit. Être n'est plus maintenant qu'une longue plainte. La douleur pousse indistincte et souterraine, comme s'il ne restait de mon corps qu'une ombre floue, agitée de remous et de courants informes. L'obscurité a pris l'allure d'un large tunnel, vide poisseux. À nouveau, je me sens tomber. Le choc vibre encore une fois dans mes membres. Ma jambe m'adresse des signaux électriques. La crevasse s'estompe. Je suis assis. Ma jambe me lance comme une pile.

En boitant, je sors de la voiture. Elle a heurté quelque chose, un sanglier sans doute, sans toutefois le tuer ni même l'assommer, car nous ne trouvons qu'une légère trace de sang sur le bitume. Il fait si sombre que la petite lampe de poche d'Arthur n'éclaire presque rien au-delà du bas-côté. En arrière-fond de ses gémissements, des grognements assourdis révèlent la présence d'une bête dans les fourrés, d'une grosse bête certainement, peut-être plusieurs. Nous n'avons pas besoin d'échanger un regard pour deviner que nous partageons la même panique.

Nous restons ainsi silencieux jusqu'à l'arrivée de Bruno qu'il a fallu convaincre de venir nous chercher. Le retour semble interminable. Bruno roule sans lâcher un mot, avec une lenteur extrême, crispé sur son volant. Je dis que je suis prêt à assumer les frais, mais parle tout de même du hurlement d'Arthur. Il proteste. Il refuse toute responsabilité. Il n'a pas de quoi de toute façon. Et ce n'est pas sa faute. Je conduisais. Il n'était lui-même dans la voiture que parce que Bruno l'avait voulu. Soudain, Bruno pile. Ma tête heurte le siège avant. À la douleur, je comprends que le premier accident ne m'a pas laissé indemne.

— Ferme ta putain de gueule si tu veux qu'on revienne vivants.

Pendant le reste du trajet, l'alternance de leurs gémissements me distrait de ma propre nervosité. Qui va craquer en premier ? À mesure que les pleurs d'Arthur gagnent en intensité, le dos de Bruno se crispe, je le devine en train de mobiliser toute sa concentration pour contenir un nouvel éclat.

Mon corps est devenu un trou. Seule la voix de Katia est distincte. Ce n'est plus la même que tout à l'heure. Elle est plus chaude, plus retenue, les sons portent encore l'empreinte de sa bouche, la trace de ses lèvres. Sa silhouette passe et repasse devant moi. Ses gestes pour m'examiner sont lents, sa présence aussi diffuse que la douleur dans l'obscurité.

— Quelques contusions, dit-elle finalement. Rien de grave.

Tout autour de moi, je sens Katia. L'odeur, non de parfum mais de peau, l'air que déplace chacun de ses mouvements. Je n'ai pas envie d'ouvrir les yeux pour la regarder. Tous les visages me font mal à la tête. Le sien est comme les autres, il n'est ni curieux ni paisible, ni même séduisant. Il serait peut-être moins hostile si les sourcils de Katia s'élevaient plus souvent, quand ils le font son expression est saisissante de fantaisie. Mais elle ne reste pas longtemps ainsi, elle reprend aussitôt son air ferme, presque brutal, que je ne veux pas voir. Je ne veux rien voir autour de moi, sinon le gris sans fin du calme.

Ce qui est dur et fort est serviteur de la mort ; ce qui est doux et faible est serviteur de la vie.

Lao-tseu, *Tao Te King*

La porte de la salle du conseil est sur le point de se refermer. Daniel la repousse au dernier moment. Il n'a pas dormi, il fait son possible pour marcher sans boiter. Le directeur général jette un regard agacé à son costume fripé. Ses yeux écarquillés, son visage qui sue la fatigue et le mal-être. Le DG paraît bien plus nerveux que d'habitude. Autour de lui, toutes les mines sont catastrophées.

La cheffe du service de l'Appui aux territoires répète sans cesse : du douzième étage ? Trois jours plus tôt, Daniel recevait encore des messages d'Amélie. Ce qu'elle vient de faire en est aussi un. Sa brève réapparition dans un bureau où aucune obligation ne l'appelait, le choix de se rendre « sur site » pour accomplir ce que le directeur général désigne comme l'« irréparable »... Le directeur se refuse à tout faux-fuyant. Il y aura une enquête. La responsabilité de l'administration doit être interrogée, même si l'affaire ternit son bilan et le suit dans ses prochaines fonctions.

L'un après l'autre, les membres du Codir ouvrent leur robinet. De longues et complaisantes autocritiques.

La cheffe du service de l'Action territoriale entre dans un véritable tunnel verbal. Commission d'enquête, CHSCT (Comité d'hygiène, de sécurité et des conditions de travail) extraordinaire, points d'étape réguliers en CT (Comité technique), formation accélérée de l'encadrement aux risques psychosociaux et au management inclusif, modules participatifs pour l'accompagnement psychologique, avec indicateurs de suivi. Enfin, les têtes se tournent vers Daniel. N'aurait-il pas fallu associer Amélie au travail de Daniel ? N'était-ce pas son champ de compétence ? Ne s'est-elle pas sentie exclue ? Daniel balbutie. Au bout de cinq minutes, il parle si fort que même le directeur général semble effrayé. On peut crier, en ces lieux, à condition de le faire avec tact. Le chef du service de l'Inclusion sociale, par exemple, sait très bien grogner quand la situation l'exige, mais il le fait avec beaucoup de maîtrise. Daniel, lui, part dans les aigus. À la fin du Codir, les regards qu'on lui jette sont presque apeurés.

Il ne réalise pas tout de suite ce qui s'est passé. Il se dit que c'est la fatigue, le choc, et aussi le fait que cette femme et lui discutaient souvent. Il n'a pas dormi et les pensées tournent sans s'assembler. Les mêmes souvenirs en boucle. Beaucoup d'engueulades, mais aussi de la sympathie. De son côté en tout cas. De celui d'Amélie sans doute aussi. Oui, elle l'avait certainement trouvé amical et humain, elle lui avait demandé plusieurs fois d'intercéder en sa faveur. Et chaque fois, il avait mobilisé toute son imagination. Pas assez peut-être pour mesurer vraiment sa tristesse.

Bien sûr, il se disait chaque fois que l'administration la traitait mal, vingt ans qu'elle n'était plus positionnée au niveau d'un simple bureau dans l'organigramme, a fortiori dans un pôle, mais toujours dans des missions transverses, auprès de sous-directeurs ou de chefs de service, et même pendant deux ans rattachée directement à la direction générale, mais se suicide-t-on pour ça, vraiment, pour un rattachement hiérarchique ?

À force de recevoir ses plaintes, il a fini par la connaître un peu : son arrivée à Paris à vingt ans, la façon dont elle s'est débattue quinze ans avec la rédaction d'une thèse qui était tout pour elle, le petit héritage qui n'a manifestement pas tout réglé, mais lui a donné l'assise et la stabilité nécessaires pour se projeter dans la vie et acquérir son premier cheval.

Des solutions, il en avait cherché. Par malheur, Amélie avait pris de l'âge, la logique de la réorganisation était au rajeunissement, au recrutement de managers dynamiques et spécialisés, et malgré son intérêt sincère pour sa situation, Daniel ne savait pas vraiment ce que l'administration pouvait faire d'elle. Si seulement la mission de conseil avait été moins bâclée. À choisir le prestataire le moins cher, on s'expose à ce genre de chose, on met ce qui fâche sous le tapis, on prend des décisions sur lesquelles on ne pourra plus revenir. Évidemment, une fois la réorganisation validée, la chargée de mission pour la gestion prévisionnelle des études ne rentrait plus dans aucune des cases.

N'a-t-il rien à se reprocher ? La réorganisation qu'il a pilotée a été très critiquée. À l'époque, Daniel a tout fait pour rendre impossible l'expression d'un quelconque avis contraire au scénario voulu par la direction. Oh, il y a bien eu ces longues séances de brainstorming dont les questions qui gênent étaient par avance écartées, empoisonnées par les stratégies des uns et des autres, cherchant tous à s'aménager une alvéole dans le nouvel organigramme. Vraiment, Daniel aurait-il pu faire autrement ?

À un moment, peut-être. Pendant cette fameuse séance de comité technique que toutes les organisations syndicales ont quittée. La secrétaire générale et le directeur de cabinet du ministre eux-mêmes s'étaient déplacés. Il est probable qu'un peu de courage ce jour-là aurait tout arrêté. Mais bon sang, comment aurait-il imaginé qu'on se suicidait pour un rattachement ?

Si au moins il avait eu le courage de la soutenir ! D'entendre ce qu'elle cherchait à lui dire. Ou simplement, d'admettre qu'elle était maltraitée. Oui, on t'a fait du tort, tu n'as pas mérité ça. C'est peut-être ce qu'elle attendait en venant si souvent lui parler. Elle prenait ça tellement au sérieux. Pour survivre dans ce genre d'administration, il faut prendre tout ça comme une sorte de jeu, trop s'investir, c'est devenir fou à tous les coups, comment voulez-vous ne pas désespérer dans le désordre de cette machine bringuebalante, mais elle n'avait rien d'autre, Amélie. Elle n'avait pas arrêté de travailler. De produire des notes, que par une faveur spéciale, mal perçue des autres agents, il lui permettait de lui adresser directement, alors qu'elles auraient dû d'abord être contrôlées par un chef de pôle ou de département, validées par un chef de bureau, lequel, c'est l'usage, aurait exigé son tour de nouvelles réécritures, qu'un mot jugé trop peu administratif soit corrigé, puis, ces modifications en entraînant d'autres, l'échange aurait repris avec le chef de pôle ou de département avant que la note reparte au chef de bureau, puis, contresignée, soit adressée à Daniel, lequel, quel que soit le chemin pris pour l'atteindre, filière directe ou voie hiérarchique, n'y jetait la plupart du temps qu'un regard pressé, conscient que la vague promesse qu'il se faisait d'y revenir plus tard n'était qu'une pâle oraison offerte à une œuvre fatalement vouée à s'abîmer dans un trou sans fond.

Oui, un trou sans fond, pareil à celui dans lequel Daniel a l'impression de tomber en ce lundi pluvieux de début juin.

Pour subvenir à la consommation française d'électricité il faudrait « planter » une surface d'éoliennes qui couvrirait environ 5 % du territoire métropolitain, à peu près la superficie actuellement occupée par les villes, les routes et les parkings.

Jean-Marc Jancovici

Elles existent encore, ces longues nuits de plomb. Ces nuits grasses, traversées de rêves qui n'en sont pas tout à fait, dont on s'extrait en croyant tirer derrière soi une besace pleine d'idées nouvelles. Mais le réveil vous sèvre vite. Et le téléphone qui a vibré toute la nuit déborde de messages. Bruno parle de voiture et d'assurance. Stanislas aussi a écrit. Il est déjà au courant de l'accident, il n'aime pas conduire lui non plus, il dit que les femmes l'ont obligé à apprendre.

Dans le no man's land du matin, entre deux eaux, Daniel ne réalise pas tout de suite. Ligne après ligne, il déchiffre, il ne lève les yeux qu'à la dixième ligne. Qu'est-ce que c'est que cette histoire encore ? De la verve, Stanislas en a certainement, il en faut pour produire ces phrases alambiquées dont mille méandres grammaticaux minent la logique. Mais ce que ces phrases racontent…

Beaucoup de citations, de formules, de rumeurs. Les causes spirituelles derrière le drame, l'action du diable dans le monde. Daniel a bien lu ? Le diable, oui, présent dans chaque interstice. Pourquoi sinon l'humanité aurait-elle (par exemple) fait le choix d'adopter une unité de mesure aussi pervertie que le mètre ? Une conception harmonieuse et logique de l'univers implique de prendre pour base la seule constante dont nous disposons, la vitesse de la lumière, le mètre devrait être fixé comme la distance que la lumière fait en 1/300 000 000 de seconde, et pas 299 792 458 comme actuellement... Tout ça entrecoupé d'invectives envers celles qui nous manipulent et nous gouvernent dans l'ombre : les femmes. Le pouvoir caché que personne ne dénonce. Depuis la nuit des temps. L'essence de la féminité est la mante religieuse. Un néant que le monde entier ne rassasierait pas. Eh bé !

Daniel remonte au début du message. Stanislas l'a envoyé à plusieurs personnes. Ceux de Bourgogne évidemment, d'autres que Daniel ne connaît pas, quelques personnalités aussi, et... Daniel ne peut s'empêcher d'éclater de rire en découvrant le nom d'un ancien ministre d'un précédent gouvernement, lui-même un peu barré heureusement. Dans le cerveau de Daniel, les traces de la nuit sont encore trop prégnantes pour lui permettre de réfléchir, mais le téléphone sonne déjà. Il est 7 heures et demie. Mathilde est furieuse, sa voix souffle et tempête. Pourquoi Stanislas est-il dans cet état ? Qui pousse son champion à bout ? Elle parle comme l'agent d'une star fragile et capricieuse, s'emporte, implore, caresse, tout le stress qui la ronge à force de devoir gérer Stanislas, prendre sur elle, faire avec ses bêtises, elle le balance au visage du pauvre Daniel. Elle espère qu'il ne parlera de ça à personne. Même au téléphone, il est difficile à Daniel de résister à Mathilde. Daniel ne dit rien. Le long rêve le laisse enfin libre, il se rappelle combien de verres il a bus, comme il a été fou de conduire cette nuit-là.

— Tu es là ?

— Je suis là.

— Et tu dis quoi ? Tu es de nouveau mort ?

À chaque phrase, le volume sonore monte d'un cran.

En fin d'après-midi, un mail tombe. Il annonce à tous les Fresse et les Rey que l'aînée des sœurs de la mère de Daniel s'en est allée dans la nuit. Il se veut visiblement apaisant, évoque une fin tranquille, un visage paisible, aucune trace de suffocation, mais les images qui viennent à Daniel n'ont rien de doux, surtout avec tout ce qu'il vit, elles évoquent une solitude de tubes, de métal, deux mois de cauchemars et de peur, qu'importe que ce soit le virus ou l'abandon, qu'importe que la famille ait attendu ça depuis si longtemps, que tante Pauline n'ait plus paru aux réunions familiales depuis plusieurs années, cette mort est grise, trop grise.

Soudain, l'idée de la vieillesse est là, un grand, un incompréhensible vrai. Daniel n'est plus très loin de ses quarante ans, jusqu'à maintenant il a vieilli sans mûrir. Un vieil enfant, terrifié de lever les yeux vers l'immobilité qui vient, la nuit qui se précipite. Il n'a rempli aucune mission, n'a rien connu, rien accompli, si son heure sonnait maintenant, il mourrait en se débattant comme un chat qu'on noie dans un sac.

Alors Daniel répond. Il n'est pas le premier mais le plus disert, pour une fois que la pudeur le lâche et que ses doigts n'accouchent pas de phrases de constipé. Du bout des mots, au moins, toucher un peu de réel. Au moment d'envoyer, il hésite. En se relisant, il regrette déjà son mouvement. Ensuite, les réponses se succèdent.

Daniel fait l'erreur de réagir au mail d'un cousin. Un homme plus âgé, restaurateur que le confinement est en train de ruiner, et qui doute de la réalité de l'épidémie. Daniel met plusieurs minutes à encaisser. Il halète un peu. Ce n'est pas le fait d'être critiqué. Des mails méchants, il en reçoit de temps en temps, y compris de sa famille, mais jamais aussi violents que celui-là. Ça ressemble à ce qu'on lit parfois sur les réseaux sociaux, une explosion de rage et d'insultes, qui n'a rien d'incohérent hélas, et déroule un inflexible fil de haine. Daniel est complice du gouvernement. Comptable de tous ses crimes.

Le pire n'est pas la violence de la charge, mais que Daniel la trouve vraie. Une vérité injuste, tant il fait d'efforts. Depuis des années, il écoute les gens, remonte les problèmes du terrain, apprend tout ce qu'il peut, sans cesser de se soupçonner d'être ce que son cousin dit. Un traître, ou, selon les mots d'Alicia, un lâche cherchant à concilier la chèvre et le chou, incapable de choisir son camp. Il s'est battu à l'école, a été meilleur élève que son père et ne considère pas du tout comme une victoire son bureau qui pousse son trait de quasi-chêne jusqu'à la ligne d'horizon de la fenêtre, face à la Seine. À vingt-cinq ans, il est entré dans ce tunnel climatisé et spacieux qui se confond avec le douzième étage du ministère, le sixième en partant du sommet, en se répétant qu'il n'avait pas le choix, qu'il fallait être là pour changer le monde. Tous ses efforts sont des gesticulations de nain.

Sur les réseaux ce soir-là, Daniel ne joue plus. Il rend les coups. Jamais il n'avait ainsi laissé libre cours à sa rage. C'est elle qui anime les pensées, fait bouger ses doigts sur le clavier, aussi vite que sur un piano. Il ne sait plus s'il souffre ou s'il jubile.

C'est bien Daniel Fresse qui s'exprime, le lèche-cul tellement insignifiant que tout le monde accueille ses navrantes pitreries pour attirer l'attention d'un haussement d'épaules ?
La pute mondaine qui a couru après toutes les autorités et qui malgré sa veulerie et son empressement à se vendre n'a été achetée par personne, même en solde, même pas par le parti le plus minable de l'histoire de France ? Le pauvre type frustré désespéré parce qu'il ne trompe plus personne ? C'est fini, mon vieux, vous êtes grillés, vous êtes tous grillés avec vos diplômes achetés. On vous a vus à l'œuvre, on sait ce que vous valez. On sait que vous êtes des fraudes, et des parasites. Vous savez rien faire, même pas réciter vos cours correctement. Un jour, il y aura des explications à donner, et tu ne t'en tireras pas avec tes pleurs de bébé immature qui se roule dans ses formules comme un vieil incontinent dans sa merde.
T'as réussi ton coup en tout cas. Je n'ai pas pu me contenir et je suis sûr que bébé est content, même si bébé va certainement aussi pleurer beaucoup dans les jupes de sa mère tellement les gens sont méchants avec lui.

Ce que j'appelle l'effet Sénèque est plus communément la conséquence d'essayer de résister au changement plutôt que de l'accueillir. Plus nous essayons de résister au changement, plus le changement riposte et finira, tôt ou tard, par vaincre notre résistance. Souvent cela arrive de manière soudaine. En fin de compte ce n'est que le résultat du second principe de thermodynamique : l'entropie fait son travail.

Ugo Bardi, Institut Momentum

Katia s'est emparée de Paul et l'a déposé sur le lit. Il reste assis, immobile. Il sent la présence cachée qui le surveille, son regard qui le frôle, son odeur salée qui s'avance et recule. Comme hier, comme avant-hier, il entend les pas et les voix traverser la caverne de ses draps. Son père qui gémit dans le jardin. Par la fente de la porte, il le voit revenir, courbé.

Katia n'a pas le même genre de voix que le père de Paul, les mots roulent dans sa bouche. Souvent, ses yeux viennent chercher quelque chose dans ceux de Paul. Elle ne fait plus un geste. Puis, imperceptiblement, elle soupire et reprend son activité. Elle lui passe un short, un tee-shirt, une casquette qui recouvre tout son visage, mais il ne crie pas. Elle le conduit dehors, lui fait de l'ombre avec son corps. Les couleurs du laurier se troublent de vapeur, les reflets de l'herbe, du ciel, des arbres deviennent un seul bloc de lumière verte. Elle le ramène à l'intérieur.

Aujourd'hui, elle a crié en ouvrant une armoire. Elle avait dit qu'il fallait faire les courses au village. Arthur a ri :

— Je dois d'abord arroser le jardin avec Paul.

— Je vais le faire, disait Katia.

Paul a commencé à crier, et la voix de Katia est devenue douce comme du sucre :

— Je vais le faire.

Debout face à la flaque qui gonfle, crève en serpents d'huile, glisse lentement dans les pierres, il regarde l'eau s'approcher patiemment de ses pieds et ne bouge pas.

— Paul ! Il fait trop chaud. Rentre !

L'air l'enveloppe toujours dans ses linges mouillés. L'eau roule vers les pierres rondes ventres de baleine qui brûlent sous ses pieds. L'odeur de laurier s'épand, derrière le voile, les feuilles brillent, gouttes dans le jour-soleil…

— Paul !

La voix de Katia disparaît dans les deux ombres qui se penchent par-dessus la barrière. Ils pointent leur sourire vers Paul. Ils répètent. Est-ce que tes parents sont là ? Il est certain qu'ils sont venus pour lui, pour le mal qu'il a fait. Tout est à cause de lui. Katia et Arthur empilant les meubles de la toute petite chambre dans la vieille voiture, les ressortant ici dans la forêt loin de tout, les drôles de voisins. Tout cela parce que quelque chose ne va pas avec lui, les objets qui se cassent sur son passage, ses hurlements quand on veut le faire monter en voiture ou lui faire manger d'horribles fruits aux craquements dégoûtants.

À cause de lui ils sont cachés dans cette maison à la pierre odeur de cave, à côté de la grande maison de Bruno. Il se souvient de la voix de son père dans l'obscurité de la pluie.

C'est parce que les autres ne te supportent plus qu'on est là. De celle de Katia qui claque sur l'air. Lâche. Lâche qui rejette sa responsabilité sur un enfant. Incapable d'assumer ses décisions. Son refuge. Son *effondrement.*

Paul connaît ce mot sur beaucoup de tons.

« Effondrement ».

Arthur, Bruno, Johanna, tous ont leur façon de le faire voler dans l'air. Leurs disputes commencent toujours avec lui. Paul aussi doit se préparer, dit Arthur, devenir un petit garçon fort, courageux. Lui-même n'a pas l'air très courageux quand il dit ça. Il saute d'un pied sur l'autre, tord ses mains, sa voix attaque ses oreilles comme une perceuse. Plusieurs fois ces dernières semaines, il a cherché à prendre Paul dans ses bras. Au contact de la sueur et de la terre, Paul a hurlé.

*

L'homme semble mâcher sa moustache sous son masque. Ce n'est pas la première fois que Katia le voit. Deux semaines plus tôt, plusieurs automobilistes avaient signalé la carcasse de la voiture au bord de la route. Personne n'avait pensé à la récupérer. Le policier leur avait montré des photos, d'une netteté terrible. Avec l'obscurité, il aurait pu y avoir un accident très grave. Johanna a dû parlementer longtemps avec lui pour éviter à Bruno une amende salée.

Maintenant il est de nouveau là, à côté de cette femme plus jeune, en civil, dont le masque se bombe à la place du nez. Elle est la première à tendre la main, et sa poignée de main oblige Katia à mobiliser ses muscles. À la façon dont l'homme la regarde, Katia devine que la femme est la plus gradée. Katia essaie de ne pas lui montrer qu'elle l'étudie, sourit, tend son coude pour saluer par-dessus la grande flaque fumante.

— Les masques sont à l'intérieur.

Elle hésite à aller en chercher un. Elle ne veut pas expliquer pourquoi son fils n'en porte pas. À nouveau, le policier regarde Paul. Il a l'air de penser « Ce gosse est vraiment mal élevé ». Katia n'aime pas être prise de court ainsi, devoir les guider vers la porte en jeans et débardeur sport, surtout avec cette chaleur lourde et humide qui colle le tissu sur sa peau. Les yeux du policier sautent du tournevis qui traîne sur la table aux bols sur les étagères, puis va de fente en fente, autour des briques désassemblées du sol.

Katia se dit que les affaires jetées plus qu'empilées sur les vieux meubles ne font certainement pas bonne impression. Le cerveau d'Arthur semble incapable d'identifier les objets. Dès que sa main les lâche, il perd conscience de leur existence, les oublie là où ils sont, ne les retrouve pas même quand ils sont sous ses yeux. Katia a compris qu'il ne le faisait pas exprès. Elle est à peine plus ordonnée. Pour s'en sortir, elle doit programmer des routines précises, dresser des listes qu'elle épingle au-dessus de son lit. En temps normal, cela suffit, mais ses nuits sont maintenant si courtes qu'il lui faut plusieurs heures et plusieurs douches glacées pour comprendre ses résolutions de la veille. Et, partout, les objets s'amoncellent.

Elle tire Paul d'un bras, ramasse de sa main libre les verres qui traînent sur la table, cherche des yeux un vêtement à ajouter à son débardeur. Elle parle d'une voix grave, détache chaque mot. Elle est en France depuis assez longtemps pour mesurer le danger. En l'occurrence, il est léger. Ça se passerait très différemment si on voulait leur faire le coup du groupe de Tarnac. Les arrêter. Les policiers ne viendraient pas à deux, pas de cette façon. À vrai dire, jusqu'à ce que tout le monde se mette à citer Stanislas, elle ne pensait même pas que leur petit clan pourrait intéresser l'État.

Elle s'y reprend à trois fois pour enflammer le gaz, se dit qu'il faudrait vraiment demander à Bruno de leur prêter de quoi faire réparer cette cuisinière. Sinon, les policiers reviendront pour chercher leurs corps au milieu des restes de bois brûlé.

Elle se retourne :

— Café, thé ?

Délicatement, elle pose une main sur la tête de Paul qu'elle sent glisser à ses pieds. Elle ne cesse pas de sourire quand il prend des deux mains ses genoux et y enfouit son visage. Il ronronne. Les yeux de Katia passent du policier assis sur leur seule chaise, trop basse pour la table de bois, à la femme, juchée sur un tabouret. Tous deux la regardent sans un mot apporter les tasses. Peut-être viennent-ils pour Paul, après tout c'est possible. Vérifier qu'il n'est pas maltraité. Pourvu qu'il ne crie pas. Katia sait que le ronronnement va s'intensifier, que si elle l'interrompt il y aura d'autres cris, puis tous les rituels de la crise.

Alors, elle prend son sourire de mère dépassée. Elle sent que la femme le lui renvoie sous son masque. Elle lui dit qu'elle a un garçon et une fille. Qu'elle connaît ça. Katia se retient de répondre qu'elle ne connaît certainement pas *ça*, justement. Elle ne sait pas pourquoi Paul hurle. Ce n'est ni la peur ni la douleur, mais ça lui procure le sentiment d'une chose horrible et cachée. Elle a l'impression que Paul crie précisément pour faire comprendre ça aux adultes. Que ça ne se communique pas. Qu'entre lui et eux s'ouvre parfois ce vide, qu'il tombe dans une dimension de solitude et de terreur. Il crie, et il est affolé par ses cris, avalé par eux, au bout d'un moment, il crie seulement par horreur de ses propres cris.

Le policier tente de croiser les jambes. Son genou heurte la table. Paul gémit, un peu de café se répand. On dirait ma fille aînée, lance la policière. Elle aussi elle a des crises de terreur. Cette fois, Katia lui accorde un bon point : elle n'a pas parlé de caprice. Les gens ne s'en privent pas d'habitude. Leurs réactions quand le monde craque sous les pieds de Paul la mettent en fureur. Leur minable colère lui donne envie de se planter devant eux et de leur faire la liste clinique de leurs tares. Ces lâches qui perçoivent eux aussi que quelque chose se fissure dans la réalité quand Paul crie, et qui ont peur de leur ombre.

La policière a le ton de quelqu'un qui se surveille, qui n'a jamais eu que sa volonté et le sens du devoir pour se maintenir dans la vie. Comme Katia le sait, dit-elle, la communauté à laquelle elle appartient a acquis une certaine influence. Un de ses membres, Stanislas Wenziger, est très médiatisé. Ces derniers jours, des messages suspects ont été interceptés à son sujet. Des messages qui s'apparentent à des menaces et que les autorités entendent prendre au sérieux.

— Vous voulez dire que Stanislas est en danger ?

La policière est évasive. C'est ce qu'elle essaie de déterminer justement. Katia devine qu'elle ne dit pas tout, qu'elle ne sait pas vraiment où elle met les pieds, qu'elle a peut-être d'autres soupçons. Les membres d'Anankè sont-ils armés ? A-t-elle affaire à une secte ? Risque-t-elle un accident grave, un suicide collectif ? Si on prend Arthur au sérieux, on peut se poser la question. Il délire vraiment parfois. Dans le doute, Katia reste sur ses gardes. Elle n'est pas très active dans Anankè, explique-t-elle. Il faudrait interroger Bruno et Johanna, les principaux responsables.

D'un ton d'institutrice, la policière répond que c'est prévu, cela viendra en son temps.

Katia s'applique à parler posément, comme elle l'a fait à la préfecture, pour son titre de séjour. En tailleur avec ses lunettes et ses petits talons, elle avait l'air d'une employée froide et bien nourrie. Il lui faut seulement surveiller ses yeux. Ça a été le plus difficile à la préfecture. Ne pas se trahir en riant du regard. Il y aurait eu de quoi. En fond sonore : Schubert. D'abord, une succession d'images d'Épinal, puis des enfants jouant au ballon dans une cour de récréation. Des enfants de toutes les couleurs, heureux, riant. Et en arrière-plan, le texte. Patrie des droits de l'homme, terre d'asile, laïcité.

Katia dit qu'elle n'est pas là depuis longtemps. Elle ne fait pas partie des membres fondateurs. Quand elle est arrivée, Stanislas habitait une dépendance de la maison de Bruno. On ne le voyait pas souvent. Il passait son temps à travailler et courir dans la forêt. Il participait rarement aux dîners. Katia ne le dit pas, mais Bruno parlait de Stanislas avec la fierté du pêcheur qui exhibe sa prise. Il leur détaillait ses titres et ses diplômes, si bien que Katia s'était un peu méfiée. Un type si fort ne pouvait pas croire en leur délire.

Elle, elle n'y croit pas. Pas à la façon des autres, en tout cas. Il suffit de les regarder bouger pour se dire que leur place n'est pas la forêt. Ils en aiment l'idée, l'odeur, ils aiment la contempler sans s'intéresser à la façon dont elle pousse ou à ce qui y vit. Les plus jeunes l'attendrissent.

Ceux qui ont son âge admirent Greta, se révoltent contre l'injustice, s'imaginent vraiment que le monde pourrait être bon. Ceux-là ne restent jamais longtemps. Ils trouvent la communauté trop résignée. Parfois, Katia envie leur foi.

Dans son pays, les *millenials* sont enfants de la guerre. Ils ne font pas un pas sans observer où il les mène, ni ne confondent un visage avec ce qu'ils en espèrent. Ils sont conscients qu'aucune révolte n'est glorieuse. Les villes ne tombent pas d'un coup en ruine, et ne se changent pas non plus subitement en orgie d'horreur. Ce qui vient d'abord, c'est le silence. Dans les rues désertes, on se hâte sans oser courir. Il peut toujours y avoir des snipers. Parfois, des groupes d'hommes surgissent entre deux immeubles, alors on baisse la tête en espérant les éviter. On n'est jamais sûr de franchir les barrages.

Mais pour Katia, la guerre a peut-être été une chance. Elle a grandi parmi des gens qui trouvaient normal qu'on soit révolté. Dans un autre pays, sa révolte aurait peut-être été étouffée. Sa révolte de petite fille qui refusait d'être une petite fille, sourire comme on l'attendait, séduire, se courber devant l'autorité. La réalité était trop agitée et violente pour qu'on prenne le temps de chercher à dompter Katia. D'ailleurs, les villes étaient remplies d'autres jeunes garçons et d'autres jeunes filles tout aussi enragés, prêts à rendre coup pour coup à ceux qui voulaient redresser leur corps, leurs dents ou leur esprit. Le résultat, c'est qu'elle n'a pas été brisée, s'est déchaînée sans apprendre la honte. Il lui a fallu arriver en France pour se découvrir orgueilleuse, insoumise, provocante.

La France… Elle ne l'attirait ni ne l'impressionnait. Katia la voyait comme un pays vieilli, amolli, sorti de l'histoire et de la réalité. Mais on lui proposait une bourse, elle tenait à payer l'enterrement de son père, elle y tenait comme à une revanche, parce qu'elle avait peu connu son père, parce qu'elle était la seule de sa famille à n'avoir qu'un prénom, à n'avoir d'autre choix que celui d'être Katia. Au début, les Français de son âge l'avaient seulement dégoûtée. Leurs illusions, leur pessimisme veule, comme si le confort et la tranquillité étaient des droits. Elle s'était crue immunisée contre leurs regards en coin et leurs reproches. Mais le temps était passé. Ils l'avaient eue à l'usure. En revenant sans cesse à la charge, en exploitant chaque espace, chaque faille. Ils avaient fini par mettre un peu de leur poison en elle. Leur soumission.

La femme n'est pas pressée de parler de Stanislas. Elle laisse la discussion durer. Leur communauté, finalement, qu'est-ce que c'est ? Une société alternative ? Un groupe révolutionnaire ? Katia rit. En ville, pour ce prix-là, on n'aurait pas eu sept mètres carrés.

— Le confinement vous donne un peu raison.

Les questions remontent loin dans le temps. Comment se sont-ils connus ? Comment ont-ils décidé de s'installer ici ? Pourquoi précisément ici ? Qu'est-ce qui lui a fait accepter le déménagement ?

Les raisons d'Arthur étaient claires. Il ne supportait plus les remarques de son père. Il voulait partir avant d'être mis à la porte. Entre le père et le fils, le dialogue était sans issue. Le père d'Arthur avait ses principes, Arthur ses insuffisances. Il savait qu'il ne sortirait pas de la spirale des petits boulots. Katia elle-même aurait hésité à engager un type aussi instable. Ce n'est pas qu'Arthur soit mauvais, c'est qu'il s'organise si mal et se décourage si vite que même ses talents finissent par se retourner contre lui. Sur le marché du travail, on cherche des gens équilibrés, prévisibles. Avant de passer l'entretien, Arthur était déjà recalé. Sa silhouette suffisait à le disqualifier.

Il avait commencé à pleurer en posant ses premiers pots sur le balcon de ses parents. Il avait lu des manuels de survie qu'il résumait à Katia. Veiller à l'approvisionnement, à l'eau, au réseau électrique, nouer des relations assez fortes avec les autochtones pour échanger des services, des denrées en cas de coup dur. Éviter d'être lynché, surtout. Le projet de Bruno et Johanna le séduisait pour ça : ils étaient déjà une dizaine, se prétendaient soutenus par le maire du village. Ils pourraient apprendre en imitant les autres, se laisser guider par les plus anciens.

Pour Katia, c'était plus embrouillé. Au début, ça a été tout bête : physique. Elle s'est prise au piège des gestes maladroits de ce garçon beau et lent, de l'érotisme imprégnant jusqu'à ses smileys sur Facebook. Plus tard, de la douceur de la main qui s'approchait du sein puis le fuyait, papillon qu'il avait fallu forcer à épouser la lampe.

Arthur avait beaucoup fumé pendant son adolescence. S'était fait prendre quelques fois, dont une qui aurait pu mal tourner. Ensuite, il avait passé quelques années à l'étranger. Il en parlait encore comme des plus belles de sa vie. D'abord, Madagascar. Tant pis si à chaque repas il fallait avaler des mouches. Puis, l'île Maurice, dans une entreprise d'import-export. Les propriétaires habitaient Paris. Ils y possédaient deux restaurants indiens. Ils mettaient une pression terrible sur les employés, mais Arthur ne se plaignait pas. C'était l'âge d'or. Il sortait, marchait d'un pas si dansant qu'il ne se rendait même pas compte de la façon dont il accrochait les filles. Ça s'enchaînait. Le zamal faisait oublier l'herbe. Un soir, il avait couché avec la fille de son propriétaire parisien, qui terminait son école de commerce et lui avait parlé toute une nuit. Devait-elle rejoindre l'entreprise familiale ou passer par une boîte internationale ? Peu de temps après, le responsable local le convoquait pour le virer.

Enfin, la Réunion. Katia n'a jamais vraiment su ce qui s'y est passé. Arthur parle de soirées au bord d'un cratère à regarder la lave. Des oursins tapissant le bassin de Grande Anse. De nuits sur la plage. À un moment, quelque chose a dû arriver. Agression sans doute. À cet endroit en tout cas un trou de plusieurs mois interrompt le récit d'Arthur. Il atterrit dans sa famille. Morcelé.

Cette lenteur, cette apathie animale attirent Katia comme une ventouse. Arthur ne la menace pas. Elle sent qu'elle ne risque rien avec lui. Ce n'est pas souvent le cas avec les hommes. Au bout de quelques mois, ils ne font plus rien d'autre que l'amour, trois ou quatre fois par jour. Ils s'absorbent l'un l'autre. Se noient dans une glaise de sueur et de peau. Avec une minutie de poulpe, Arthur appuie sa bouche sur la sienne.

Paul n'est pas vraiment un accident, mais l'accouchement ne se passe pas bien. Katia y pense souvent. Est-ce l'explication ? Le travail a commencé avec un jour de retard. On a décidé de le déclencher. Katia signale que la perfusion à l'ocytocine est mal posée. On monte peu à peu la dose au maximum. Toujours pas de contractions. On perce la poche des eaux. On revérifie que le cathéter est bien mis. L'enfant étant privé de liquide amniotique, chaque contraction provoque un ralentissement cardiaque très important, jusqu'au moment, quelques minutes plus tard, où son cœur cesse de battre. Détresse fœtale aiguë, le pronostic vital est engagé.

L'infirmière n'aime pas son accent. L'aiguille rentre brutalement. On la retire puis l'enfonce à nouveau. On attache Katia à la table. Elle sent tout. Le badigeonnage de Bétadine, une déchirure au bas du ventre. Elle dit je sens tout. On lui répond mais non. Un rêve d'horreur remplace la réalité. Au plafond, la lumière est si intense et si froide qu'elle croit sentir sa flamme contre sa pupille. Plus haut, de grandes roues dentelées tournent. Elle crie encore, supplie qu'on ne lui fasse pas mal. Ils sont plus de quatre à la maintenir. Derrière, des mains immobilisent sa tête. Dans le même temps, elle sent qu'on tire, qu'on écartèle, elle entend l'écarteur et les voix. Ils finissent par pousser à plusieurs, c'est comme si son ventre se déchirait. Alors, elle tombe dans le trou noir. Au réveil, elle est comme un poulet vidé. Une sage-femme lui tend un bébé et soupire :

— Vous nous avez donné du mal.

Les mois passent puis les années. Sans cesse affalé sur son matelas, Arthur ne l'aide à rien. Son apathie se change en anxiété. Une peur presque animale émane de lui. Une peur qui se sent, qui attire la hargne, et l'agression. Il se hait et se hait de se haïr, il se hait parce qu'il se souvient d'époques auxquelles il ne se haïssait pas. Katia n'a pas la force de le rassurer. Pas l'envie peut-être. Cette détresse horrible l'enserre, la retient, comme un perpétuel reproche. Il lui faut se battre pour tout. Contre les voisins qui se plaignent de Paul ou qui croient qu'on le maltraite (un enfant ne devrait pas crier autant) puis contre les psychologues. Katia se documente, apprend à répondre aux questions pièges des éducateurs et des assistantes sociales, mais n'en peut plus de vivre avec une épée de Damoclès au-dessus d'elle. Quand Arthur parle de déménager à la campagne, elle se dit que les cris de Paul y seront moins dangereux. Aucun voisin ne l'accusera de maltraiter son fils.

Paul l'oblige à s'assouplir. Pour lui, elle apprend ce qu'elle a toujours rejeté. Elle s'organise, se structure. Elle réforme son attitude envers la vie. Paul a besoin de douceur et de calme. Il est fragile, désarmé. Katia doit se déprogrammer pour l'accepter. Mois après mois, elle refrène ses impulsions, réoriente ses colères. Par correspondance, elle reprend des études de psychologie. Elle se détend, accepte de laisser les choses être comme elles sont, de ne pas savoir, de n'avoir pas d'idées claires sur ce que le monde et les gens doivent être. Elle ne se voit plus comme le brouillon d'un être plus accompli.

Le jour où Mathilde Guénot leur rend visite, Bruno prend la tête du loup de Tex Avery. Stanislas aussi finit par se ranger derrière elle, au point de suggérer à Katia que Mathilde pourrait l'aider. À quoi ? Eh bien à trouver un travail qui corresponde mieux à ses capacités, et surtout qui lui laisse plus de latitude pour s'organiser, pour ses études et avec son fils ! Stanislas a beau posséder tous les traits de l'excentrique, il n'en est pas moins professeur. Il ne comprend pas qu'on ne veuille pas être un esclave.

N'empêche que Katia doit trouver des solutions. Arthur paraît de moins en moins fiable. Il craquera complètement pendant le confinement. Alors, elle se retrouve un jour devant la porte de la fondation qui finance Mathilde. Elle regarde le Grand Palais flotter comme un zeppelin au-dessus du désert, trouve des ressemblances avec le pays qu'elle a quitté. Quand Mathilde vient la chercher, elle ne manque pas de noter le miracle. En présence de Mme Guénot, plus personne ne trouve Paul insupportable. On le traite comme un petit garçon vif et turbulent, pas comme un petit monstre. Et puis Paul ne crie plus. Il semble fasciné par ce qu'il voit, les grandes épaules carrées, nues, la robe rouge, la douceur avec laquelle Mathilde se penche vers lui sans le toucher, le froissement glacé de l'air climatisé qui les enveloppe comme la bulle bleue de Clémentine dans le dessin animé.

— Il ne faut pas être impressionnée, dit Mathilde, ici aussi, les gens ont besoin de pisser.

Katia n'est pas impressionnée. Elle se dit qu'autrefois, elle n'aurait pas résisté à l'envie de taguer, d'abîmer. Elle se serait peut-être mise nue, aurait uriné devant Mathilde, elle aurait tout fait pour briser l'armure de verre qui protège les silhouettes filant dans les salles froides de la fondation. Mais Mathilde n'a pas que des défauts. Son côté américain, impulsif, son manque de respect des choses et des traditions plaisent à Katia. Mathilde se fout des diplômes et sait jauger les gens. Elle est impressionnée par tout ce que Katia peut faire. Graphisme, communication, *storytelling*. Vraiment pas mal pour une autodidacte. Je peux te confier quelques travaux, dit-elle. J'aurai peut-être quelque chose de plus stable bientôt.

*

— Vous m'excusez un instant ?

Doucement, elle pousse la porte de la chambre. Paul est immobile dans son lit. Katia se rassoit lentement. L'attitude d'une femme bien éduquée qui n'ose pas dire qu'elle est débordée. Sur sa chaise, le policier en uniforme s'ennuie visiblement. Il tire sur sa moustache, interrompt son geste chaque fois que l'inspectrice se tourne vers lui. Stanislas s'intéresse beaucoup à Paul, à ce qu'elle a compris.

— Il joue souvent avec lui. Il essaie parfois de lui donner des cours. Vous savez, mon fils a…

Malgré le sourire de la femme, Katia n'ose pas dire « des difficultés » à une policière. La dernière fois qu'on est venu l'interroger, ce mot a tout déclenché. L'enquête des services sociaux, l'interminable procédure. Elle se méfie aussi de ceux qu'on lui propose. « Autisme », « trouble du développement »… Ce drôle d'énarque qui est venu leur rendre visite, Daniel Fresse, a l'air de suivre tout cela d'assez près sans pour autant y trouver de solutions pour sa fille. Depuis la nuit du sanglier, il a envoyé plusieurs messages à Katia, sous prétexte d'échanger des trucs pour leurs enfants. À moins que ça ne soit pas un prétexte. Un anxieux, celui-là. On aurait dit qu'il se rassurait avec ses adresses, avec l'argent qu'il dépense. Katia n'a pas eu la patience de l'écouter égrener sa litanie de psychiatres, orthophonistes, ergothérapeutes ni la liste de ses contacts à tous les niveaux de l'Éducation nationale. Elle trouve un peu enfantin ce désir permanent de paraître informé, de se montrer connecté, de cerner l'état du monde. Au bout du compte, elle le remarque : c'est lui qui cherche ses conseils.

Un tipping point, *qu'on peut traduire par « point de basculement sociologique », « point critique sociodynamique », « seuil de tolérance » ou « angle de repositionnement » est une expression de la sociologie qui se rapporte à un moment dramatique où quelque phénomène singulier devient commun.*

Wikipédia

Julie marche si vite que Daniel doit courir pour la suivre. Les portes s'ouvrent l'une après l'autre pour dévoiler les immensités toujours plus prestigieuses des couloirs dorés. Daniel tombe plutôt qu'il n'entre dans le bureau terminal qui lui semble baigner dans l'irréelle lumière d'une nuit d'insomnie. Avec une lenteur tout aussi irréelle, la silhouette du ministre se déplace derrière un monument de chêne. Il se lève, se rassoit, ferme l'œil gauche, pose ses deux mains sur son ventre, parle d'une voix dégonflée de son habituelle jovialité, sa foutue jovialité.

Daniel retient une colère qui ne le lâche plus. Il ressasse ses griefs depuis le coup de téléphone de Julie. Le ministre joue avec lui, l'a convoqué plusieurs fois sans être au rendez-vous. La rédaction accélérée de ses dernières notes pèse encore sur ses yeux. Il lui a fallu pousser des wagons de chiffres et d'idées hors de la vase de sa tête. Le ministre ne semble même pas satisfait. Pourquoi tant d'administrations ont influencé son travail ?

— J'ai rencontré beaucoup d'acteurs de terrain.

— Ça, c'est très bien. Ce n'est pas de ça que je parle. Je lis que vous avez discuté avec la direction de l'Énergie. Avec le Budget. En réalité, il est plus facile de faire la liste de ceux qui n'ont pas donné leur avis.

Daniel se tourne vers Julie. Il voudrait l'engueuler devant le ministre. Sans elle, il n'aurait jamais rencontré tous ces gens. Comme si de rien n'était, elle explique qu'il a sûrement eu ses motivations pour consulter toutes ces institutions. Concernées, après tout.

— Je sais bien qu'ils sont concernés. Ils sont concernés par tout. Ce n'est pas une raison pour les laisser faire. Ce ne sont pas les propositions de l'Inspection des finances. Ce sont les miennes.

— Stratégiquement… commence Julie.

Le ministre lève le doigt pour l'arrêter.

Il saisit le téléphone, grommelle des instructions indistinctes.

Daniel est de plus en plus furieux. Il fixe son attention sur les coins relevés de la bouche de Julie, droite et grise comme l'ombre d'un ange dans l'écrin de la baie vitrée ouverte sur l'enchevêtrement sédimentaire des toits. Ses yeux reviennent au visage du ministre, qu'il scrute comme s'il voulait passer au travers. Ce n'est pas une colère normale, mais de nouveau la vieille et incompréhensible rage qui dès son adolescence pointait parfois son dos de cétacé. Il a envie de grogner, d'aboyer, peut-être de mordre. De jeter ses dossiers à la tête de ce clown maniéré.

Julie lui a dit plusieurs fois admirer cet homme qui vocifère à présent dans son téléphone. Elle lui a vanté l'énergie du ministre, la capacité de travail qui lui a permis de creuser son chemin. Des réunions de quartier à l'Hôtel de Ville de la capitale, puis ici. Sans convictions, un engagement comme celui du ministre serait inconcevable. On ne serre pas tant de mains, on ne reçoit pas tant de visites, on ne ramasse pas tant de merde, il n'y a pas d'autre mot, sans aimer au moins un peu les gens. Daniel a eu envie de répondre que les gens bougeaient trop. Que cette énergie sans but mouvait les corps et déchiquetait les âmes. Tout ce que Julie admire le terrorise. Le fait qu'en privé, en secret, le ministre soit un passionné de piano, de l'école russe surtout, qu'il connaisse l'historique des concerts des élèves de Richter (on dit que c'est sur ce détail que le président l'a choisi) mais sache dans d'autres contextes parler du rap français, avec une érudition certes plus fabriquée, plus dépendante des tendances et de sa propre carrière, sans évidemment oser départager Black M et Booba.

Daniel met quelques secondes à réaliser que le ministre s'est tourné vers lui. Julie le regarde aussi. Au hasard, il répond que les administrations consultées ne se sont pas toutes montrées hostiles. L'expression de Julie l'informe qu'il est à côté de la plaque, mais les doigts du ministre tambourinent comme si de rien n'était sur le bois dur. Il est ailleurs, il sourit presque. Dans sa note, Daniel parle de renoncer à lancer des projets. L'idée lui plaît. Ce serait peut-être la solution, après tout. Tout fermer. Plus de nouveaux projets, plus d'*instruments d'avenir*.

Il regarde dans le vide entre Julie et Daniel, soupire que la concertation en cours a peu de chances d'aboutir étant donné le degré de soumission de l'administration aux intérêts industriels. Le premier truc qu'il aurait fallu supprimer pour changer quelque chose, ce sont les grands corps de l'État. À commencer par la *sacro-sainte* Inspection.

Daniel capte un sourire innocent de Julie. De nouveau, le ministre plonge dans un silence végétatif. Daniel louche vers les imperfections de son visage, le lourd cercle vert sombre qui entoure son œil droit comme les traces d'un coup. Sur sa joue gauche, un petit pansement que Daniel n'arrive plus à quitter des yeux. Il le fixe, le fixe, doit danser d'un pied sur l'autre pour maîtriser une nouvelle bouffée de fureur.

— Avez-vous échangé avec le Château ? demande enfin le ministre.

— Pas avant de vous voir, dit Daniel. Je pense qu'ils voudront des échanges directs.

Le ministre coupe d'un soupir exaspéré. Il parle du planning. Comme si elle réfléchissait intensément, esquissait des hypothèses hasardeuses au sujet d'un problème scientifique complexe, Julie répond qu'il y aura une séance sur le numérique la semaine prochaine et qu'elle suggérerait volontiers de laisser Daniel intervenir. C'est son champ d'expertise. Elle ne veut pas prendre le risque d'être imprécise.

Plusieurs visiteurs se retournent quand ils traversent le grand hall à pas toujours accélérés. Julie mord ses lèvres, regarde le bouton de l'ascenseur, se balance elle aussi d'un pied sur l'autre avec un air que Daniel croirait désarçonné s'il la connaissait moins. Le compte rendu du dernier comité de direction de la DGSES est arrivé au cabinet. Un suicide, c'est déjà dramatique, mais si en plus Daniel s'enfonce derrière. Daniel essaie de protester, il ne s'est pas enfoncé, il a estimé nécessaire de…

— De te peindre une cible énorme sur le front, bordel.

En voyant l'expression de Daniel, Julie s'interrompt. Elle respire, ce n'est pas le moment de perdre ses nerfs et de se disputer pour rien. Elle ne sait pas ce qui s'est passé, mais quelqu'un a envoyé une dénonciation détaillée, qui met Daniel en cause et critique la manière dont il a conduit sa mission de réorganisation sans tenir compte des demandes du terrain. C'est évidemment malhonnête, mesquin, mais pas mal de gens l'ont reçue, du secrétariat général au cabinet, en passant par les syndicats. Ce n'est vraiment pas le moment, surtout si Daniel intervient à l'Élysée.

Elle fait des efforts pour rester calme. Le ministre est sur le départ. Il n'a pas envie d'être sali par un suicide. Avant de partir, il récompensera ceux qui l'ont aidé, c'est le jeu, mais il a ses propres projets, et donc son propre agenda. Et Julie n'est pas certaine que son successeur, quel qu'il soit, souhaite particulièrement « renoncer à lancer des projets ».

— Qui est ministrable ?

Julie soupire. Beaucoup de noms circulent. Certains surprendraient Daniel. La conseillère spéciale aux questions scientifiques du président serait au mieux ministre déléguée. Le nom qui rallie le plus de suffrages est celui du directeur d'une assemblée de grandes écoles, ancien cadre dirigeant de l'industrie nucléaire. Plutôt libertarien, du genre à vouloir « augmenter les marges de manœuvre des acteurs », « accroître les capacités de résilience ». C'est simple, il est partout. Dans les commissions, les consultations. À ce qu'on dit, il est soutenu par des proches du président.

À ce moment, Daniel a une vision. Il la trouve si drôle qu'il ne peut s'empêcher de retenir l'ascenseur pour la raconter.

Tu sais à quoi ça me fait penser, tout ça ? Nous sommes comme les Avengers. Un groupe moderne et inclusif qui se bat depuis des années, et qui à la fin, se fait fumer en deux minutes par Thanos. Il rit tout seul. À travers la porte de l'ascenseur qui coulisse, il emporte l'image des yeux indignés de Julie :

— Il faut croire que ça se prépare.

Principal gaz à effet de serre, la vapeur d'eau réagit très vite aux changements climatiques : plus il fait chaud, plus l'eau s'évapore et plus l'atmosphère contient de vapeur d'eau, ce qui augmente encore l'effet de serre et renforce de ce fait le réchauffement. En Europe, 70 % du réchauffement actuel proviendrait de la vapeur d'eau.

Paul Cazalis,
Une trop brève histoire de l'avenir

Mathilde saute de sa voiture et agite ses deux bras. Elle porte des chaussures de trekking jaunes neuves, une veste North Face rouge éclatant. Son visage est indigné : les gens roulent comme des fous, ce n'est pas possible, et il y avait même des piétons plus bas dans le tunnel. Elle agite de nouveau la main, cette fois vers l'écharpe bétonnée de la route qui s'enroule dans le pourtour rocheux, puis reparaît, plus bas, dans la trouée verte du fond de vallée où vibrent les toits roses du prochain village.

Sa présence envahit l'espace. Ses gestes trop souples, trop vifs, la façon dont elle tape des mains en découvrant les marches en dalle qui mènent au mazot dissimulé dans l'ombre d'un bouquet d'arbres. Les coins de ses lèvres qui se relèvent pendant qu'elle examine le matériel de montagne aligné et trié, joue avec les mousquetons de Stanislas, les passe d'une main à l'autre comme des boucles de ceinture. Sa façon de ne pas réussir à se retenir de parler. De répéter « Tu sais, on commence à nous entendre ».

Le soir tombe. La silhouette de Mathilde immobile face au torrent évoque un tableau romantique. Ses grandes respirations font écho au bruit de l'eau. Sa voix un peu endormie résonne dans l'obscurité. Stanislas l'écoute parler d'arbres, de Corse, de fruits qu'on cueille en sautant et dans lesquels on croque aussitôt, de cochons sauvages. Il imagine le crissement des dents de Mathilde dans la chair d'une pomme. Une drôle d'excitation passe. Le corps de Mathilde lui fait souvent cet effet. Stanislas n'a pas l'habitude de ressentir cela. Il lui souhaite bonne nuit, l'entend se glisser dans ses draps, rire, puis ses grandes respirations de nouveau. Les froissements de son corps-monde dans le sac de couchage se mêlent au bruissement de la nuit.

L'odeur de café la fait sortir du sommeil comme un ressort. Elle s'étire longuement, bâille, dit « J'aime cet air pur », finit deux tasses avant que Stanislas ne trempe ses lèvres dans la sienne. Elle rit en se cognant aux meubles dans la chambre sombre. Une liasse de feuilles glisse d'un cahier entrouvert. Stanislas soupire. Mathilde rit encore.

Ils s'engagent sous les arbres. Stanislas marche vite. Il regarde Mathilde sauter de bloc en bloc et tenter (sans succès) de faire ricocher des pierres dans le ruisseau. Il a envie de lui montrer les montagnes de plus près et réfléchit à un itinéraire libre et un peu alpin. Mathilde jette autour d'elle assez de couleurs et de bruits pour attirer tous les maléfices de la forêt. Stanislas accélère encore. Instinctivement, il rentre sa tête dans son dos. Les voisins sont loin, mais le vent porte. Une part de lui craint toujours de les voir arriver en masse avec des fourches. Certains lisent sûrement la presse, reconnaissent son visage, son nom peut-être.

Ils marchent maintenant au-dessus d'un ruisseau bleu-gris dans la chaleur épaisse qui s'accumule depuis des jours. Mathilde avance la tête levée. Stanislas aussi regarde la catastrophe s'annoncer sur les pentes piquetées de sapins, les gradins de pelouses et de pierriers fermés par les lignes de falaises. Mathilde remarque :

— C'est délirant, le peu de neige.

Stanislas regarde une nouvelle fois les pentes encore sales d'herbe crevée, grises de boue. Plus haut, des rochers noirs sortent comme des os d'instables amoncellements glaciaires. Mathilde veut connaître le nom de la montagne. Stanislas répond que c'est la Grande Borne. Long, mais pas vraiment difficile. Mathilde casse sa nuque en arrière. Waouh, sérieux ? Stanislas parle du sommet lui-même ? Du sommet devant eux ? Elle n'aurait rien contre qu'il l'y conduise un jour si c'est si facile que ça. Stanislas ne répond rien.

— Il y a trois personnes, en tout cas, dit Mathilde.

Elle désigne un tout petit sentier qui s'évade droit dans les verticales et Stanislas finit lui aussi par se laisser prendre au spectacle des trois points qui courent, glissent et rebondissent le long des pentes, dans les névés, dans les pierriers. Peut-être que ça passe déjà, là-haut, qu'il pourrait lui aussi grimper sur la moraine, vers le col et la longue plaine glaciaire ?

Ils filent l'un derrière l'autre sur un mince sentier boueux. Mathilde ne dit plus rien, rit parfois quand ses pieds glissent. Son pantalon est couvert de crasse. Plus haut, il ne sera plus permis de chuter. Stanislas imagine Mathilde essayer de grimper, serrer les dents et se hisser à la force des bras, improviser avec ses souvenirs de danse des pas osés dans les falaises, faire tinter les mousquetons comme des perles de collier. Il décide d'aller jusqu'au sommet de la moraine, un peu au-dessus des premières neiges.

En haut du promontoire, ils s'allongent l'un à côté de l'autre. À partir de là, l'arête se détache plus nettement. Monter plus haut serait vraiment s'exposer, d'autant que la journée laisse maintenant tomber son poids de chaleur sur eux. Alors ils restent couchés, gardent les yeux ouverts. Ils tendent l'oreille vers le faux silence des faces nord, lourd, rempli de murmures et de craquements. À la descente, ils vont lentement, prudemment, se tiennent la main parfois. Ils ont le soleil dans les yeux. Les montagnes sont noires, étincellent de reflets. Le ciel est traversé d'ombres cramoisies.

Quand ils arrivent au chalet, Mathilde est noire de terre. Elle s'enferme une demi-heure dans la salle de bains. Stanislas ressent un petit choc lorsqu'il la voit ressortir, robe verte un peu collée, cheveux mouillés. Elle a l'air prête pour une deuxième journée, s'assoit, se relève, se cogne presque au toit, dit qu'elle est venue parler d'une chose importante. Il faut que Stanislas s'engage au plus vite sur un déroulé d'entretien, sa discussion avec le ministre peut faire un carton si elle a lieu maintenant. Ils vont bénéficier d'une certaine attention, surtout si Eugenia Gracine continue à les aider. Eugenia fait ce qu'elle veut à la Fondation Ligier. C'est grâce à elle que Mathilde obtient assez de subventions pour faire tourner une équipe autour d'elle. Tous ceux qui bossent pour elle, Baptiste, Luca, Audrey, sont payés par la fondation, même s'ils n'ont pas toujours envie de le savoir.

— C'est génial, dit Stanislas.

Mathilde prend son téléphone et passe un appel. Quand elle raccroche, son sourire est radieux. Le ministère est dispo, dit-elle. Nous pouvons régler ça immédiatement, ils ont le temps. La connexion n'est pas excellente, ce n'est pas l'idéal pour une téléconférence, mais Mathilde veut tout caler dès maintenant, avant que Stanislas ne fasse machine arrière. Stanislas se demande si tout n'a pas été préparé. Ça va trop vite, tout ça. Le visage de Daniel sur l'écran, la liste de questions trop précises pour être improvisées, Mathilde à côté de lui, qui le presse, le secoue quand il prend trop de temps pour répondre. Tout ce que Stanislas peut faire pour protester, c'est d'être imbuvable avec Daniel. Il n'a pas besoin de se forcer. C'est sa seule façon de cacher sa honte quand il lui parle. Ce long mail délirant que Stanislas a envoyé à Daniel, aux autres. Chaque fois que Stanislas craque, il écrit ce genre d'absurdités, puis passe des jours à se ronger à l'idée qu'elles soient rendues publiques. Il fronce les sourcils. Chacun de ses oui est un grognement. Au bout d'une demi-heure, il a tout accepté. Le débat aura lieu dans les prochains jours.

La conférence se termine. Il y a quelque chose de vibratile dans la peau et le visage de Mathilde. L'éclair pâle de sa langue perce à nouveau ses lèvres, elle soupire, répète que c'est un moment important, qu'il y a une toute petite chance que ça ne soit pas du vent, le président dit qu'il veut tout changer, elle sait qu'il l'a déjà dit souvent, sans que les résultats soient au rendez-vous, mais cette fois… Elle poursuit à voix basse. Cette fois, il y a vraiment un frémissement. Celui dont Stanislas parle parfois, sous la glace, celui qu'on ne voit pas avant que tout le glacier tombe. Le président serait peut-être même d'accord pour le rencontrer.

Une longue nuit encore, des bruits de corps qui tournent en rond, se battent chacun avec une armée de pensées moins douces que des rêves. Avant de sauter dans la voiture, le lendemain, elle répète. Ils ont confirmé. Après-demain, en début d'après-midi. Stanislas doit réserver sa journée. Elle passe une jambe dans la voiture, se redresse, se retourne.

— Jure de ne plus faire l'idiot.

— Oui, dit Stanislas.

— Ne me dis pas oui, jure.

— Je ferai mon possible.

— Jure.

— C'est ce que je fais.

— Je décolle pas d'ici sans ta parole.

Du fait même que nous suivons de plus en plus cette voie non durable, les problèmes mondiaux d'environnement seront bel et bien résolus du vivant de nos enfants. La seule question est de savoir si la solution ne sera pas trop désagréable, parce que nous l'aurons choisie, ou désagréable, parce qu'elle se réglera sans que nous l'ayons choisie par la guerre, le génocide, la famine, les épidémies et l'effondrement des sociétés.

Jared Diamond, *Effondrement*

Le soleil est lourd sur la Bourgogne cet après-midi. Le tuyau d'arrosage frémit comme un volcan. Peu à peu, l'eau envahit la zone centrale du jardin, vallonnée de grandes pierres rondes. Elle enlace les baleines grises, ruisselle vers la pelouse, le laurier, le pin.

Arthur s'est assis à côté de Paul, les pieds dans la marée, la tête tournée vers la flaque brune qui s'élargit dans le petit enclos de fleurs sous le laurier, vers la limite glissante de l'eau. Ils écoutent le temps couler. Le craquement du vieux portique de bois crève la bulle de magie, la bouche de Katia siffle comme le tuyau. Mais qu'est-ce qui se passe ici ? Mais qu'est-ce que c'est que ça ? Putain mais c'est quoi cette maison de fous ? Tu peux m'expliquer ce que c'est ? Tu peux m'expliquer ? Tu peux m'expliquer ?

L'eau partout. L'eau dans les chambres, l'eau sous les dalles, dévalant des coins des pièces, des angles, de derrière les vieux meubles, gelée brunâtre.

Le jardin reste longtemps fumant, moite et humide. La chaleur qui monte redouble son désir de s'y jeter. Il se lance, traverse l'herbe, se brûle les pieds sur les pierres ventres de baleine. Katia ne l'a pas vu. Il est déjà par terre, enfoncé dans le tunnel de ronces. En rampant, il fait avec sa bouche des bruits de mots qui n'en sont pas, franchit la limite du monde sans ressentir l'effort. Personne ne va le punir de faire une chose si simple. Personne ne va le repérer.

Le cri n'a pas le temps de sortir au contact de la patte d'ours tombée sur son épaule. L'autre main de son père couvre son visage. Il le soulève devant lui, l'installe sur son dos :

— Tu verras mieux d'ici.

De là-haut, le monde est seulement plus désordonné. La terre s'incline en pente douce vers un rideau d'arbres que sa mère appelait la mort. L'eau, la rivière, la noyade… Mais il n'y a plus rien de tout cela, le talus est de terre sèche, au fond, quelques flaques brunes, misérables, d'autres flaques, d'autres talus, arbres, autres arbres… Tout file ! Vite, trop vite, les choses de la forêt se jettent vers lui comme des bolides tant son père court vite maintenant.

Et puis ensuite, il ne sait plus. Il marche de nouveau, il court derrière son père, son père court derrière lui, « Est-ce que tu es bien caché ? J'arrive », Paul court tout droit, aveugle, acharné comme un tapir, la broussaille le soulève, le sol s'enfuit, un choc, presque rien pendant de longues minutes. Une douleur scandaleuse balaie le voile qui couvrait ses yeux. Les arbres sont bien là.

Les épines, l'affleurement roux de la mousse çà et là, qui ondule et fuit dans la terre bleue. Les pierres et leurs odeurs de pierres, réelles. Il ne voit plus son père. La chaleur a profité de sa chute pour s'affaler sur lui comme un énorme éléphant. Il entend d'horribles bruits, le vrombissement de milliers de choses volantes. Il veut crier, mais ne trouve ni air ni voix.

Le déclin des grands prédateurs de méduses est une autre conséquence de la pêche excessive. Requins, thons, tortues luths sont effectivement considérés comme des régulateurs de population de méduses. Rien ne semble plus arrêter désormais le développement des cnidaires, capables de résister également à l'acidification des océans et au changement climatique.

maxisciences.com

Arthur est entré sans frapper. Il titube. Avant que Bruno ait pu faire un geste, Arthur se plie en deux et vomit. Le cri de colère de Bruno s'étouffe quand Arthur s'affale et ne se relève pas. Sa première impulsion est d'appeler Johanna. C'est ce qu'il fait toujours, et puis elle l'a averti que quelque chose pouvait arriver à Arthur. Ou bien à cause de lui, a-t-elle dit.

Les dix personnes réunies chez Bruno ont toutes la même expression. Il est vraiment pas bien, répète Aurore. Il va s'en sortir, assure Johanna. En effet, Arthur s'est arrangé pour se manquer. Il n'est pas assez parti pour être totalement inerte, mais loin d'être assez présent pour expliquer la composition du cocktail d'alcool et de médicaments que Johanna essaie de reconstituer. Stilnox, Imovane, Lysanxia, Xanax, Lexomil – de vieux amis –, Imodium – il a dû se tromper… Bouteilles de vin, bière… Le problème, c'est qu'on ne sait pas ce qu'il restait dans ces boîtes. En tout cas, elles sont toutes vides.

Bruno les regarde assis tous en rond dans son salon. Il n'y a pas assez de chaises. Certains se sont accroupis par terre. Il a voulu faire remarquer que leur réunion ne respectait pas les consignes sanitaires, puis s'est rappelé que, ne voyant jamais personne, nul n'avait ici de virus à transmettre. Adossée au mur, Aurore caresse une peluche oubliée par les filles de Bruno. Johanna est debout dans l'entrée. Elle n'a quitté ni ses lunettes ni sa casquette. Elle ne dit rien. Elle attend qu'ils se soient épuisés à force de parler. Au bout d'un moment, le silence tombe, à peine perturbé par un reniflement d'Aurore qui demande pour la dixième fois :

— Katia est vraiment partie ?

Bruno a pris sa décision. Depuis plusieurs semaines, Arthur fait n'importe quoi. Le confinement l'a rendu incontrôlable. Ce qu'il dit l'inquiète plus que ce qu'il fait : il parle souvent d'en finir, d'épargner à sa famille les horreurs qui l'attendent. Et encore, Bruno est certain que Johanna ne lui dit pas tout. En général, c'est elle qui s'occupe d'Arthur. Elle lui donne des conseils, le calme quand il va trop mal. Bruno ne veut pas prendre le risque que la situation ne dégénère. Il sent que tout le monde est nerveux, que les gens se parlent en son absence. Il n'aurait pas dû accepter la présidence de l'association, si quelque chose de grave arrive, il sera légalement responsable.

D'ailleurs, c'est pour ça qu'il n'a pas encore téléphoné à la mairie. Pendant que les autres mettaient Arthur au lit, il a failli le faire, mais chaque minute effrite sa résolution. Johanna n'a même pas besoin de le regarder. Il suffit à Bruno d'imaginer ce qui se cache derrière ses grosses lunettes noires pour perdre tout son courage. Il faut être sûr de soi ou particulièrement inconscient pour entrer en conflit avec Johanna. Plusieurs ont essayé depuis qu'Anankè existe. Chaque fois, les autres se sont retournés contre eux, ou bien on a découvert des affaires si graves qu'ils ont été obligés de démissionner. Il y a un mot pour ça : l'emprise. Depuis qu'il est venu ici, Bruno a perdu le contrôle de trop de choses, abdiqué dans tous les champs de sa vie d'adulte : l'argent, le logement, les loisirs...

Au bout d'un quart d'heure de discussion, Bruno n'est plus certain qu'il faille alerter qui que ce soit. D'autant que Johanna le répète : les jours d'Arthur ne sont pas en danger. Même si le départ de Katia lui a mis un coup. Ils forment une communauté, se confrontent à des vérités lourdes, et ne peuvent pas cesser d'être solidaires maintenant.

Pour le principe, Bruno tente de protester :

— Mais si Katia appelle un avocat, ou pire ? Il vient quand même de planter son gosse en pleine forêt, et c'est loin d'être sa première connerie, ces derniers mois.

Johanna n'a pas l'air inquiète. Katia ne fera rien. Elle n'a pas un rond, et pas envie que les services sociaux viennent s'occuper de Paul. Bruno est persuadé d'entendre de l'amusement dans la voix de Johanna. Elle semble tout connaître de chacun d'eux. Que Katia vit dans la peur de l'aide sociale à l'enfance, par exemple. Il faut être du métier pour savoir qu'en France, les travailleurs sociaux mènent la vie si dure aux parents d'enfants particuliers. La force de Johanna est de ne jamais rien faire elle-même. Officiellement, Bruno et Aurore s'occupent des finances de l'association. Assistance psychologique, soutien. Cela se facture cher. Le souvenir désagréable du passage des policiers ôte toute énergie aux protestations de Bruno.

— Mais si Arthur fait d'autres bêtises ? S'il faisait quelque chose de vraiment grave ?

Une différence de quelques degrés de température moyenne n'est pas un changement mineur, loin s'en faut : avec 5 °C en moins, le niveau de la mer avait baissé de 100 mètres environ (on passait à pied sec de France en Angleterre) et l'Europe du Nord était recouverte d'un énorme glacier.

Jean-Marc Jancovici

Stanislas et le ministre viennent d'apparaître sur Facebook Live et sur la chaîne YouTube du ministère. Daniel devrait être soulagé, mais son esprit reste cotonneux, absent. Une fois encore, il n'a pas dormi. Toute la journée, il a craint l'accident de dernière minute : une révolte de Stanislas, un revirement du ministre. C'est presque irréel de les voir ainsi, chacun dans sa partie d'écran.

Au tout début, Daniel a une bouffée d'angoisse. Stanislas est habillé en berger, mal rasé. Ses premiers mots sont rassurants. Posés, pédagogues. Le scientifique et le militant réunis. Daniel espère que le ministre sera au niveau. Il a fait son possible pour aider Julie à le préparer : notes, éléments de langage, mais le ministre est connu pour ses improvisations, sa tendance à se penser capable de parler de tout. Pourvu qu'il ne se fasse pas couper en rondelles. Mais la première réponse du ministre est sérieuse. Pas extraordinaire mais sérieuse. Ouf. Il a bossé.

Au bout de quelques minutes, plus de dix mille personnes suivent le Facebook Live. Daniel fait l'erreur de lire les commentaires. Pire que tout ce qu'il imaginait. Plusieurs amis de Daniel commentent aussi sur Facebook. Presque tous approuvent Stanislas, pas toujours très intelligemment. Ils sont beaucoup moins nombreux à défendre le ministre. Même quand Stanislas et lui ont l'air d'accord, les statuts critiques tombent comme la pluie. Gouvernement au service des lobbies, au service de l'argent. Pas sûr que le ministre tire les bénéfices escomptés du débat. Mais bon, les amis de Daniel ne sont pas forcément représentatifs, surtout ceux qui commentent en ce moment. Des intellectuels, des profs, très militants. Pas vraiment le cœur de cible de l'opération.

Il y a ceux qui trouvent qu'on n'en fait pas assez. Ceux qui s'indignent, et tous les de Gaulle des réseaux qui lancent leur petit appel du 18-Juin. La plupart se contentent de quelques lignes. L'un d'eux cependant multiplie des statuts si longs qu'il faut ouvrir un nouvel onglet pour les lire : Guillaume, l'ancien copain de Julie, le grand blond au visage de bois qui intimidait tant Daniel au temps de leurs études. Ses statuts sont argumentés. Guillaume ne remet pas en cause les constats, Stanislas a raison sur le diagnostic, il rejette les solutions. Ce débat est une arnaque, écrit Guillaume, car aucun des vrais problèmes n'y est abordé. La souveraineté nationale, condition de l'indépendance énergétique. La politique industrielle, l'investissement de long terme dans les nouvelles générations de centrales nucléaires au sel de sodium. Les méfaits de l'Union européenne. Autrement dit, Stanislas n'est qu'une arnaque, un faire-valoir pour le ministre.

Au bout de vingt minutes, Daniel n'écoute plus le débat qu'en fond sonore. Son attention est capturée par ce qui se passe sur le mur de Guillaume. Daniel et lui ne se sont pas parlé depuis presque quinze ans, mais Daniel est toujours aussi inhibé. Guillaume écrit bien, chaque phrase est remplie d'assurance, et sous chacun de ses statuts, les invectives pleuvent envers Stanislas, le ministre, le gouvernement, la technocratie en place. Daniel prend tout pour lui. Certains l'insultent parfois déjà sur les réseaux. C'est normal lui a-t-on dit, c'est inévitable quand on entre dans la lumière, mais avec la tension des derniers jours, la fatigue, l'avalanche de commentaires remet l'ancienne bile en fusion. La vieille colère de nain. Toutes les petites rancunes d'autrefois.

La façon dont le groupe des quatre s'est cassé il y a presque quinze ans. À cette époque, on surnommait Guillaume Hercule. Il s'amusait à faire circuler des rumeurs à propos de ses entraînements, de son addiction au sport et à la musculation. Il donnait toujours l'impression de posséder un savoir inaccessible à Daniel. Guillaume avait respiré l'air du temps en grandissant. En quelques années, il était passé de la révolution à l'Amérique. Wall Street était devenu son Woodstock. Une source presque infinie d'énergie, de transformations. Daniel se souvient des joutes de Guillaume et d'Alicia à l'époque. Daniel la soupçonnait de faire de la colère le paravent d'un autre sentiment.

Le débat dure depuis quarante minutes maintenant. Le ministre a l'air de fatiguer. On ne comprend plus bien où il veut en venir. Il critique le gouvernement auquel il appartient, le président. Sur les réseaux, les contacts de Daniel se moquent évidemment. Certains se moquent aussi de la mollesse inhabituelle de Stanislas. Guillaume n'est pas en reste de formules méchantes. Il ne l'a jamais été.

D'autres remugles du passé remontent en Daniel. D'autres rages. Le soir où Alicia a frappé à sa porte pour parler de Guillaume. Alicia trop scandalisée pour être honnête. Certainement amoureuse. Guillaume, avait-elle dit, venait de rencontrer le *big boss* d'une boîte de com politique. Dans deux semaines, il intégrerait un bureau de l'entreprise à New York. Au cœur de la grande machine, là où le monde vit.

Daniel se souvient d'Alicia marchant de long en large. Parlant de couper les ponts avec Guillaume, désespérant de sa trahison, de son départ. Oh, que tout cela était suspect. Daniel avait mis les pieds dans le plat. Alicia avait-elle couché avec Guillaume ? Je ne suis pas jaloux, avait dit Daniel, seulement curieux. Et puis, c'était signé entre eux. Alicia était libre.

Elle le laissait entendre, en tout cas. Ça allait avec son personnage, moins volage sans doute que suggestive, je fais ce que je veux, je n'hésiterais pas une seconde si j'en avais envie. Entre eux, c'était une sorte de jeu. Voyez comme nous nous amusons ! Comme je suis ouvert d'esprit ! Ce n'était pas seulement de l'épate. Daniel aimait s'imaginer Alicia insaisissable, serrer en elle un fond de danger et de nuit.

C'était presque un rituel. Alicia laissait entendre des choses, Daniel s'énervait un peu, puis Alicia éclatait de rire, contournait la table pour embrasser Daniel, impossible de s'en empêcher, Daniel était si mignon dès qu'il montait sur ses grands chevaux. Plus Daniel s'énervait, plus il avait envie d'elle, au bout d'un moment Alicia cessait de le mettre en boîte, s'approchait, faisait le geste de passer sa main entre ses jambes, Daniel la saisissait, ils se saisissaient tous les deux avec une brutalité qui les étonnait et les ravissait, et tout finissait au lit.

Mais Guillaume était une ombre trop grande au-dessus de Daniel. À son sujet, la dispute avait été profonde. Il ne s'est rien passé avec lui, assurait Alicia. Daniel ne l'avait pas crue. Il avait fini par crier si fort qu'Alicia l'avait coupé net. On arrête là pour ce soir, ça suffit. Tu rentres chez toi, je rentre chez moi, et tu ne me fais plus jamais ça.

Daniel avait pris sur lui. Ça avait été dur. Il n'avait plus parlé de Guillaume à Alicia, sans parvenir à le chasser de sa tête, lui et tout ce qu'il représentait. La France, son prestige, sa grande histoire, la bonne conscience de Guillaume dans ses revirements, son panache dans la contradiction, tout ce que Daniel n'aurait jamais. Chaque fois qu'il avait eu des nouvelles de Guillaume les années suivantes, la bile était remontée. Quand Guillaume avait sauté par-dessus le territoire américain pour atterrir à San José. Au-dessus du Pacifique jusqu'à Shanghai. Quand il était rentré en France pour s'engager en politique, persuadé, comme des centaines d'autres, d'être un nouveau de Gaulle, obsédé par la souveraineté nationale, la tradition. Encore une fois, ses proclamations avaient dominé Daniel.

Daniel a la tête si pleine de souvenirs et de révolte qu'il n'entend pas un mot de la fin du débat. Sur l'écran, Stanislas et le ministre ont l'air de bons amis. Tout le feu des réseaux est en Daniel, sous son crâne, il se débat entre accusations et regrets.

Le téléphone vibre longtemps avant qu'il décroche. Julie Dehotte veut débriefer. Elle n'a pas l'air catastrophée. Le ministre a obtenu ce qu'il espérait. Il a sauvé les meubles pour le remaniement, en donnant l'impression qu'il part de son plein gré pour défendre ses convictions. Heureusement, Stanislas a été raisonnable et mesuré. À plusieurs reprises, il aurait pu mettre le ministre en difficulté. Bien joué, Daniel.

Dans l'univers d'un élevage de dindes, tout va pour le mieux dans le meilleur des mondes [...] *jusqu'à la veille de Noël ! S'il y avait une dinde statisticienne spécialiste de la gestion des risques, le 23 décembre, elle dirait à ses congénères qu'il n'y a aucun souci à se faire pour l'avenir.*

Pablo Servigne,
Comment tout peut s'effondrer

Aucun des conseillers n'ose prononcer un mot avant que les portes de l'ancienne chambre de l'impératrice Eugénie ne se ferment. En silence, ils regardent le président tirer d'une armoire un flacon de cognac, s'asseoir sur son bureau pour remplir un grand verre. La purge ! Mais quelle purge, ce débat ! Pourquoi est-ce que tous mes ministres s'acharnent à sortir des non-sens ?

— Au moins, il t'a sauvé... Imagine s'il avait fait un bon débat, dit un gros homme qui ne baisse pas les yeux quand le président se tourne vers lui.

Le secrétaire général, le conseiller spécial, la conseillère scientifique, ils sont tous assis dans une position qu'ils essaient de ne pas trop confondre avec le garde-à-vous, tous sauf le gros homme affalé sur sa chaise, jambes écartées, qui participe souvent au Conseil restreint alors qu'il n'occupe aucun poste, aucune fonction qui le justifierait.

Un visiteur du soir, on appelle ça. Des parlementaires et même des ministres se sont plaints de sa présence. Mais le président s'est entiché de ce type. Le président aime les gens qui ne sortent pas du moule et n'ont pas peur de leur ombre. Et combien d'histoires on pourrait tirer de l'itinéraire qui a conduit un boxeur moyen, producteur de films de zombies, formateur d'animateurs au Club Med, à la tête d'un important réseau d'affaires, et maintenant à l'oreille du chef de l'État ? Ce n'est peut-être pas terminé d'ailleurs. Le gros homme est de ces personnages qu'on croit comiques, et qui finissent un jour par vous ravir une élection. L'exemple américain pourrait l'avoir inspiré.

Le président marche de long en large. Mais dans quel trou le ministre de l'Économie résiliente a passé le mois ? Pas un fait, pas un chiffre, pas une proposition, seulement une série d'appels à l'opposition. Et le mélange ! Réchauffement. Énergie. Biodiv. Tout est fourré dans le même sac, pas étonnant que l'autre le taille en pièces. Tout ce qu'il trouve à inventer, c'est son histoire de gestion inclusive de la catastrophe. Rien que ça. Évidemment, si tout le monde y passe, ce sera très inclusif. Il n'y a rien de moins discriminatoire que la mort. Qui a validé ce débat absurde ?

Il s'arrête. Il n'est pas étonné d'entendre la conseillère scientifique répondre qu'elle en était informée.

— Et tu avais de bonnes raisons de le laisser faire, sans doute, dit le gros homme. Tu l'as mis au courant au moins ?

La conseillère grimace.

— De quoi aurais-je dû le mettre au courant ? Tu m'éclaires ?

Elle surprend son reflet dans la vitre. Elle n'y peut rien. Elle a toujours l'air de souffrir quand elle parle, comme si les mots se bloquaient dans sa gorge. Une toute petite voix aiguë de personnage de dessin animé, dont elle essaie de jouer, faute de pouvoir s'en débarrasser. Si tu veux vraiment me succéder, il faudra arranger ça, dit parfois le président. Tout cela parce qu'un jour une éminence grise lui a prédit un destin national. En tout cas, cette frénésie ne la fait pas vieillir : cheveux châtains désordonnés, yeux attentifs, et ce visage si pâle que le président trouve « plus Saint-Dié que Tizi Ouzou ». Heureusement qu'elle s'appelle Kahina. L'Élysée a beaucoup communiqué sur ce prénom.

Le président boit cul sec un verre de cognac qui n'éclaire pas ses idées. Stanislas Wenziger n'a pas été mauvais. Il argumente bien, c'est un type avec qui on peut discuter. Le problème c'est le ministre. Son seul but pendant tout le débat était d'attaquer ses collègues du gouvernement. Et son patron, bien sûr.

Le conseiller spécial prend la parole à son tour. Pour faire oublier ses diplômes et ses livres, il parle cash. Il aurait fallu virer ce ministre il y a plusieurs mois, mais pour une fois qu'on en avait trouvé un qui n'accumulait pas les scandales. Là, il est en train de préparer une sortie en fanfare. Il cherche à se refaire une virginité. Tout le monde sait qu'il rêve de s'imposer comme Premier ministre de la maire de Paris dont il a déjà été premier adjoint. Plusieurs députés ont informé le conseiller spécial de ses manœuvres dans les couloirs de l'Assemblée depuis quelques mois.

— Tu devrais voir quelques personnes plus à droite, dit le gros homme.

Le président hausse les épaules, mais le visiteur du soir ne parle pas en l'air. Il est un peu là pour ça. Lui faire rencontrer des gens qu'il ne rencontrerait pas sinon. Quelques jours plus tôt, dans l'hôtel particulier d'Eugenia Gracine, il a dîné avec un homme qu'il verrait bien numéro deux de son prochain gouvernement. Seul, il n'aurait pas pensé à faire appel à un type pareil. Dirigeant du nucléaire, trop à droite, trop autoritaire. Mais Eugenia et le visiteur du soir ont eu de bons arguments. Si on est honnête aujourd'hui, décarboner l'économie c'est faire du nucléaire. Lors du même dîner, plus tard, le gros homme s'est mis à plaisanter avec Eugenia, et le président s'est inquiété. Il a pensé que son conseiller était vraiment un clown d'un genre très spécial, de ceux qui vous entraînent dans les égouts et tout au fond, se changent en bien autre chose.

On ne peut pas se permettre de négliger la famille Ligier-Gracine. Elle pèse plusieurs dizaines de milliards d'euros, touche chaque année huit cents millions de dividende et a su grâce à un mécanisme ingénieux d'actions sans droit de vote garder le contrôle d'un des leaders mondiaux de l'industrie pharmaceutique. Le président a traité avec eux en tant que banquier d'affaires. Ce ne sont pas nécessairement des gens qu'il apprécie ou estime – sinon peut-être le patriarche mort maintenant, le vieux Samuel Ligier. Ce sont des gens qui comptent.

La famille comporte deux branches. L'une s'occupe de l'entreprise, l'autre a su faire d'un lot de consolation – la fondation – un instrument d'influence. Ils sont un certain nombre au conseil d'administration, la plupart trop passifs pour opposer à leur cousine plus qu'une faible résistance. En conséquence, Eugenia décide de tout. Aussi imprévisible que dangereuse. De sa princesse grecque de mère, elle a hérité des manières brutales et hautaines, inhabituelles dans l'univers feutré des grandes fortunes de la vieille Europe. Elle a poussé Mathilde Guénot, elle pourrait très bien pousser un vrai rival.

Le président est toujours debout, verre à la main. La conseillère scientifique a envie de siffler la fin de la récréation depuis un moment, de dire « Bon, les garçons, ça y est, c'est terminé ? », depuis des mois elle les supporte en se répétant qu'ils sont un groupe d'adolescents dont elle doit s'occuper. Parfois, elle risque quelques plaisanteries, mais sans oser aller trop loin, elle sait qu'elle ne sourit pas assez pour se le permettre. Alors elle se tait, elle regarde le président tirer sa chaise, s'asseoir, les dévisager l'un après l'autre comme pour les défier de le contredire. Dans certains cas, relever le défi peut payer.

Plus qu'il y a quelques mois, peut-être. Même si personne ne sait encore s'il préfère qu'on l'aime ou qu'on le haïsse. La conseillère scientifique, elle, souffre de la coupure qu'elle sent de plus en plus infranchissable avec le peuple. Du rejet aussi viscéral que catégorique. Elle se demande souvent si lui n'en jouit pas un peu. Amour-propre déçu ? Machiavélisme ? Autre chose ? Il s'en tire mieux à présent, même s'il n'évite pas toujours les pièges. Aucun d'eux n'a vu son expression quand il est sorti de sa première rencontre avec le président américain. Il n'en a plus dormi pendant des jours. Une douche froide. Ainsi, sa volonté, son charme, son entregent étaient impuissants face à la bêtise et à l'obstination du réel. Il ne s'était jamais douté qu'un tel mur puisse exister. À ce moment, il s'est rendu compte qu'il n'avait, malgré les airs qu'il se donne, pas le centième de la cruauté nécessaire pour laisser dans l'histoire le genre de traces sanglantes et déterminées qui font les grands personnages des heures obscures. Il le ressent encore d'instinct chaque fois qu'il est face à Poutine ou à Xi.

Le président se tourne vers la conseillère scientifique. N'est-elle pas impatiente de savoir ? A-t-elle peur de ne pas bien jouer la surprise si jamais il la nommait au gouvernement ? Les trois autres ricanent. Le gros homme voudrait le ministère de l'Intérieur. Le secrétaire général et le conseiller spécial, en ce qui les concerne, ont jeté quelques regards vers la politique, puis ils ont reculé. Le secrétaire général aurait pu être Premier ministre, mais il n'a pas envie de se livrer en pâture à la presse, et, jusqu'au début de l'épidémie, il a de toute façon été, en fait sinon en droit, le deuxième personnage de l'État. Tout passe par lui, surtout les nominations. Le conseiller spécial, lui, caresse l'idée d'être un nouveau Malraux, pas forcément au ministère de la Culture. Il est de passage ici, en chemin vers une autre gloire.

La conseillère scientifique n'est pas à l'aise avec le pouvoir inattendu dont elle dispose. Par beaucoup d'aspects, il dépasse celui des ministres. Depuis deux mois, tout le monde se tourne vers elle pour entendre parler la science. C'est tout le paradoxe de son itinéraire. Elle n'a pas voulu de cette carrière. Sa vocation était plutôt la recherche, mais la physique théorique semblait bloquée pour plus d'un siècle. Au bout de quelques années dans les théories, elle avait eu le sentiment d'être exilée dans l'espace, errant à la recherche de rien, dérivant toujours plus loin de la Terre. La réalité, c'est qu'il n'y avait aucun moyen technique plausible de valider la moindre de ses hypothèses. Elle avait changé de voie peu à peu. D'abord, en allant au MIT travailler sur des réseaux neuronaux programmés pour la reconnaissance faciale, puis en acceptant de fonder une entreprise avec des amis français, et plus tard de jouer auprès du président un rôle d'emblème.

Et maintenant, sa parole pèse. On l'écoute, mais à mots à peine couverts, on lui fait comprendre qu'elle sera comptable de toutes les décisions prises sur la foi de son avis. Tout ce que le pays compte de banquiers, d'industriels, de consultants la harcèle pour puiser au plan de relance. Les uns veulent en profiter, les autres acquérir de l'influence, les mêmes qui dans les médias prônent les mérites du marché et de la libre concurrence.

La conseillère scientifique serait parfaite au casting, approuve le conseiller spécial. Sa personnalité enverrait un vrai message, et puis avec elle, ce serait jackpot : on ne perd pas le compte d'Arabes, on ajoute une femme, peut-être même une autiste. Et puis comme disait Mitterrand, c'est l'occasion de voir si une majore de Polytechnique peut vraiment être intelligente.

— Tu ne perds pas ton compte de Kabyles, disons. Mais je ferais une ministre lamentable.

Le président rit des efforts de sa conseillère pour prendre un ton léger. Une si mauvaise actrice. Il pose le verre sur le bureau, se remet à marcher d'une allure qu'il ne cherche plus à rendre martiale. Tu serais pire que nulle, même. L'antipoliticienne par excellence. Incapable de dissimuler, incapable de serrer des mains, tout l'Élysée se marre.

— Au moins, je vous détends, dit-elle.

— Mais rassure-toi, je comptais seulement te nommer secrétaire d'État.

— Je maintiens que dans le contexte actuel, c'est une erreur de changer de ministre.

— Pourquoi ?

— Parce que celui qu'on a s'en sort plutôt bien.

La conseillère a les bras croisés et les regarde tous. Le ministre de l'Économie résiliente les agace peut-être, mais il est plutôt populaire. Son débat avec Stanislas Wenziger a été apprécié. Et Wenziger représente des idées qui existent. Des peurs que le gouvernement doit entendre. Créer un conflit avec les écologistes n'est pas une bonne stratégie. Le gros homme et le conseiller spécial haussent les épaules : il faut bien désigner un adversaire. Et pour rallier la droite, mieux vaut taper sur les Verts. La conseillère scientifique poursuit comme si de rien n'était.

— Et puis pour l'opinion publique, ce ministre fait plutôt partie de ceux qui ont bien géré.

Le visage du président se crispe. Géré, géré, géré. Alors pour eux aussi, il faut se contenter de gérer. Juste ça ? Il n'y a rien d'autre à dire, à penser ? Le ministre gère très bien le ministère de la Parole, comme disait Giscard, mais l'environnement, c'est autre chose que des déclarations. C'est un peu plus compliqué que de faire des annonces. Il sait parfaitement ce que lui, il aurait dit à Wenziger. Il l'aurait convaincu. Entre personnes intelligentes, on se comprend toujours. Mais encore une fois, qu'elle ne s'inquiète pas. Les gens auront leur compte de symboles.

— Et tu vas faire quoi, finalement ? demande le secrétaire général.

— Vous verrez.

Le gaz carbonique est rejeté par nos voitures, nos usines, nos champs, tout ce que nous faisons. Le carbone est un gaz à effet de serre qui piège le rayonnement solaire et réchauffe l'atmosphère à proportion de sa concentration. Celle-ci est passée de 278 ppm au début de l'ère industrielle à 393 ppm aujourd'hui : une concentration qui promet, quoi que nous fassions, une augmentation de 1,5 °C de la température globale.

Bruno Delorme, ananke.org

C'est la quatrième fois que Daniel entre à l'Élysée. Il commence à s'y sentir bien accueilli. Plusieurs gendarmes plaisantent avec lui. Il cherche son chemin seul dans les couloirs, à quelques dizaines de mètres seulement du bureau du président. Quand il entre dans la pièce, la conseillère scientifique qui préside la séance le salue. Les gens semblent détendus, certains se moquent gentiment de ceux qui portent mal leur masque. Tout le monde rit au moment où deux huissiers viennent interrompre la discussion parce que le président a besoin du grand écran accroché au mur derrière eux.

Ceux qui sont ici se moquent des fautes d'orthographe. Ils ont des subordonnés pour s'occuper de ça, ils sont au-dessus des questions de syntaxe, ce qui leur importe surtout, ce sont les positions, et Daniel comprend que la sienne pourrait avoir des défenseurs. Il possède des armes appréciées ici. Au ministère déjà, c'est toujours lui qui fait les synthèses. Un as pour tout reprendre, tout mettre en ordre en fin de journée. Une qualité qu'on reconnaîtrait certes plus volontiers s'il était conseiller d'État, mais dont on lui fait tout de même souvent sentir la valeur. Plusieurs conseillers prennent des notes dès qu'il intervient.

Aussitôt dehors, il ne se retient pas. Il sautille. Pour la première fois depuis des jours, le suicide de la chargée de mission ne pèse plus sur son esprit. Ni les messages d'insultes. Ni la folie des réseaux sociaux. Pendant la réunion il n'a entendu que du bien du débat de Stanislas et du ministre. Et sur le trottoir devant le palais, la conseillère scientifique semble l'attendre. Elle ne porte pas de masque, s'abrite sous un chapeau de paille qui lui donne l'air d'une touriste. Elle fait un pas vers lui. C'est très intéressant, ce que tu as dit. Le président est à fond sur ces sujets.

Daniel a l'impression d'être félicité par un professeur exigeant. Sans se montrer froide à proprement parler, la conseillère scientifique fait généralement preuve du genre de distance qu'on peut attendre d'une personne tôt remarquée au sein d'un tout petit cercle. Celle dont le parcours justifie les ambitions souvent déçues des autres, et qui se sait trop clairement objet de fantasmes pour se dispenser d'ériger autour d'elle des protections. Elle parle à Daniel comme si elle parlait toute seule, réfléchissait à haute voix. Daniel pourrait peut-être intervenir en plénière, devant le président…

Il a un peu honte du sourire qui s'installe tandis qu'il recommence à marcher. En même temps, sourire lui va si bien. Tant d'idées le traversent qu'il ne voit pas Mathilde Guénot arriver vers lui en courant. Elle ressemble de moins en moins à la fille dont tout Sciences-Po commentait les frasques. Elle a la classe, on dirait une femme d'affaires. Il est content de la trouver là. D'ailleurs, elle aussi, elle le félicite. Ils sont dans le même état tous les deux. Ils pensent que les choses changent. Au bout de quelques minutes, Mathilde en arrive à ce qui la travaille. Elle a vu la conseillère du président discuter avec lui devant l'Élysée et aimerait savoir ce qu'ils se sont dit. Mathilde a le don de le prendre par surprise et de le faire parler sans qu'il puisse préparer sa défense et caler son ton.

Leurs visages sont maintenant proches. Mathilde sourit aussi, mais quelque chose dans sa voix et son regard nuance ce sourire. Il leur faut reparler de tout ça très vite. Ils auront peut-être l'occasion de travailler ensemble bientôt.

Qu'ils ont été étranges, ces premiers jours d'été ! La sensation que partout la santé vous saute aux yeux, la bonne humeur, la vie qui imprègne tous ces rires et toutes ces discussions, qui anime les mouvements de ces bras nus et bronzés jonglant avec les verres. Ils sont là dès que je quitte mon paquebot. Ils dansent sur l'esplanade, courent dans l'herbe des parcs, s'assoient jambes dans le vide au bord des quais. Ils savent que c'est le dernier répit avant d'entrer dans une ombre qui ne s'en ira plus.

J'ai envie d'être parmi eux. Je cherche l'occasion. Au-dessus de la Seine, je suis le maître du monde. Je suis prêt. Je suis stupéfait de reconnaître ce sentiment, comme si tous les nuages, toutes les brumes de mon corps s'étaient dissipés, tous les muscles relâchés, même les plus intérieurs, au creux du dos, au fond des entrailles. Ma chair n'est plus lourde et opaque, elle est transparente, la vie passe en moi comme un instrument dont les pensées sont la voix.

La couleur du ciel soudain gorgé d'ombre et d'eau réveille sous ma peau les fins échos d'un autre ciel. Un chemin boueux dévasté par le bombardement d'une pluie géante. Sous la mitraille, la terre se creuse, les mottes fondent comme sucre, les flaques bouillonnent, explosent de geysers. Le jour est devenu sombre, le lac d'Annecy régurgite la nuit, en quelques minutes le ciel retombe sur le sol essoré par un mois de canicule. Ils sont tous autour de moi. Julie, Alicia, Guillaume. Ma sœur qui vient de réussir sa première année de médecine nous accompagne. Depuis une semaine, nous ne cessons de nous perdre dans les replis bouffis d'arbres des vallées basses. D'un point à l'autre, en liberté. Il n'y a plus d'avenir et de passé, le temps est un bloc électrique, tout est musique pendant ces semaines-là.

La pluie nous a surpris sur les flancs de la longue crête forestière qui surplombe le lac. D'abord, nous cherchons à nous abriter, nous évitons les flaques, mais très vite, nous cédons sous l'intensité tropicale de l'averse. Nous ne sommes plus que des ombres mouillées, gargouillant de rires, courant pour fendre l'air-marée. Guillaume est le premier à se mettre à danser, je l'accompagne en chantant de toutes mes forces. Je ne vois pas le visage des autres, mais je suis persuadé d'entendre Julie pousser une exclamation de stupeur sous son capuchon. Puis Alicia me prend la main, et nous chantons tous les deux, des génériques de dessins animés. Au loin, l'orage passe comme un effondrement des montagnes. Au moment où nous rejoignons le village de Sevrier, la grêle commence, rapide, mais formidable. Nous avons eu de la chance, toute la région a été battue, les plantes écrasées, plusieurs maisons ont perdu des tuiles.

À Paris maintenant, je marche trempé dans le parc de Bercy. Dans le sourire que j'arrache à une passante, je retrouve Judith, la fille avec qui je sortais avant Alicia. Elle a le teint mat. Ses lèvres rougies qui tirent vers le gothique, sa veste zinzolin vibrent du même rythme que Judith. Cette fois, c'était le soleil qui avait fait de moi un printemps. Nous avions marché ensemble dans le parc de Sceaux. Il y avait l'air tiède, l'odeur de tilleuls, les spores tourbillonnantes, et Judith qui s'éloignait de son pas toujours travaillé, ombre chinoise, concentré de soleil noir. Sa robe de coton la serrait comme une combinaison. Chaque impulsion faisait tressaillir ses boucles. Bien sûr, elle jouait un peu l'abandon, mais avec quel talent ! Quelle gratitude immense, quelle fascination infinie j'avais ressenties !

J'y suis à nouveau. J'accepte de suivre Judith dans les catacombes. Je me prends pour un aventurier. Porte d'Italie, je m'engage dans l'orifice béant et saisis les barreaux de la longue échelle. Le seul moment vraiment dangereux de l'expédition : dix mètres de descente l'un derrière l'autre, peu impressionnants pour qui s'est frotté aux échelles bien plus vertigineuses de la mer de Glace. Pour ne pas parler de l'arête de la Grande Borne et du glacier.

Avec un plan, plus bas, il est presque impossible de se perdre, et il y a de toute façon tellement de monde dans les catacombes qu'on ne le resterait pas longtemps. En quelques minutes, j'oublie l'appréhension, je m'amuse de chaque pas jeté à l'aveugle dans l'eau noire. Judith doit se baisser pour éviter les pièges des plafonds. Par moments, il faut ramper. Puis, la circulation plus vive de l'air annonce de vastes salles invisibles, dont les lampes révèlent les formes tortueuses, amas de gravats, blocs de béton hérissés de tiges de fer. Et dans la pénombre soudain, sentir le corps de Judith près du mien. Le coton, encore plus doux que la peau. La main de Judith qui se glisse sous ma chemise. Nous ne sommes pas seuls, la nuit est saturée de murmures, mais cela ne fait que rendre la chose plus excitante.

Vingt ans plus tard à nouveau, la possibilité d'aller vers la vie. Les voix de femme portent toutes des promesses. Leurs yeux profitent du masque pour libérer leur puissance expressive, pour rire, briller, se moquer. Alors, au lieu de rentrer chez moi, je m'assois à une terrasse. J'attends. J'espère.

Nous pouvons nous identifier à d'autres êtres humains – une disposition qui vient tout naturellement à certains d'entre nous –, mais nous sommes incapables de nous identifier au destin du genre humain tout entier, et donc de nous impliquer pleinement dans sa survie. Nous arrivons à donner un sens à notre propre vie, mais donner un sens à l'histoire de notre espèce dépasse les frontières de notre imagination.

Paul Jorion,
Le dernier qui s'en va éteint la lumière

Chaque statut de Katia est une trouvaille. Elle parle de livres, de train et de métro, de ce qui se passe au Bhoutan ou en Azerbaïdjan. Et tout ça coule au rythme de la conversation. Pour suivre, Daniel doit se concentrer. Parfois, vérifier l'orthographe d'un mot. Il était en forme ces derniers jours, il est furieux de se sentir à nouveau lourd et pataud, de s'épuiser encore derrière un être insaisissable. Pourquoi a-t-il tant de mal à suivre l'humour de cette fille qui n'a pas fait d'études et vit au milieu d'une bande de cinglés ?

Katia réagit tout de suite à son message. Daniel essaie de savoir qui elle est. Katia répond. Elle a été pigiste, militante, elle a travaillé pour des personnalités. Au choix de ses smileys, Daniel devine qu'elle ne les apprécie pas beaucoup. Il n'ose pas dire qu'il parle régulièrement aux gens dont elle se moque. Au moins, ça lui fait des sujets de conversation, des occasions d'en apprendre plus sur elle. Au moment de lui proposer de se voir, il ressent un petit pincement, une inquiétude qui n'a rien de morbide, le remplit plutôt de fraîcheur, de vie, d'impatience. Depuis combien d'années n'a-t-il plus vécu ça ?

Le jour du rendez-vous, il regarde sans cesse sa montre. Le temps n'est plus un long fleuve gris sans vagues. Avec dix minutes d'avance, il s'assoit sur une banquette à l'intérieur du café. Devant le miroir des toilettes, il se recoiffe, se demande s'il faut garder ses lunettes, et quoi faire de son masque. Quand Katia se faufile, toutes les voix lui paraissent baisser d'une magnitude. Elle ne cherche pas à être discrète, elle traverse la salle presque en courant et laisse derrière elle une perceptible trouée de silence.

Daniel comprend que des amis l'hébergent, peut-être à tour de rôle. Elle n'a pas spécialement l'air en détresse. Avec le soleil, les cernes sous ses yeux sont plus visibles, mais dès que Daniel tente d'évoquer sa situation, elle l'interrompt. Elle n'accepte de parler que de son fils. Elle le fait avec tant de gaieté que Daniel se sent encore honteux. La veille, il a discuté de Léa pendant plus d'une heure avec Alicia, et il en est ressorti vidé, privé de toute sa belle énergie. Il aimerait pouvoir adopter le même registre que Katia. Il essaie. Il la fait rire en imitant la voix de Bruno. Ils rient ensemble, plusieurs minutes, jusqu'à l'essoufflement, rapprochant leurs visages d'une façon qui les fait peut-être passer pour des amants.

Puis Katia pose un cahier devant lui. Daniel le feuillette, reconnaît aux axiomes de la première page le style de Stanislas. Il a pris plein de notes à propos de mon fils, dit Katia, qui ne cesse pas de sourire. Je ne sais pas d'où il a sorti tout ça. Une vraie thèse. Il croyait vraiment avoir « craqué le cas », « trouvé le théorème ».

Daniel éprouve l'envie furieuse, immédiate, de s'y plonger, la même qu'autrefois avec les gros livres chers et compliqués de la librairie Vrin. Une solution pour Léa ? La fin des soucis et des disputes.

Katia devine son excitation. Je ne peux pas te le laisser, dit-elle. Pas sans l'autorisation de Stan. Mais tu sais, ça ne marche pas vraiment, son truc.

— Ça ne marche pas ?

Katia mordille le bord de son verre. Tout n'est pas à jeter, non. Stanislas est allé sculpter lui-même des jouets chez un ébéniste, et lui a expliqué comment s'en servir. Les résultats ne sont pas tout à fait nuls. Chaque couleur est censée modifier l'équilibre émotionnel de Paul (rouge profond : cris aigus ; rouge vif : il pleure ; rouge pâle : il se tait ; orange sanguine, des hoquets, des gargouillements de joie). Mais les autres idées de Stanislas sont moins convaincantes. Paul ne maîtrise que cinq signes de la langue que Stanislas a inventée pour lui. Hélas, il n'existe pas de baguette magique pour élever un enfant.

Le soir, Daniel se met au lit en pensant à l'odeur de Katia, au bruit de percussion de ses lèvres chaque fois qu'elle parle. Il bute sur son assurance, son aplomb. Dans sa situation, sans un rond, avec un enfant comme le sien, elle devrait grelotter de peur, sauter sur le moindre espoir comme un crapaud.

Quand quelques jours plus tard il lui propose de l'héberger le temps qu'elle trouve une solution plus durable, il croit entendre les petites voix mélangées de sa sœur et de Julie. Elles ne le dissuadent pas vraiment, elles tempèrent, lui suggèrent de tout poser à plat, avantages et inconvénients, risques et gains, avant d'accueillir cette fille qu'il connaît à peine, son fils handicapé, sa communauté, et les grands yeux affolés d'Arthur, à quelques jours d'une audition devant le président.

De toute façon, Katia refuse. Il insiste. Elle refuse encore, lui explique qu'il se fait de fausses idées. Elle lui parle un peu comme à un enfant. Mais quand ils se revoient une semaine plus tard, les yeux de Katia sont bien plus cernés. La chambre de ses amis est petite, surtout depuis que tous les colocataires sont revenus. Le comportement de Paul commence à poser problème. Elle pourrait trouver à loger ailleurs, beaucoup plus loin, mais elle a trop de gens à voir, trop d'entretiens, surtout d'embauche, elle doit rester à distance raisonnable du centre pour quelque temps encore. Alors Daniel renouvelle sa proposition. Katia croise les bras et le regarde d'un air sérieux qu'il ne lui connaît pas. Il ajoute qu'il a plusieurs chambres. Il n'y aura pas de problèmes. Elle se tait un moment, puis répond d'une voix sans timbre. Elle doit d'abord vérifier un certain nombre de choses.

— Je veux être certaine que nous nous comprenons bien. Je ne viens pas m'installer chez toi. Je ne viens pas squatter.

— C'est clair.

— Je suis quelqu'un de soigneux, et je m'engage à surveiller Paul.

— Bien sûr.

— Autrement dit, je m'engage à ne rien abîmer.

— Bien sûr.

— Et je suis fiable. Je ne veux pas être accusée plus tard si tu trouves une griffure sur le sol ou je ne sais quoi.

Si par malheur il se passait quelque chose, je te le dirais tout de suite.

— Oui, mais tu n'as pas besoin de…

— Je ne veux pas être accusée de vol, ou de je ne sais quoi. Même par sous-entendus.

Daniel ne réagit pas. Katia ne cherche pas à l'offenser, c'est sa façon de tout mettre à plat, de faire un pacte. Et puis il sent un truc différent, qu'il reconnaît. Une peur cachée. La trace de violences anciennes, tues. Que dire pour que le mur tombe ? Il ne peut tout de même pas s'excuser d'être un homme !

Encore un point, dit Katia, plus douce, mais pas moins ferme. Elle va évidemment l'aider. Elle fera des achats, s'occupera de sa chambre. Mais elle n'est pas la femme de ménage, et encore moins une nounou pour Léa.

— Bien sûr.

— Parce que tu me poses beaucoup de questions à son sujet. Je te réponds avec plaisir, je te donnerai un coup de main, si besoin, mais pas plus.

— Je ne crois pas l'avoir demandé.

— Enfin, une dernière chose. Je ne vais pas non plus payer en nature. Je ne sais pas ce que Bruno t'a dit sur moi, mais je veux que ça soit clair. Si tu penses me choper comme ça, ça va pas le faire.

Le soir, Daniel la trouve détendue, souriante. Elle est en débardeur, seule sa mèche sur ses yeux a l'air un peu préparée. La chambre est non seulement rangée, mais récurée. Daniel sent l'odeur de cuisine en entrant. En s'approchant de Katia, il retrouve aussi celle de parfum.

Assis sur le canapé du salon, ils discutent encore un moment. Daniel pose des questions à Katia sur le travail qu'elle cherche, sur les études qu'elle suit. Elle lui explique avoir choisi la psychologie après la naissance de Paul. Elle parle des gardes qu'elle prend dans des instituts médico-éducatifs. Pendant le confinement, elles ont été éreintantes. Elle a dormi quatre à cinq heures par nuit.

Par besoin d'argent ? demande Daniel. Pas vraiment, enfin ce n'était pas la motivation principale. Elle n'était presque pas payée. Daniel est vite gêné par ce que Katia dit. Des patients catatoniques. D'autres violents. L'un qui prend ses excréments à pleine poignée et les lance sur la vitre… Katia raconte tout cela d'une voix posée. Daniel se retient de lui demander ce qui la pousse à faire tout ça. Il ne le fait pas, il la regarde, il fixe tellement ses yeux qu'elle finit par le remarquer. Un peu troublée, tout de même.

— Quoi ?

Elle bâille. Daniel lui indique sa chambre. En bâillant de nouveau, elle lui souhaite une bonne nuit. Daniel est fasciné par la densité du sommeil dans lequel il la voit tomber, par la tendresse apaisée de son sourire. Il s'endort en pensant à elle, encore et toujours son odeur, encore et toujours sa peau. Et plusieurs fois il se réveille en sursaut en imaginant un détail de sa bouche, de ses cheveux.

Au matin, il découvre les vêtements de Katia jetés un peu partout sur le sol. Deux tasses de café noir sont posées sur la table de la cuisine. La pleine lui est manifestement destinée. Dans le salon, Katia est plantée devant les photos jumelles du Cotopaxi et du Kilimandjaro. Elle pose un doigt sur sa bouche. Paul ne s'est toujours pas réveillé. Daniel avait oublié qu'il était là, à l'abri dans la chambre de Léa. Il frissonne en pensant à ce qu'il pourra bien dire à Alicia pour déprogrammer la venue de Léa ce week-end si le séjour de Katia se prolonge.

À partir de 1,5 °C le changement climatique entrerait dans une phase d'évolution non linéaire, aux effets globaux irréversibles et particulièrement hostiles à la vie dans son ensemble. Le seuil de survie fixé par les experts est de 450 ppm, correspondant à un réchauffement de 2 °C par rapport à l'ère préindustrielle. Un seuil impossible à respecter. Son dépassement est à la fois inéluctable et tu. Personne ne peut penser à ce qui se passera ensuite. Au-delà en effet, le système Terre dans son ensemble subira des perturbations colossales.

Bruno Delorme, ananke.org

Les talons de Mathilde claquent comme un tic-tac de crocodile sur la rue de Rochechouart. Les façades des immeubles se brouillent, ébranlées par son allure. Son manteau noir lui donne un air officiel. Il cache aussi sa nervosité. Pour retrouver les idées claires, elle a dû boire quatre tasses de café. Elle ne sait pas ce qui l'a tenue éveillée si longtemps : le succès du débat, les promesses sous-entendues du président, ou, comme chaque soir, sur le site de l'université d'Helsinki, le grouillement de points transmis par satellite ATS-3 dessinant des motifs implacablement fidèles au modèle de dislocation polaire élaboré par Brown et Simons.

Les appels anonymes, elle connaît ça. Au troisième coup de sonnette ce matin, elle a failli se précipiter pour ouvrir.

Elle a posé la main sur la poignée puis elle s'est retournée pour téléphoner à Luca. Après tout, il est là pour la sécurité. Il n'a pas été surpris. Il s'est montré aussi disponible que carré. Mathilde devait rester à l'intérieur et attendre qu'il soit là. S'enfermer si elle le pouvait.

— Est-ce que ces gens ont un moyen d'arriver jusqu'à vous ?

Elle a fait semblant d'éclater d'un grand rire théâtral. Quelques dizaines au moins.

— Y a-t-il un endroit où vous pouvez vous abriter ?

— Je pense, oui.

— Alors en m'attendant…

— Je me reconfine. J'ai pigé.

Elle a traversé le salon, tiré les battants de la fenêtre sans volet, ouverte sur la cour commune. Depuis quelques mois, elle ne ferme plus ses rideaux, même quand son copain lui rend visite. À ceux qui lui envoient des messages pour la traiter de salope et de pute, elle ne veut adresser d'autre réponse que son indifférence. Mais cette fois, elle s'est dit que les choses pouvaient être sérieuses. Elle a fermé la porte à clé, traversé le couloir, la chambre à coucher tapissée de lithographies et de gravures de Mucha, jeté un œil à travers la baie vitrée s'ouvrant sur le jardin privatif. Le mur lui a paru facile à escalader.

Pendant un quart d'heure, elle a tourné en rond dans la salle de bains. Plusieurs fois, elle a posé la main sur la poignée et refoulé le désir stupide de sortir, de se battre. Elle s'est répété les mots de son prof de krav maga. Le but est de fuir les situations délicates, pas de s'y jeter tête baissée. Enfin, Luca a rappelé. Il n'avait trouvé personne devant chez elle.

— Rien de cassé ?

— Rien de visible.

— Je vous attends dehors devant la porte. À mon avis, il faut immédiatement aller porter plainte.

— Je vais le faire. Je passe d'abord à la fondation.

— Je vous imprime toutes ces saletés, et je vous accompagne.

— Pas aujourd'hui. Je le ferai.

— Demain, alors. Et changez de numéro, aussi.

— Évidemment.

Le type avec qui elle couche en ce moment aime sa manière princière de prononcer « évidemment ». Mathilde ne le juge pas particulièrement subtil, bien que doué pour repérer ce qui peut faire le buzz. C'est son métier, en même temps. Depuis quelques mois, il lui donne de bons conseils. En privé, c'est un peu différent. Il a le don de dire et de faire ce qu'il ne faut pas, sauf au moment où ils s'enlacent. Ils ont l'un et l'autre appris cette aisance et cette brutalité dans la baise. L'excitation de se déshabiller en urgence sous un porche inconnu.

Elle est embêtée de faire attendre Luca dehors mais sous l'eau froide le temps semble se dilater. On dirait qu'elle ne trouve plus la sortie de l'appartement. Elle hésite avant de s'habiller. Elle saisit une veste en cuir, la jette sur son lit, enfile un long manteau noir.

Comme toujours, la silhouette carrée de Luca l'apaise. Mathilde devine en lui une colère organisée et contenue par la discipline. Au début, Luca s'occupait juste de la sécurité des locaux, puis Mathilde a compris qu'on pouvait tirer mieux de lui. Aujourd'hui, il lui conseille de prévenir la police. L'appartement ne lui semble plus sûr pour le moment. Heureusement, Mathilde a anticipé cette situation. La veille, elle a demandé les clés de la maison de son père. Elle a réussi à le joindre au bout de plusieurs tentatives, il était sur le point de se baigner (il était parti dès la réouverture des frontières). Elle a prétexté avoir besoin d'espace, a provoqué un grand rire en parlant des menaces. Il en a reçu tellement, des menaces, le célèbre Georges Guénot.

Luca court derrière Mathilde dans les couloirs du métro. Trop lente à s'écarter, la foule ravive son agacement. Ses yeux ardents y traceraient un chemin de cendres si elle le pouvait. Ils cracheraient leur feu sur tous ces inconnus dont les mails se succèdent depuis ce matin. Des hommes surtout. Beaucoup mendient les conseils, le réconfort, étalent leur fragilité, leur sale petit désarroi d'hommes, jettent vers elle ces interminables appels de chatons égarés. Leurs sentiments au moment où ils ont compris. Leur itinéraire. La façon dont ils mèneraient son combat s'ils étaient elle. Tous ne sont pas méchants, mais tous l'exaspèrent autant. Toujours la même naïveté, la même complaisance dans l'enfantillage. Elle n'est pas leur mère.

Elle s'assoit sur une banquette, baisse la tête pour ne plus voir Luca debout dans la travée. Obligée de traîner un garde du corps ! Elle respire, réfléchit, se dit qu'elle devra s'habituer, qu'un jour elle se sentira flattée. Cela lui semblera normal.

Pendant des années, Mathilde a fui le nom de son père sans se priver de s'en servir parfois. Son père. Pour d'autres, une idole, pour elle, un enfant roi, tyrannique, omniprésent, centre du monde mobile, trou noir, éponge d'attention, vampire de tout ce qu'il touchait. Mathilde a dû trouver qui elle était sous cette ombre d'ogre qui ne sortait jamais de scène et tirait son énergie d'imposer à tous le volume considérable de son personnage. Elle s'est affirmée quand il a décliné, alignant les films ratés, prenant les médias à témoin de ses ennuis immobiliers et fiscaux.

Quand le monde a commencé à basculer.

D'abord, il y a eu les signes, les analyses d'instituts de sondage qui annonçaient la vague, les journaux qui se sont mis à multiplier les cris d'alerte en grosses lettres rouges. Début juin, c'est elle qu'un grand quotidien a choisi d'interviewer. Depuis le débat d'hier, les invitations pour Stanislas sont si nombreuses que Mathilde se retrouve en position de force... Le producteur de l'émission vedette du samedi soir a accepté l'interview en majesté, à distance. Déjà, la phrase de Stanislas pour conclure le débat a été reprise dans plusieurs langues. Ce n'est pas la fin de tous les mondes, pas nécessairement celle de l'humanité, ce n'est pas nécessairement un mal non plus, pas totalement en tout cas.

Le calcul coûts-avantages appliqué au changement climatique repose sur la comparaison de coûts subis aujourd'hui (celui des actions entreprises pour réduire l'émission de GES) avec des « avantages » qui ne se manifesteront que « demain », en l'occurrence l'utilité que les générations futures retireront d'une meilleure qualité du climat.

S. Andrieux et C. Van Effenterre
« Polémiques autour du rapport Stern »,
Regards croisés sur l'économie

Oui, on s'habitue vite aux lieux qui intimident. En attendant Mathilde dans le hall de la fondation, Luca échange des messages avec Audrey. Elle n'est sur aucun organigramme, Audrey. Pour elle, ce serait perdre la face. Pire, l'honneur. Deux fois, elle a refusé le CDI que Mathilde proposait, préféré être payée à la pige. Depuis deux mois, elle le regrette. Elle ne produit presque plus rien, donc ne gagne plus grand-chose. On dirait qu'elle passe ses nuits sur YouTube.

En ce moment, elle n'arrête pas d'envoyer à Luca des vidéos d'une fille appelée Aleksandra Bezianykov. Apparemment, elle est le grand espoir du bras de fer russe féminin. Elle n'a pas dix-huit ans, elle est déjà l'objet de nombreux mèmes. Aleksandra vs *Americans*. Aleksandra vs *bodybuilders*. Aleksandra vs *bully*. Audrey adore quand les gros mecs se font surprendre. Elle est sûre que Luca se ferait ratatiner aussi.

Au début, Luca a trouvé ça drôle, mais recevoir sans cesse des vidéos d'hommes terrassés par des femmes commence à l'agacer. Bon, c'est vrai, il vaut mieux qu'Audrey envoie des bêtises. Le reste du temps, elle est plus limite. Par rapport à Mathilde, par exemple. Selon Audrey, ça leur fait pas de mal d'avoir peur, aux gens d'en haut, d'éprouver physiquement le poids de leurs actes, Mathilde *mérite* d'être un peu menacée, à condition que ce soit par des femmes. Audrey n'aime pas qu'on lui rappelle que Mathilde la paie aussi. À cette heure de la journée, de toute façon, elle est sûrement bourrée. Et le virus n'a rien arrangé. Luca a cru comprendre qu'Audrey s'en était tapé une forme assez grave. Il a eu peur pour elle. Ils ne sont pas seulement collègues. Et il a l'impression de lui devoir quelque chose, d'avoir évité le pire grâce à elle.

Luca a découvert l'effondrement grâce aux forums. Au début, il s'est jeté sur leurs analyses comme un drogué. D'abord, en négociant comme un épicier avec le choc, avec les chiffres. Plus rien n'avait de sens, une fois ces chiffres lus. La réalité crevait les yeux. C'était vrai, c'était écrit, c'était depuis toujours devant lui comme la lettre volée. Sur les forums, il a étonné les gens par son opiniâtreté. On ne s'attendait pas à ça d'un vigile. Il ne niait pas la réalité, non. Il cherchait juste une alternative à l'extinction. Il y avait tout de même des marges d'incertitude, des possibilités de progrès techniques, des solutions qui, bien sûr, ne nous permettraient pas de poursuivre nos trajectoires de croissance folle, mais qui maintiendraient peut-être nos civilisations à flot. Les courbes de Meadows elles-mêmes prévoyaient une stabilisation pour 2100.

À force, Luca attirait l'attention. Les dingues de Bourgogne avaient même voulu lui mettre le grappin dessus. Johanna passait son temps à le draguer. Meadows, disait-elle, n'avait pas les données dont nous disposons. Le réchauffement, par exemple, n'était pas encore d'actualité pour le Club de Rome. La modélisation du Giec était sans équivoque : nous étions jetés sur la trajectoire d'un réchauffement global qui s'entretiendrait lui-même par toutes sortes de boucles de rétroaction positive. Une rétroaction est dite positive si elle amplifie le réchauffement et négative si elle l'affaiblit. Cela provoquerait le dégel du permafrost en Sibérie et le relâchement d'immenses quantités de méthane qui aggraverait le processus. Les forêts, les océans rejetteraient du CO_2 au lieu d'en absorber. Il faudrait six mille ans pour purger l'atmosphère terrestre : six mille années que l'humanité devrait traverser, sur une terre privée de quatre-vingts pour cent de son potentiel agricole ! Pour ne rien arranger, ces événements frapperaient une biosphère affaiblie : quarante pour cent de la biodiversité disparue en deux cents ans, un exploit que même les plus violentes crises géologiques, même l'astéroïde du Chicxulub ou l'éruption des Trapps de Sibérie, n'avaient pu accomplir.

Parfois, Bruno venait en remettre une couche. Comment l'humanité pourrait-elle affronter une diminution des deux tiers ? Toutes ces guerres, ces révolutions, ces nouvelles épidémies ? Peut-être disposions-nous encore de quelques siècles d'existence historique, mais rien, ni l'effondrement de l'Empire romain, ni la Peste noire, ni la Seconde Guerre mondiale, ne donnait la mesure de ce qui nous attendait. Une seule séquence peut-être : la disparition des civilisations précolombiennes à l'arrivée des Européens sur le continent américain.

Luca commençait à parler comme eux. L'espoir était une marchandise avariée. Certains faux prophètes trompaient les peuples en exhibant des solutions insensées. Elon Musk et Bill Gates étaient les pires. Changer de planète, s'installer sur Mars et tout redémarrer ? Sérieusement ? Miser sur la colonisation d'une planète nue, impropre à la vie organisée, plutôt que sur la préservation du produit de quatre milliards d'années de complexification ? Sans se soucier bien sûr du coût gigantesque d'une seule mission habitée. Du défi que représente la création d'un environnement artificiel. Les températures, la microgravité, la pression, les radiations. On est incapable de mettre en œuvre une transition énergétique sur Terre, mais on s'imagine faire fondre les pôles de Mars à coups de bombes H, lui balancer des astéroïdes, placer des miroirs géants en orbite, et combien d'autres délires.

Mais il ne les a pas rejoints. Le soir où Johanna lui a donné rendez-vous, il a senti une alarme biper. Peut-être à cause de l'image de profil de Johanna sur Facebook. Celle d'un Schtroumpf. Il est allé quand même à leur réunion. Ça occupait une soirée, c'était déjà ça, il rencontrerait peut-être des gens, peut-être des filles. Il s'est habillé aussi bien qu'il le pouvait pour les rejoindre dans un restau, place du Châtelet. Il ne voulait pas avoir l'air d'un loser. Il a failli se faire avoir. Il a commencé à raconter sa vie, ses doutes, le moment de sa prise de conscience, mais l'alerte s'est rallumée quand Johanna a souri. Sourire de commisération, d'assistante sociale, de psychanalyste. Il a reconnu quelque chose qu'il connaissait. Trop mielleuse, trop compatissante. Quelque chose ne collait pas avec l'air qu'elle se donnait.

Sur les mêmes forums, un peu plus tard, Luca avait rencontré Audrey. Elle l'avait aidé à s'y orienter. Ils s'étaient repérés sur les forums parce qu'ils parlaient la même langue. Elle n'était pas de bois comme celle de Johanna. Capitalisme sauvage, rachats, délits d'initié... Un soir, ils avaient découvert qu'ils étaient nés dans deux villages voisins en Isère. Un autre qu'ils se connaissaient déjà à travers Wikipédia. Ils ne surveillent pas les mêmes pages, n'y consacrent pas le même temps (Audrey détient carrément un record d'articles labellisés), mais là aussi ils font le même diagnostic. Des administrateurs au mieux bureaucrates, souvent corrompus, qui ne défendent pas ceux qui, comme Audrey et Luca, veillent vraiment à la neutralité du réseau, signalent les notices publicitaires rédigées à la demande des firmes, dénoncent les conseillers politiques venus escamoter les infos qui font mal, sans parler des partenariats avec Google.

Ils avaient pris l'habitude de se retrouver pour boire. Drôle de binôme. Un homme massif cherchant à se donner l'air militaire, une petite jeune aux cheveux rouges courts, aux épaules couvertes de tatouages. L'un et l'autre jouaient les durs, mais un jour au bout de la troisième pinte Luca a un peu craqué. Il lui a dit qu'elle l'avait sans doute sauvé, que sans leurs conversations, plus d'une fois, il se serait jeté sous les roues d'une voiture. Ils étaient si ivres ce soir-là qu'ils se sont mis à pleurer dans les bras l'un de l'autre comme des héros de roman russe, en répétant que la vie était horrible, que leur âme souffrait. Le lendemain, ils ont eu si honte qu'ils ont redoublé de hargne pour se vanner.

Audrey a donné les clés du grand bordel à Luca. Il n'y avait pas qu'Anankè, mais plein d'autres associations. Le groupe Goddard, le groupe Lispector. Elles portaient toutes ce genre de nom. Pendant plusieurs semaines, Luca a flirté avec le découragement. On se serait cru chez les trotskistes : plus de mouvances que de militants. Il s'est dit qu'on ne ferait jamais rien avec des gens comme ça. Pourquoi étaient-ils incapables de s'entendre, putain. De débrancher leur cerveau un moment, sortir dans la rue tous ensemble et marcher ?

Maintenant, il va beaucoup mieux. On dirait qu'Audrey ne le lui pardonne pas. Ça a commencé quand il s'est mis à travailler pour Mathilde Guénot. Pour la Fondation Ligier, a aussitôt dit Audrey. Pour un lobby. N'empêche, Audrey n'a pas refusé de faire des piges pour Mathilde quand elle s'est trouvée sans un sou. Elle n'a même pas remercié Luca du tuyau. Il ne lui en veut pas. Quand elle est revenue à Paris début juin, il a été effrayé. Essoufflée tous les dix mètres. Le virus avait rendu son corps fragile et mis la confusion dans son cerveau. Audrey se dispute avec tout le monde maintenant. Elle ne prend plus aucune commande de Mathilde. Apparemment, même avec ceux qui étaient ses meilleurs amis sur les forums, c'est la guerre. Sa copine Sylvie, dont Audrey disait tant de bien. Maintenant, Audrey passe son temps à cracher sur elle. Sylvie est conventionnelle et tiède, Audrey pète les plombs en voyant toutes leurs copines liker ses selfies, lui répéter que Sylvie a la classe quand elle fait semblant d'être drôle et s'extasier de ses photos de Deauville ou de Cannes. La vérité, Sylvie n'est pas capable de politiser autre chose que son épilation. Désolée, meuf, mais non. C'est pas parce que t'es pas blindée que t'es une prolo. Fille de prof de fac, même de tout petit prof, c'est pas fille d'ouvrier.

Luca a été plutôt amusé. Quand Audrey se met à défoncer la gauche, il boit du petit-lait. Appeler un mouvement groupe Lispector, quel délire. Mais il a fait l'erreur de l'approuver un peu trop fort. De lui dire que ses copines sont bien gentilles, mais que la majorité de ceux qui arrivent sur les forums écolos ne s'intéresse pas à toutes ces questions pour lesquelles on invente des mots nouveaux tous les trois mois. Ces gens ne sont pas là pour prendre des leçons, encore moins pour passer leur temps à se mettre à jour sur les évolutions d'un jargon incompréhensible. Ils font déjà beaucoup d'efforts, ils ont assez de problèmes comme ça, ils ne vont pas surveiller tous les mots qu'ils utilisent, sous peine d'être agoni d'injures par des hordes de cinglés qui viennent les accuser de tous les maux. Trois ou quatre scuds de jeunes *wokes* suffisent à les pousser dehors. Pas de chance, la dominante sur Anankè est blanche. Les gens demandent des chiffres et des faits et se moquent bien des histoires écolo-inclusivo-intersectionnelles. Il n'aurait peut-être pas dû être aussi franc, car à partir de ce moment, Audrey l'a vu autrement. C'est contre lui qu'elle s'est déchaînée.

Luca a commencé à s'inquiéter. Ils étaient juste en face du canal jauni par les reflets du soleil mou. Poliment, un type avait abordé Audrey qui l'avait rembarré. Au bout de quelques canettes, c'est toujours comme ça : Audrey ne fait plus la différence, elle tire d'abord, tant pis si un être humain respectable est vexé dans le processus. Mais cette fois, elle avait vraiment l'air de perdre les pédales. Elle s'est mise à insulter Luca. Elle a dit que tout était sa faute. Il aurait pu l'héberger. L'accueillir quand elle lui a demandé de l'aide, au début du confinement. Tout aurait été différent si elle n'était pas allée chez ce vieux poivrot de François. Si François avait parlé de sa « petite toux » avant de l'inviter.

Audrey avait passé beaucoup de coups de téléphone. Elle ne tiendrait jamais deux mois dans neuf mètres carrés, douche et WC sur le palier. Deux mois avec son chat. Mais personne ne voulait d'elle. On la connaissait trop bien. Même sur les ronds-points l'an dernier, on avait fini par la virer, alors se confiner avec elle ! Sa meilleure copine, Lina, ne l'accueillerait pas à Fontainebleau. Libérée, Lina, mais obsessionnelle. Elle ne parlait que du virus depuis janvier et ne cachait pas sa joie d'avoir eu raison. Elle refusait de prendre le moindre risque. Les uns après les autres, tous les amis d'Audrey s'étaient défilés. Chacun avait une excuse, aucun n'osait dire simplement « T'es trop chiante et trop alcoolo pour que je passe deux mois enfermé avec toi ». Audrey l'aurait sans doute compris. Plus que leurs prétextes bidon, en tout cas. Celui de Luca avait été le plus lamentable. Comme si le problème venait du chat ! Comme si Audrey allait l'abandonner. Œdipe ! Un maine coon pas tout à fait adulte, majestueux dans sa maladresse, qui ignorait royalement les bouteilles qu'il précipitait par terre en sautant d'armoires en étagères et déposait ses crottes dans toutes les baignoires.

Luca avait tout suivi en direct sur Facebook. Audrey qui alignait les statuts injuriant le président pendant le deuxième discours, un vieux gauchiste nommé François l'approuvait, mêlait ses insultes à celles d'Audrey, Audrey et François se parlaient, je vais rester coincée dans ma piaule, disait Audrey, la misère, la taule, oui, et François demandait, t'as vraiment nulle part où aller, ta famille, rien, et, au bout de quelques statuts, pourquoi tu viendrais pas te confiner chez moi en Bretagne, c'est grand et complètement vide, on préparera la révolution ensemble. Toujours sur Facebook, ensuite, Audrey avait demandé des conseils. Comment faire pour partir de nuit ? Sans voiture ? Arriver en Bretagne d'ici à demain ? À Josselin, dans le trou de balle doré du rien ?

Luca s'était dit tout de suite que le duo d'Audrey et François ferait des étincelles. Une anar et un vieux prof stalinien. Ça finirait certainement par une purge. Mais au début, Audrey avait eu l'air ravie d'être confinée là-bas. Un village moins perdu, moins déclassé qu'elle l'imaginait, un petit côté ZAD grand luxe sous les murs d'un château rempart avec ses trois tours fusées. Sur les photos, Luca avait pu apprécier la taille du jardin de François. Audrey était la première à se marrer que François tousse. Préparez les mouchoirs, écrivait-elle sur Facebook. Et François commentait. De son temps, jamais un jeune ne se serait mis dans cet état pour une histoire de grippe, surtout de grippe qui tombe tellement à point.

Puis la toux de François s'était aggravée. Il s'était plaint de difficultés à respirer. À son tour, Audrey avait parlé de fièvre. Au début, cela ne semblait pas trop grave. François s'en remettait déjà. Mais jour après jour, l'étreinte de la fatigue s'était faite plus étroite et plus glauque, chaque matin Audrey devait changer ses draps. Puis, pendant une semaine, elle avait disparu de Facebook. Le temps était devenu un marais dont sa conscience émergeait parfois. Sous la surface, elle ressentait des coups, des trains de douleurs rampant à travers ses organes comme autant de mille-pattes électriques, dont les ondes dessinaient avec une terrible netteté la géologie interne de son corps, en colorait chaque couche d'une nuance de souffrance, des intestins aux os, ses nerfs vibraient.

Plus tard, elle avait raconté à Luca comment ses poumons s'étaient mis à la lâcher un soir, à se dégonfler comme un ballon crevé à une vitesse continue, terrifiante, car bientôt, si cela durait, sa poitrine ne serait plus qu'un trou. Au bout de quelques heures, il n'en restait que de minces cavernes pourries. Oh, le souvenir de l'air, aussi doux, aussi torturant que celui d'une eau claire au milieu d'un désert. Au téléphone, sa voix chuintait du fond de ce boyau glaireux. Juste un murmure, pas assez pour attendrir le corps médical. Elle n'a plus qu'un fantôme de voix, une flaque de conscience, on ne la soigne donc pas. Pendant trois jours il lui faut penser à respirer encore et encore, à chaque inspiration ; ne pas oublier de respirer pour ne pas se noyer.

Luca comprend qu'Audrey ait la tête remplie de mousse après ça. Mais il ne la supportera pas longtemps si elle continue à le harceler. Lui, il se sent bien. Chaque jour, il entre avec plus de satisfaction que la veille dans l'immeuble sans inscription des Champs-Élysées, noir comme le manteau de Mathilde. Le siège de la fondation. Il s'arrête devant la secrétaire, laisse ses yeux errer sur les dorures serpentillant tout au long des couloirs, les salles de réunion, les bureaux de l'autre côté de la vitre de la salle d'attente, les salles de formation, le réfectoire en dessous. Il ne sait pas combien de temps il reste devant la grande carte d'état-major au mur de la salle d'attente, face à l'organigramme.

L'effondrement, c'est un peu sa deuxième chance. Il s'était résigné à ce que la vie soit derrière lui. Tout était joué dès sa naissance. Il s'en serait peut-être sorti s'il avait été petit et maigre, mais sa force et sa stature avaient été un piège. Peut-être aussi que ses parents étaient trop ordinaires. Ceux d'Audrey n'avaient pas plus d'argent, mais connaissaient apparemment des combines pour voyager sans arrêt. Audrey avait grandi portée par des histoires qui l'habituaient à regarder au-delà des champs. Elle avait fait des études. Elle aurait eu sa chance. À sa place, Luca ne l'aurait pas manquée, mais Audrey est une telle chieuse qu'elle a tout saboté.

Luca n'est pas comme le vieux François. Il veut la paix. Il ne dit pas tout ce qu'il pense, Audrey le traiterait encore de fasciste, et bon, mourir pour le Front national, ça ne fait quand même pas très envie. Le vieux Le Pen, ça n'a jamais été le truc de Luca. Un nouveau riche. La fille, il n'en parle même pas. Il n'a jamais compris ses cousins qui votaient Berlusconi. Ce n'est vraiment pas ça, la France de Luca. Il aurait pu y avoir Mélenchon, oui, il y a pensé en le voyant se faire quelques journalistes, mais de toute évidence, le Grand Leader a disjoncté, et si Luca est sûr d'une chose, c'est que là-haut, il préférerait quelqu'un d'équilibré. Rien n'est pire que le chaos.

Audrey ne comprendrait pas non plus qu'il regarde des vidéos d'Alain Soral. Luca ne les prend pas vraiment au sérieux, il trouve que c'est un peu du délire, mais même pour délirer, ça fait parfois du bien de dire certaines choses. Luca garde son sang-froid. Il sait chez qui il est, prend ce qu'il y a à prendre. La sociologie du dragueur on en dira ce qu'on voudra, mais ça a donné un mode d'emploi à beaucoup de gens. Sa propre femme, Luca l'a séduite comme ça. Il n'aurait sûrement pas eu Nour sans se montrer assuré, rassurant, et de temps à autre explicitement mâle. Ça ne veut pas dire forcer, encore moins harceler, mais ne pas croire tout ce qu'on raconte à la télé. Les femmes cherchent des hommes calmes, qui posent leur voix et savent montrer qu'ils ne se laisseront pas toujours faire. Il l'a remarqué, même celles qui le martyrisent aiment la facilité avec laquelle il soulève les meubles. Le soir, quand elles sont seules dans le métro avec lui, qu'une bande fait irruption, elles regrettent d'avoir passé tant de temps à vouloir couper ses griffes.

À une époque, Audrey a tellement tanné Luca qu'il a capitulé. Il a suivi ses conseils, il s'est intéressé au Frexit. Il lui est arrivé de sortir dans la rue la nuit pour écouter d'interminables vidéos. Il n'a pas accroché. Ces gens disent des trucs intéressants, c'est évident. Le problème, c'est la forme. Ceux de l'UPR lui font un peu penser à Séraphin Lampion dans *Tintin*. Un charisme d'huître, des méthodes de démarcheur. Dès qu'on leur accorde un peu d'attention, ils mettent le pied dans la porte comme des témoins de Jéhovah, et vas-y que je te fourgue mon Frexit et mon article 50. Commence par faire plus d'un pour cent si tu veux qu'on te prenne au sérieux !

C'est plus fort que lui, chaque soir à la télé, Luca en revient à Zemmour. Il est tellement là, partout, qu'on ne sait plus si c'est lui ou si c'est nous. On l'a juste dans la tête. Histoire de France. Phrases bien construites. Raisonnements béton. Jamais un débat perdu. Il faut dire que pendant le premier mois de confinement, Luca n'a pas manqué une fois le rendez-vous de 19 heures. Il est impressionné par Christine Kelly. Il n'est pas toujours d'accord avec elle, mais il éprouve un respect auquel il n'est pas habitué. Une grande dame.

Luca n'est plus vraiment dans cette galaxie depuis qu'il a rencontré Mathilde. Ça s'est fait. C'est Nour, la femme de Luca, qui les a mis l'un face à l'autre. Nour dirige un petit supermarché en dessous de Montmartre. Une franchise. À l'époque, son magasin était en pleins travaux, juste à côté du loft de Mathilde. L'autre était naturellement venue se plaindre. Nour avait enragé, mais elle avait fait profil bas, et Mathilde avait fini par la prendre dans son réseau. Elle montait une équipe. Elle cherchait un vigile pour ses locaux, un peu plus qu'un vigile, en réalité, un type qui s'occupe de sécurité, qui s'occupe d'un peu tout en fait, et si possible, s'intéresse aux sujets que Mathilde défendait. De malheurs en désastres, les problèmes de Luca s'étaient retrouvés sur la table. Il voulait changer de métier. La période de prison n'enjolivait pas son CV. Mathilde avait décidé de tenter l'expérience.

Au début, bien sûr, Luca s'est méfié de Mathilde Guénot. A priori, elle représentait tout ce qu'il détestait. Puis il a regardé les vidéos de ses passages à la télé, il a été étonné. Il n'a pas ressenti le dégoût habituel, ce petit malaise que ces gens provoquent toujours chez lui, la sensation qu'on verse du poison dans ses oreilles. Qui ne vient pas des mots, mais de quelque chose qu'il a fini par nommer aura. Ces gens le trouveront toujours trop brut, trop vrai, trop assoiffé d'idéal, de foi, même. Luca ne peut pas vivre sans valeurs, eux s'acharnent à toutes les piétiner.

Mathilde n'est pas seulement une conne subventionnée. Elle veut que les choses avancent, elle a parfois un côté vulgaire qui lui plaît bien. Et elle ne lui demande pas de changer. Au contraire, elle a compris qu'il pouvait l'aider, bien plus qu'en jouant les vigiles devant une porte. Surtout depuis qu'on ne la menaçait plus pour rire. Elle avait besoin d'y voir un peu clair. De se sentir en sécurité. Maintenant, il l'accompagne dans toutes sortes de manifestations, il finit par faire partie du paysage. Tous les spécialistes de la drague le diront, en s'affichant avec une neuf sur dix, on attire plus facilement l'attention des sept.

Il a une certaine allure dans ses costumes, même s'il ne ressemble pas aux espions à oreillette en costard des films contemporains. De toute façon, il préfère les films un peu anciens. Georges Guénot est un des derniers auxquels il peut s'identifier. Ça l'a aidé à respecter Mathilde. Dans les années 1980, Guénot jouait souvent des rôles de flic, avant d'être relooké en tueur dans les années 1990. Ses derniers films, Luca les aime beaucoup moins. Ils ne sont pas plus violents, ils sont plus immoraux : on se moque des victimes collatérales, les femmes y sont toutes fortes et tuent sans raison. Ils sont rythmés comme une querelle de rappeurs.

Pour rendre les coûts présents et les utilités des générations futures comparables, il convient d'actualiser les secondes, suivant la logique selon laquelle 100 demain valent un peu moins que 100 aujourd'hui. Le taux d'actualisation est l'outil qui permet de passer d'une valeur future à une valeur présente. Si le taux d'actualisation est de 10 % par an, 100 dans un an valent 90 aujourd'hui. L'équipe Stern retient un taux d'actualisation faible, de telle sorte que le même poids est quasiment donné à l'utilité de chaque génération.

S. Andrieux et C. Van Effenterre
« Polémiques autour du rapport Stern »,
Regards croisés sur l'économie

La voisine de Daniel s'est plainte du bruit. Elle pensait qu'il venait de Léa. Ça ne pouvait être qu'elle, cet enfant qui courait sans cesse, se cognait, poussait des cris même dans la nuit. Depuis que Paul et Katia sont là, Daniel sait ce qu'est un enfant vraiment agité. Le fils de Katia est un tourbillon. Daniel voit bien qu'elle fait ce qu'elle peut, elle s'en sort bien d'ailleurs, lui, il ne tiendrait jamais le rythme, les sollicitations perpétuelles, l'attention à mettre dans chaque geste, chaque inflexion de sa voix. En quelques jours, il a appris à analyser les bruits. Les pas sur le sol, les chocs, les chutes, brusques comme un éclair. Le tonnerre des cris.

Paul hurle depuis plusieurs minutes maintenant. Des hurlements scandalisés, plus stridents et désespérés que les pires crises de Léa. Au téléphone, la cheffe du service de l'Appui aux territoires se calme d'un coup. Qu'est-ce qui se passe ? Depuis quand Daniel a un fils ?

La voix se durcit à nouveau. Elle vient d'apprendre l'audition de Daniel à l'Élysée. Elle est abasourdie. Comment ose-t-il tirer ainsi la couverture à lui, dans de telles circonstances ? Alors que le comité de direction se débat avec un suicide, une enquête. Apparemment, il n'a même pas cité son nom. Elle qui porte une partie des sujets depuis tant de mois ! Comment ose-t-il ? Alors qu'il se sait incompétent sur les points les plus sensibles du dossier. Qu'il outrepasse ses prérogatives, court-circuite la hiérarchie. Daniel tente d'expliquer à sa collègue que son nom figure sur le document, qu'il prendra bien garde à la citer devant le président. Rien n'y fait. Elle prépare un compte rendu au directeur général et n'hésitera pas à tout raconter en cas d'enquête.

Mais tu vas te taire, hurle Daniel. J'en ai rien à foutre de ta ménopause, bordel. La cheffe du service de l'Appui aux territoires est si surprise qu'elle ne dit rien. Pendant presque une minute, elle et Daniel gardent leur téléphone en main sans prononcer un mot. Elle raccroche la première. Daniel ferme les yeux, fait des exercices de respiration. Insulte à caractère sexuel à une collègue, il risque gros si elle le dénonce. Il a dû crier vraiment fort, en plus, car dans l'autre pièce, les pleurs de Paul se sont interrompus. Katia frappe à la porte.

— Tout va bien ?

— Oui, oui !

Daniel a la tête baissée, ses deux mains sont appuyées contre le mur. Ses yeux sont toujours fermés. Dans sa poitrine, la rage fait des sauts si violents qu'il doit se retenir de distribuer des coups dans l'air autour de lui. D'où vient-elle donc, cette rage ? Cette impuissance qui se transforme en rage ?

Il ouvre la porte lentement. Katia est plantée au milieu du salon.

— Qu'est-ce qui se passe ?

Daniel ne trouve pas ses mots. Ça n'arrête pas depuis la matinée. Cette affaire de suicide, bien sûr. Et Stanislas qui dépose de longs messages suspicieux sur son répondeur pour l'accuser d'avoir biaisé le débat. Bruno qui écrit mail sur mail pour savoir ce que Daniel va dire au président, s'il va parler de lui.

Et puis le coup de fil de sa sœur Élise. Avec elle, la discussion n'a pas duré longtemps, mais elle a vraiment fait mal. Elle a laissé échapper un rire coupant comme un silex quand Daniel lui a parlé de son audition à l'Élysée. Sait-il seulement dans quelles conditions ils bossent, à l'hôpital ? Au lieu de pondre des textes à la con, vous feriez mieux de nous trouver des blouses et des masques. Élise n'aime pas le gouvernement. Son aversion pour le président est plus forte encore. La fascination de Daniel pour ce type l'a toujours exaspérée. Pendant la campagne présidentielle, elle ne s'est pas gênée pour se moquer de lui. Toujours à plat ventre, Daniel. Toujours à se faire manipuler, par les femmes comme par les politiques. Soumis face à Alicia, soumis face au président. Ses parents ne l'ont pourtant pas élevé à ramper.

Pendant la campagne, c'est vrai, Daniel s'est comporté en groupie. Le futur président l'a reçu deux fois. Daniel s'en est vanté partout. Il espérait que leurs histoires se mêleraient bientôt, qu'il serait la queue de comète du président dans son parcours victorieux. Mais il ne s'est rien passé, Daniel a perdu beaucoup d'amis, et en repassant la séquence dans sa tête, il a l'impression que l'histoire se répète. Une fois encore, il va se faire avoir.

— Ça n'a pas l'air d'aller, dit Katia.

Daniel fait un pas vers elle. Elle peut peut-être lui donner un avis. Il s'embrouille, ne trouve plus ses mots, s'agite comme un étudiant qui ne connaît pas sa leçon. Il sait ce qu'elle doit penser de lui en ce moment. Qu'il fait partie de ceux qui mettent des bâtons dans les roues aux gens qui s'engagent vraiment, feignent d'entendre et ne foutent rien. Par carriérisme ? Il se le dit souvent, mais ce serait trop simple. La vérité, c'est que tout ça me fait peur. Nous sommes des enfants. Nous faisons des efforts démesurés pour avoir l'air adulte, et c'est dangereux.

Katia hausse les épaules. Elle bâille, fait un geste que Daniel connaît bien, qu'Alicia aussi faisait souvent, un geste de mère d'enfant difficile qui n'entend plus, qui n'a plus aucune capacité d'écoute, d'empathie, pour qui la voix précipitée de Daniel n'est plus qu'un son envahissant, une nuisance. Katia est si distraite ces derniers jours, les tasses sales traînent un peu partout dans l'appartement. Elle ne dort pas très bien, et Paul n'est pas seul en cause. Les nouvelles de Bourgogne, peut-être. Il paraît qu'Arthur ne se calme pas, tourne toujours plus sur lui-même. Pourvu qu'il ne la poursuive pas ? Cette peur-là, Daniel ne veut pas l'entendre. Il a assez des siennes. Il continue, marche en rond, prend un air penaud chaque fois que Katia met son doigt à sa bouche et désigne la porte. Paul dort, c'est vrai. Mais Daniel en a marre des reproches. Il a l'impression que ses actes ne peuvent qu'aggraver la situation. Nous ne sommes plus lucides, ni maîtres de nos actions, notre agitation n'est qu'un peu de chaos supplémentaire.

Il a protesté contre la constitutionalisation de l'état d'urgence. Contre les mesures contre-insurrectionnelles. Contre beaucoup de décisions qui ont eu pour effet d'accroître démesurément le pouvoir exécutif depuis deux ans. Pour lui, maintenant, le mot « effondrement » est un symbole, un trou noir. Un parcours initiatique, qu'il est en train de suivre sans savoir où il va le mener.

Dans la théorie économique, le taux d'actualisation est le plus souvent calibré sur les choix d'investissement. Dans le rapport Stern, le taux d'actualisation moyen est beaucoup plus faible. Ce faisant, les dommages climatiques auxquels seront confrontées les générations futures ont une valeur actuelle très élevée, ce qui légitime une action vigoureuse.

S. Andrieux et C. Van Effenterre
« Polémiques autour du rapport Stern »,
Regards croisés sur l'économie

Les phares de la voiture derrière la conseillère scientifique du président répandent dans la brume une coloration de nuit d'hiver. Elle n'a rien pu objecter à cette surveillance. Les menaces sont nombreuses, précises, sur les réseaux sociaux. Elle court son téléphone à la main. Devant elle, l'avenue Gabriel (chaque fois, elle se trompe et lit « Galadriel ») s'étire, toujours plus longue et plus collante à mesure que l'été s'annonce. Les petites gouttes de sueur qui roulent dans ses yeux lui donnent parfois l'impression de pleurer. Elle est obligée d'essuyer ses lunettes pour vérifier les messages sur les lignes sécurisées.

Les huissiers rient en la voyant arriver essoufflée devant les grilles, son sac en bandoulière. Ils ont cessé de la trouver hautaine le jour où elle s'est étalée au milieu de l'avenue. De l'extérieur, l'Élysée ressemble à un noble palais, tout le monde s'imagine que le quotidien y est doré. La presse n'en montre que les espaces brillants, mais le sol grince et craque dans les couloirs, les prises se déchaussent et la peinture qui s'écaille laisse des traces blanches sur les costumes.

Les autres sont déjà dans la salle de réunion. Les directeurs d'administration, les grands pontes. Quelques personnalités de la société civile aussi. Le type qu'on pressent au ministère de l'Économie résiliente ne manque aucune réunion. Mathilde Guénot aussi est là sans faute. Son étoile monte. Il paraît même que le président l'appelle parfois. Ils sont assis en rond. On n'attend plus que la conseillère scientifique pour commencer la séance.

— Aujourd'hui on parle des risques futurs pour le pays…

Dans leur entreprise ou leur administration, aucun des hommes qui sont réunis là ne s'assoit jamais sur une chaise de bois. Même les plus humbles ont des bureaux immenses, certains protégés par de longues enfilades de tapis rouges, des secrétariats, des portes à double battant. Ils passent beaucoup de temps à nier leur pouvoir, à se présenter comme d'humbles serviteurs de l'État. Ils n'en sont pas moins incontournables. Ils sont là pour bien plus longtemps que les politiques. Ils sont forts parce qu'ils restent dans l'ombre, leur air grisâtre est leur armure.

La directrice générale de l'Inserm s'exprime la première. Alors que les indices de seconde vague se multiplient, elle trouve l'exercice auquel on la contraint aujourd'hui puéril. C'est un fait, dit-elle. Le réchauffement est favorable à la prolifération des virus et à leur diffusion : eaux stagnantes, moustiques qui pullulent… Nous subissons des événements climatiques qui dégradent les conditions d'hygiène. Le réchauffement fragilise certaines défenses immunitaires. Cette pandémie n'est que la première.

— Vous ne parlez pas du dégel du permafrost, coupe le futur ministre avec l'approbation bruyante du P-DG du CNRS. L'Institut de microbiologie de la Méditerranée et le laboratoire Information génomique et structurale ont fait état de leurs recherches sur des virus géants datés de trente mille ans dans le pergélisol sibérien.

À la mention de Marseille, le visage de la scientifique se crispe.

Le P-DG du CNRS est d'accord.

— J'trouve ma collègue trop pessimiste, dit-il. Si l'État mettait les moyens et finançait des programmes croisant biomimétisme, intelligence artificielle, robotique et génie génétique, on marquerait pas mal de buts. Faut foncer, c'est tout. Ceux de Marseille savent le faire, même s'ils sont parfois un peu enthousiastes.

Comme à chaque fois, la conseillère scientifique du président est surprise par la voix brutale de cet homme. Tout le monde sait qu'il a la tête pleine de disruptions et de Chines numériques. Depuis quelques mois, il vend ses solutions miracles avec assez de succès pour faire revenir le leitmotiv jusque dans le bureau du président.

La conseillère scientifique hésite à le couper, maintenant, en séance plénière.

— Pour être résilient, insiste-t-il, faut distribuer des capacités de réaction, de traitement et de partage de l'information, et développer des systèmes permettant de les potentialiser pour faire face à des trucs inattendus. Et pis va falloir travailler sur les incitations. Si on les aide pas, les gens font de la merde. Faut les orienter, mais pas n'importe comment.

Mes gars pourraient sûrement vous proposer des trucs un peu moins bourrins que vos attestations à la con.

Le directeur de l'Énergie philosophe. De nouveaux challenges stimulent de nouveaux progrès, rien de neuf. De quoi mettre un coup de pied au cul salutaire à nos chercheurs, si son estimée collègue l'y autorise.

À condition d'avoir le temps et les moyens, oui, concède le P-DG du CNRS, approuvé par le directeur du Commissariat à l'énergie atomique, la numéro trois d'Areva, le numéro trois d'EDF et même par Mathilde Guénot. « C'qu'il faut, c'est travailler d'une manière nouvelle, interdisciplinaire, et ça doit se traduire dans les financements. »

La conseillère scientifique retient un mouvement d'impatience, sa main frappe légèrement la table, un geste réussi pour une fois, conforme à ce qu'on attend d'elle. Le frémissement se transmet aux directeurs, à leurs seconds, aux experts. Finalement, c'est en face d'eux que la conseillère se sent le moins mal. Elle ignore pourquoi, elle sait les prendre. Elle n'éprouve plus la gêne qui la tenaille si souvent avant qu'elle laisse tomber sa parole : la peur de reconnaître ses parents, ses amis d'enfance dans la foule de toutes petites personnes que ses gestes de puissante peuvent balayer.

Comme les choses ont changé depuis le jour du réveil. Le jour où Mathilde a décidé de se lancer. C'était il y a deux ans. Son dernier film avait bien marché, mais elle se sentait inaccomplie, en attente d'une force qui s'accumulait en elle, mais ne créait encore rien.

Elle s'était mise en quête d'un porte-parole, d'une figure de proue. Stanislas Wenziger n'avait pas été son premier choix. Mathilde était d'abord allée au Muséum chercher le soutien du professeur Cazalis. C'était logique. Le plus engagé des Prix Nobel français. Auteur de nombreux livres. Et depuis longtemps, un de ses héros. Avant de l'attendre à la sortie de son cours, elle s'était préparée. Durcie, prête à se fracasser sur son dédain de marbre dur.

Elle se souvient des grandes enjambées qui la faisaient sauter de rue en rue comme des bottes de sept lieues. Une vitesse libératoire pour quelqu'un qui venait de passer tant d'années à croire sa vie derrière elle. De la façon dont elle a cherché son chemin dans les galeries du Muséum, longé des rangées de squelettes et de fossiles.

On l'avait prévenue. Un ami de son père, écrivain à ses heures, discutait parfois avec le directeur du Muséum, salle

Pleyel. Il pensait l'avoir cerné : un type aigri, déçu d'une humanité incapable de vivre à la hauteur de la science. Le professeur lui avait dit un jour qu'il quittait Paris aussi souvent qu'il le pouvait, que ses collègues lui donnaient l'impression de mouches trop nombreuses pour un seul mort. Vous voyez l'esprit du personnage.

L'assistant auprès de qui elle avait négocié le rendez-vous n'était pas plus encourageant. L'homme parlait avec un accent belge, s'interrompait parfois pour régler en plusieurs langues par téléphone le trajet d'une exposition itinérante intitulée « Extinctions ». En multipliant les sourires, Mathilde avait appris que la moitié de la famille de son interlocuteur était russe, qu'il composait sur son temps libre, mais que son esprit vif ne lui avait toujours pas soufflé la formule du philtre capable d'adoucir le professeur. La veille, il avait failli renvoyer à la figure de son patron ses caprices de rentier de l'écologie, sa manière de diriger le Muséum, à peu près aussi libérale que celle de Xi Jinping.

Mathilde restait pourtant là, plantée devant le bureau comme en terminale devant son professeur de philosophie, avec des tressaillements gênants dans le bas-ventre. Le directeur du Muséum rangeait ses livres avec une lenteur dissuasive. Les mêmes gestes que le professeur de philosophie. Pas le doux chrétien qui lui avait fait découvrir Spinoza, la trouvait remarquable (« Vous n'êtes pas n'importe qui, Mathilde »), à qui elle pensait en se balançant sur une branche de son arbre fétiche du parc de Sceaux. L'autre, le kantien : celui que son nom de famille n'impressionnait pas.

Dix ans plus tôt, elle était aussi restée plantée de cette façon dans le bureau du directeur des programmes d'une grande chaîne télévisée. Pour démarrer son premier film, elle avait besoin de son soutien. Son interlocuteur était un de ces hommes qu'elle avait fini par considérer comme faisant partie du décor à force d'entendre sa famille dire leur nom, dont elle devinait qu'ils n'étaient pas là pour l'aider à grandir ou à s'accomplir. Là non plus, elle n'était pas venue avec beaucoup d'espoirs et d'attentes. L'homme – un ami de son père – ne vivait plus au cœur des vraies affaires. Il feignait encore si bien de les organiser que Mathilde s'était tout de même prise au jeu. Ça ne va sans doute pas faire le film du siècle, mais c'est dans l'air du temps. Avec un peu d'aide, elle arrivera à sortir un truc propre.

Une sale voix d'homme cultivé et blasé. Mathilde avait fait bonne figure. Elle avait répondu avec juste ce qu'il faut de provocation pour que sa soumission ne tourne pas à l'humiliation. Elle se revoit ensuite sortir de la tour, longer la Seine, prête à tout laisser tomber, n'aimant pas ça, incapable d'être autre chose que ça. L'autre la tenait par le hochet de l'audimat – que serait-elle si elle ne satisfaisait pas aux critères de notoriété, d'influence et d'argent selon lesquels ces hommes avaient décidé de l'évaluer ? Sans savoir comment se libérer de cette voix capable de dire : vous en êtes. À son sourire, elle sentait qu'il jouissait de son pouvoir de décevoir. Des jeunes gens venus avec le cœur en bandoulière ressortaient fracassés de son bureau. Puisque vous n'êtes pas des vrais, puisque vous êtes des produits, vous ne protesterez pas si je vous dis de mettre un décolleté et d'être drôle pour faire votre promotion.

Elle a l'impression d'avoir passé sa vie à plaire à de vieux hommes importants. Bon, c'est vrai, le professeur Cazalis sort d'un moule qu'elle connaît moins. Il n'a pas la fluidité sensuelle des acteurs et des producteurs que les parents de Mathilde fréquentent, leur façon de marquer la connivence – ou la relation de pouvoir ? – par le relâchement.

Il se tient droit. La mère de Mathilde dirait qu'il a un balai dans le cul. Ce genre de bosseur n'a pas tellement la cote chez les Guénot, mais Mathilde lit ses livres depuis longtemps. L'histoire de la nature est un antidote contre le milieu dans lequel elle a grandi, qui vous enferme en supprimant les portes, les limites, les repères. Mathilde est attirée par ceux dont la vie n'est pas faite que d'artifices. Le professeur est dans le réel. Il a multiplié les missions d'observation, séjourné des mois dans des stations polaires pour y guetter les premières fissurations du froid. Mathilde a lu deux fois son *Histoire climatique des civilisations*, qui dix ans avant Crutzen et Diamond a fait de l'environnement un protagoniste central de « l'aventure humaine ».

Au bout de deux minutes, Cazalis coupe l'exposé de Mathilde. Il n'aime pas, en général, la façon dont la télévision représente la science. Les films précédents de Mathilde, *Le Génocide silencieux* et *La Forteresse ébréchée*, jouent sur des cordes émotionnelles, faciles. Il est prêt malgré tout à lui accorder un bref entretien. Elle l'accompagne dans l'ascenseur. Le bureau directorial est vitré. Les immeubles crénellent un crépuscule jaune et stagnant. Le professeur s'assoit. Il ne fait pas signe à Mathilde de l'imiter. Il accompagne ses mots de gestes secs et précis. Les humains sont des animaux qui ont pour défaut de chercher à paraître intelligents et subtils alors que la nature ne l'est pas. La nature est comme elle est. Un réchauffement de six degrés, pour six mille ans, c'est comme la chute d'un astéroïde. C'est peut-être très complexe à modéliser, mais le résultat final est facile à comprendre.

D'habitude, Mathilde répond toujours quand on lui parle comme ça. Depuis qu'elle est petite, c'est ce qu'on lui dit de faire. Avoir le dernier mot, surtout face à un homme. Mais aujourd'hui, elle prend sur elle, elle évite de fixer le visage finalement un peu pathétique du vieux mandarin. Elle laisse son regard fuir par la fenêtre du bureau. Elle l'écoute à peine répéter ce qu'il répète de toute façon en boucle depuis dix ans. Quand il enseignait au MIT, la grande terreur du gouvernement de Washington était que l'organisation soviétique se révèle plus résistante aux catastrophes naturelles que la démocratie de marché. Oui, on en discutait déjà il y a cinquante ans. Avec moins de données, d'autres inquiétudes, mais déjà les mêmes conclusions. On réfléchissait à l'Institut Aspen, à la Rand Corporation, à la Fondation Ligier, pour en déduire qu'il n'y avait rien à faire. On s'adapterait. Il faudrait bien s'adapter, rendre les sociétés capables d'absorber des carnages que rien n'empêcherait d'avoir lieu.

Un mot pudique : « résilience ». Dans les ministères, on en est encore à le réinventer. Le professeur ne remet pas en cause la bonne volonté des politiques. Tous ne sont pas pourris, loin de là. Il a très bien connu Jacques Chirac, Mathilde le sait peut-être. On peut en dire ce qu'on veut, de Chirac, mais il avait des convictions. Il a cherché à s'engager, mais ça n'a mené qu'à une guerre d'ego ridicule. Pendant des mois, tous ces gens n'ont fait que se tirer dans les pieds et se couper la parole. On se serait cru dans une réunion de section locale de la CGT. Il n'y a vraiment plus rien à attendre de ce pays.

Mathilde repart pensive. Elle ne reviendra pas à la charge, tant pis si le professeur ne la soutient pas. Son image est trop ébréchée. Ce n'est pas la première fois qu'une des idoles de Mathilde s'écroule ainsi, d'un coup, pour presque rien, parce que dans la voix, dans les expressions du visage, elle a reconnu des fragilités qu'elle connaît trop bien. Elle comprend qu'elle va devoir tout inventer.

Le hasard l'aide. Le hasard et ce sentiment d'amour panique qui l'envahit le jour où elle rencontre Stanislas, de plus en plus irrépressible, de plus en plus évident au fur et à mesure qu'ils se parlent. À cette époque, Stanislas habite encore en Bourgogne, avec Bruno, Johanna, et toute cette bande de Bouvard et Pécuchet de l'effondrement à qui Mathilde a rendu visite par acquit de conscience. Au milieu de ces gens, Stanislas brille comme un diamant. Mathilde n'arrive pas à s'en aller. Elle cherche des prétextes pour rester plus longtemps, pour revenir peut-être, elle craint de ne jamais le revoir, qu'il disparaisse, se dissipe comme un mirage si elle détourne les yeux. Elle passe la nuit devant Facebook sans oser envoyer la *friend request* : un refus la dévasterait. Mais au matin, c'est Stanislas qui l'invite. Alors, Mathilde se lâche. Malgré sa honte, malgré sa conscience de son ridicule, elle se jette sur lui, le bombarde de textos, de messages. Elle ne sait pas elle-même ce qui lui arrive. Quelque chose entre l'amour et le désir, un besoin urgent de le voir, de l'entourer, de le consommer. De le consommer. Oui. Jour après jour, elle marque sa place, s'inscrit de façon plus indélébile dans le paysage émotionnel de Stanislas.

Mathilde fait semblant de s'intéresser à Ananké et retourne en Bourgogne. Sans elle, jamais l'association n'aurait eu une telle audience. Cent trente-huit scientifiques lisent et annotent le manifeste de l'association, certains vont jusqu'à le signer. Mathilde, elle, est concentrée sur Stanislas. Elle lui parle, le briefe, lui demande des textes et des vidéos. Elle a l'œil du producteur qui devine la star sous les traits d'un acteur inconnu. Stanislas s'exprime d'une voix inédite, qui manque dans le paysage, que beaucoup auront envie d'entendre. Une conviction sans arrogance. Une assurance calme. La douce fermeté qu'on attendrait d'un prêtre.

En effet, le public suit. Des centaines de milliers d'internautes téléchargent les vidéos de Stanislas. Même Kim Kardashian le retwitte ! « *Stan is so cute and smart.* » Comme une armée trop longtemps ballottée, les indécis ouvrent les bras à la bataille qui les libère enfin de la drôle de guerre. Plus que la catastrophe, les gens craignent le sentiment d'impuissance. Ils répondent aux appels pour se donner du mouvement, pour avoir l'impression de se battre. Ils ont grandi avec la fin du monde en fond d'écran et vu la Terre vingt fois mise en pièces par Hollywood. Eux aussi veulent jouer leur rôle dans ce spectacle.

Maintenant, elle pense à la conversation d'hier, à la facilité avec laquelle ses mots se sont mis au diapason de ceux du président, à sa façon d'enchaîner quand il a dit « trop tard » pour prévenir la catastrophe, maintenant, il faut limiter les dégâts, introduire de la flexibilité, de la résilience, la crise actuelle montre bien que les bureaucraties sont trop lentes, trop lourdes, il faut relocaliser, oui, mais certainement pas tout sous couvert de l'État. Le marché est dur, injuste, mais c'est souvent ce qui fonctionne le mieux, ce qu'il faut, c'est retrouver de l'audace, du mouvement, du rêve. Il y aura bien quelques grands chantiers, on devra soutenir les actifs financiers, sinon ce sera le krach, la déflation, on devra mettre le paquet. Sur l'énergie aussi, le paquet, le nucléaire surtout, une bonne fois pour toutes, fantasmes mis à part, c'est encore le plus écologique, et puis, nous ne pouvons pas être les premiers à faire machine arrière. Nous sommes obligés de courir avec les autres, d'aller de l'avant. Ce qui se passe en ce moment, c'est un peu une répétition, ça permet de voir tout ce qui déconne, et puis, c'est l'occasion de tester la bête histoire de voir ce qu'elle a dans le ventre avant le grand jeu.

Le président parlait de plus en plus vite. Quel drôle de type, tout de même. Cet optimisme bizarre de celui qui voit la lumière au cœur d'un tunnel noir, au cœur de l'apocalypse. Persuadé de détenir les clés du salut, lui seul, malgré les cris, malgré tout qui tremble et s'affole. Chaque fois que Mathilde osait un mot, il renchérissait. Il connaissait les dossiers, ce n'était pas une légende. Il comprenait vite. Voyait peut-être loin, mais un peu par intermittence, comme le phare de la tour Eiffel qui court dans toutes les directions sans se fixer sur rien. Mais ça marchait. Mathilde avait envie de le rejoindre de l'autre côté, sur l'autre rive du désastre, de répéter avec lui le discours d'inauguration d'une planète Potemkine. Oui, a-t-elle répondu. Nous sommes obligés de courir avec les autres et de nous préparer. De nous… Elle s'est interrompue en réalisant qu'elle s'apprêtait à dire « de nous armer ». Le président a renchéri. Ses prédécesseurs faisaient des annonces. Chose facile. Lui, il se tape la mise en œuvre.

Il joue avec elle. Il sait trop bien qui elle est pour s'en priver. Elle s'en rend compte, mais les protestations de son ancienne « elle » ne sont que des murmures lointains. Il n'y a pas si longtemps pourtant, elle a eu honte que son père regarde un autre président avec des yeux mouillés d'amour. Invité d'honneur d'une émission de télé, Georges Guénot avait dit un jour qu'à leur époque les acteurs dominaient tout et trônaient au sommet d'une chaîne alimentaire sexuelle et financière, dans une situation de puissance que seuls quelques tyrans asiatiques pouvaient prétendre égaler. Il ne respectait pas cette profession de foi. Cette puissance, manifestement, ne valait pas encore pour lui celle d'appuyer sur un bouton rouge.

Autant de phénomènes endémiques au cours de l'histoire de l'humanité, mais dont la fréquence augmente avec la dégradation de l'environnement, la pression démographique, ainsi que la pauvreté et l'instabilité politique qui en résultent.

Jared Diamond, *Effondrement*

Daniel ne peut pas s'empêcher d'être fier. Ce n'est pas rien, cette soirée à l'hôtel Ligier. Quand il a reçu l'invitation, pour la première fois de sa vie, il a eu l'impression de peser, d'en être. Tous ses efforts, tout ce qu'il a accepté, ce n'était donc pas pour rien. Devant la porte monumentale, il doit mobiliser toute son énergie pour parler d'une voix claire dans l'interphone.

Un homme chauve et bien bâti l'a accueilli. Je m'appelle Luca, a-t-il dit, je travaille pour la fondation, enfin, pour Mme Guénot. Il l'a conduit à travers un couloir encombré d'objets complexes et soyeux que seule une expérience éprouvée du luxe aurait permis d'identifier. Fauteuils, horloges, animaux sauvages campés grandeur nature sur des tapis de laine. Ces couleurs, ces formes obéissent à une logique dont Daniel ne perçoit que la face émergée. Il passe devant plusieurs portes fermées et un escalier puis une enfilade de vastes salles qui donne sur un jardin. Des femmes portent des masques, les hommes des redingotes et des hauts-de-forme. Daniel s'arrête, raide, cherche du regard une ouverture pour intégrer un groupe. Il ne faudrait pas qu'on le voie seul trop longtemps.

Une fille en loup vénitien le salue comme si elle le connaissait. Daniel prend la coupe de champagne qu'on lui tend. Il aime ce goût insaisissable et vivant. Il ne compte pas les verres. Il se promène dans le jardin, traverse un espace éclairé où de petits groupes murmurent, coupe à la main, enjambe un bosquet, suit un sentier au milieu d'une roseraie pour buter sur un mur crénelé, en forme de loggia, dominé, à ses deux extrémités, de deux arbres habillés de lierre grimpant.

Un autre petit groupe occupe le belvédère taillé entre leurs feuilles, ouvert sur la Seine et la tour Eiffel. Un homme est en pleine tirade. Daniel ne le reconnaît pas tout de suite mais l'identifie au ton de sa voix. Un éditorialiste en vogue, rédacteur en chef d'un journal conservateur devenu hype, qui passe beaucoup de temps à tempêter sur les plateaux télé. De toute évidence, il ne se force pas. Ici aussi, il tempête. Il est porté, ce type, il a toujours l'air porté, on dirait que sa furie dénonciatrice est une divine surprise pour lui, une raison d'être. Les entreprises bradées, les actifs industriels stratégiques balancés pour quelques sous, la politique de pacotille qui nous fait perdre tous nos relais en Afrique du Nord. Vous verrez, quand vous chercherez en vain vers qui vous tourner pour négocier face aux Turcs ouvrant grand leurs grilles ! Quand l'Algérie, la Libye vendront leur pétrole aux Anglais, quand le Maroc réservera son phosphate aux Américains, et que nous ne saurons plus redémarrer nos centrales nucléaires. Le manque d'énergie, c'est en vies humaines qu'il se paiera : en malades qu'on ne soignera pas et en années d'espérance de vie.

Exactement comme à la télévision. Il y passe depuis des années, mais cherche parfois encore son style. Au début, il a voulu se donner l'air populaire ; maintenant, il tend plutôt à multiplier les subjonctifs imparfait. Il semble devenir de plus en plus lui dans son indignation. Plus besoin de forcer le trait, de feindre la grossièreté. La cause justifie tout, elle le transcende. Et où s'arrêtera un homme porté ? Boris Johnson s'est-il arrêté ? Et de Gaulle, et Churchill ? Le discours est le même qu'à la télé. Daniel l'entend souvent parler dans les médias. La France va mal. Les jeunes sont des chochottes qui refusent la mort, en déni de la réalité. Ce Stanislas Wenziger, par exemple. Elle n'est pas feinte, la sainte colère qui anime le journaliste pour dénoncer ce petit être apatride et incertain qui offusque les écrans comme une feuille insensée. Cette rage, c'est la France qui bout en lui. Et Stanislas, ce n'est pas la France. Une fois de plus, Daniel ne comprend pas. Pourquoi sont-ils si nombreux à parler comme ça ? À quelle France, à quel passé font-ils référence ? Qu'ont-ils perdu dont il n'a pas idée ?

Mais soudain, les voix baissent de plusieurs tons. Une femme grande et carrée est apparue. Elle a les cheveux blonds courts, sa robe rouge évasée diffuse le silence. Eugenia Gracine est trop riche. Près d'elle, il y a Mathilde. De l'autre côté, un homme que Daniel a l'impression d'avoir déjà vu. Sa silhouette évoquerait le bonhomme Michelin sans les petits yeux moqueurs qui percent la graisse du visage. Le crâne de l'homme luit comme une flaque au soleil de midi. Oui, Daniel le reconnaît. Un homme d'affaires, paraît-il, qu'on dit très proche du président. Décidément, l'heure est à l'ouverture, ce soir. Tous les courants sont représentés.

Mathilde touche le bras de Daniel. Elle donne son nom à Eugenia qui se tourne vers lui. C'est la première fois de sa vie qu'il s'adresse à une milliardaire. Eugenia parle vite, rit beaucoup, avec des pièces de monnaie dans la gorge. Elle rit à tout ce que le gros homme dit. Le président est malin, il sait ce qu'il fait, le problème, c'est qu'il est mal conseillé. Heureusement que je suis là. Daniel est si fasciné par le visage d'Eugenia qu'il ne remarque pas que les autres se sont tournés vers lui.

— Alors vous êtes un wenzigiste convaincu ? demande le gros homme.

— Nous sommes nombreux à l'être, dit Mathilde. Et si j'ai bien compris, le président aussi.

Le gros homme regarde toujours Daniel. Fresse, Fresse. Ce nom lui dit vaguement quelque chose. Daniel n'a-t-il pas récemment présenté quelques propositions à l'Élysée ? La conseillère scientifique en a touché un mot au Conseil restreint. Le gros homme se souvient même que le président a ri. Enfin. Il est curieux de savoir de quoi il s'agit. Daniel ressent un désespoir profond en s'entendant répondre que c'est à propos de la propriété collective des données des plateformes numériques, mais Mathilde vient à sa rescousse. Aucun des deux hommes n'ose l'interrompre. Le gros homme prend l'air amusé. Le journaliste cache mal son agacement. Mathilde n'est jamais plus inspirée que quand elle se bat.

Mais un instant, le visage de Mathilde perd toute expression, ses yeux s'éteignent, comme si sa peau avait bu sa vie, comme du sable. Un sourire fissure la face ronde du conseiller. Une inquiétude de grande dame orne fugitivement le visage d'Eugenia qui retient un pas vers Mathilde. Puis, avec beaucoup de peine, avec la lenteur de quelqu'un qui s'extrait d'un trou profond, Mathilde reprend ses esprits et comme si de rien n'était, poursuit son argumentation. Elle ne laisse plus aucun espace à Daniel. De toute façon, il n'oserait pas intervenir. Il le faudrait, bien sûr. Ce serait le moment ou jamais ! Le gros homme parle presque tous les jours au président, et Eugenia a pratiquement autant de poids auprès de lui que Xavier Niel, mais justement, c'est trop. Il ne sait même pas quoi leur demander.

Daniel fait quelques pas en arrière, le journaliste de même. Son monologue de tout à l'heure semble l'avoir vidé. Daniel et lui se regardent. Ils se présentent, hésitent à continuer, mais après tout, l'hôtel Ligier est une terre neutre, ils n'ont pas besoin de se disputer. Les cheveux du journaliste sont humides, collés par la sueur. Il fait sacrément chaud, tout de même, dit-il. Espérons qu'il n'y aura pas de canicule cette année. Ils se regardent de nouveau. Que dire ? Le temps a été magnifique, ce printemps. Il promet de l'être aussi cet été. Pourra-t-on seulement partir en vacances ? Le journaliste ricane. La pression des mondialistes est trop forte, les frontières sont déjà ouvertes. Et puis, il l'avoue, lui-même en traversera une bientôt. Pour aller où ? demande Daniel. En Suisse, dit le journaliste. Au bord du lac Léman pour une convention. On aime beaucoup la Suisse, dans son journal. Un pays qui est resté souverain, a résisté aux sirènes de l'Europe, et n'hésite pas à mettre les questions qui fâchent sur le tapis. L'immigration, en particulier.

Daniel agite la tête. Son père dit la même chose. À propos de la crise actuelle, en tout cas. Il parle tout le temps de la Suisse et de l'Allemagne depuis quelques mois. Il y a gardé pas mal de contacts. Il travaillait beaucoup avec ces pays, avant. C'est vrai qu'ils ont très bien géré la première vague, et sans se confiner. L'Allemagne surtout. Le journaliste rigole. Ah, l'Allemagne. Ce n'est pas étonnant. La France, c'est la bureaucratie. Les Allemands et les Suisses s'en sortent mieux parce qu'ils vont plus vite, c'est tout, mais la France a toujours une guerre de retard. Au début de la Première Guerre mondiale, on avait beaucoup de généraux obéissants et le commandement en chef le plus sclérosé d'Europe. Du coup, on a failli perdre dès le premier mois, puis il y a eu un sursaut et l'armée s'est résolue à puiser de fins stratèges dans le vivier du génie national.

Le journaliste a l'air reparti dans son trip, comme à la télé. Impossible de l'interrompre. En 1940, le schéma se répète, mais cette fois, on n'a pas eu le temps de se retourner. La France a l'habitude de ne se réveiller qu'au fond du trou. Le journaliste soupire. S'il se passait la même chose avec le changement climatique, vous imaginez ? Il rit. Sérieusement, si c'était vraiment grave ? Un discours présidentiel, mais pour annoncer que les calottes polaires seront disloquées d'ici à un mois, que cet hiver le climat de Paris sera devenu celui de New York, mais que personne ne pouvait prévoir cette accélération brutale. Personne sauf les Asiatiques et les Allemands, évidemment. Chez nous, plus personne n'a le sens du devoir ; ni même la compétence, tout pourrit, à commencer par l'éducation.

À ce moment, Eugenia pousse un cri. Waouh ! De l'autre côté de la Seine, le phare de la tour Eiffel balaie l'air comme l'œil de Sauron. Il n'y a plus personne autour d'Eugenia. Elle a chassé l'univers. Ses yeux aussi regardent en dedans. Puis elle lève légèrement la tête. Sa voix est ensommeillée.

À son avis, les Chinois sont les seuls à pouvoir régler les problèmes climatiques. Il leur faudra prendre en main les affaires du monde.

Le journaliste essaie de retrouver son fil. Où en était-il ? La décadence, il lui semble, la faillite de l'éducation. Ses yeux regardent de travers, il paraît encore plus fatigué que Daniel. Le boulot, s'excuse-t-il. Avec cette histoire de remaniement, je suis sur la brèche depuis des jours. Ce n'est pas toujours facile de résister, vous savez. Il faut faire beaucoup de sacrifices. Daniel essaie de ne pas sourire. Passer des soirées à l'hôtel Ligier, discuter avec l'héritière et avec des amis du président, ce genre de sacrifices ? Mais le journaliste reprend. En ce moment, tout le monde se bat pour écrire dans sa revue. Il lui faut trancher. Neutraliser les ambitieux, les rivaux qui affluent avec le succès. Il l'avoue, il fait avec ce qu'il a, les gens autour de lui ne sont pas tous des lumières. En privé, il appelle le directeur de publication Chie-des-tonnes, et l'éditorialiste vedette la Poissonnière, une fille vulgaire, mais qui buzze comme elle respire. Il faut dire que les plumes informées leur manquent un peu pour le moment. À droite, à propos du climat, il n'y a pas grand monde. Et si Daniel écrivait pour eux parfois ? Sous pseudo ? Honnêtement, seul le camp de la France donne encore leur chance aux hommes blancs de presque quarante ans.

Le journaliste tend une carte à Daniel qui la prend des deux mains. On ne sait jamais, tout tremble tellement, des flots d'injures tombent sur les réseaux, d'autres par SMS maintenant. Il pourrait avoir besoin d'un protecteur. Derrière, Eugenia éclate d'un rire bruyant. Elle et le gros homme se sont rapprochés l'un de l'autre. Mathilde fait signe à Daniel. Côte à côte, lentement, ils marchent en direction du manoir dont les toits et terrasses se dressent au-dessus des arbres. Je crois que je les ai convaincus, dit-elle. Daniel n'ose pas demander de quoi. De la pistonner auprès du président pour être secrétaire d'État d'un ministre venu de l'industrie ? La réalité, il le sent, c'est qu'eux aussi, ils l'ont un peu convaincue.

Au moment où Daniel et Mathilde passent dans le couloir, le volume de la musique augmente. Le morceau doit être connu, car Mathilde lève les deux bras et crie, à l'américaine, elle aussi, elle est de cette foutue génération rock. Oui, elle est extraordinairement américaine ainsi, les yeux fermés, la bouche ouverte par un sourire trop large, la sueur de ses joues et de son front brillant sous la lampe du couloir. Pour Daniel au contraire, l'illusion s'efface. Minuit a sonné depuis longtemps. Il n'est pas plus prince que héros, il n'est toujours pas moderne, il reste un homme du passé, sans énergie, qui ne comprend pas les émotions qui animent le carnaval, illuminent la femme en noir dont les lèvres glissent de sa joue à sa bouche pour le saluer.

*

Et maintenant la nuit si tiède, si bleue, les douces avenues qui attirent les pas de Daniel. Il marche, il ne fait pas attention à la direction, de toute façon, il n'a rien le temps de voir, la fébrilité le pousse comme un moteur. Mathilde au milieu de tous ces gens, tout ce bruit. À nouveau, cela se bat en lui, les différentes rages, les différentes hontes, tant de voix.

Celle du journaliste ne se tait pas. Pourquoi disent-ils tous ça, putain. Même ici, même auprès de Mathilde, Daniel doit entendre ça, cette nostalgie, cette chevalerie de la décadence. De quel passé vient ce discours qui jaillit comme lave, jaillit en tant de gens ?

Et sous le crâne de Daniel, la voix du journaliste en réveille une autre, toujours la même, celle de son ancien ami Guillaume sur les réseaux. Guillaume toujours trop grand, trop dur, trop certain. Guillaume qui les résume tous. Tous ceux qui ont perdu leur France accusent les gens comme Daniel de la leur avoir volée, les gens qui hésitent, ne savent pas, ne veulent pas choisir. C'est toujours comme ça, quand Daniel se sent perdu, attaqué, rapetissé, il pense à la voix de Guillaume.

L'an dernier, Guillaume a publié un livre. La bible de toute une génération de profs, d'intellectuels. Un livre tout entier de la même lave. Guillaume habille son parcours d'héroïsme. Il serait passé au privé non par goût de l'argent mais par rejet de l'idéologie mondialiste et européiste de la haute fonction publique. Que de belles pages il tire de son propre 18-Juin. Au nom de l'arrière-grand-père général de corps d'armée, du grand-père ambassadeur, de l'oncle préfet, dont le souvenir lui a inculqué le sens du devoir. Le devoir de respecter la loi, de briller tout en faisant profil bas, de se battre s'il le faut contre les tentations de son propre milieu dissimulées par les dorures. Contre ses pairs et les facilités de la notabilité, contre la lâcheté de son père qui, comme tant d'autres, avait abandonné *Libé* pour *Causeur*, mais n'en continuait pas moins de chier sur un monde qui ne valait plus rien depuis qu'il n'y jouait plus les premiers rôles. Guillaume, lui, serait un résistant.

L'avantage d'une famille comme la sienne, c'est qu'on y trouve de quoi enraciner toutes les positions.

Daniel relit souvent le livre de Guillaume. Il ne comprend pas, mais il est fasciné. L'indignation dont parle Guillaume, l'enthousiasme qui a grandi en lui, qui grandit chez tant d'amis de Daniel. Où ont-ils tous acquis cette nostalgie d'il ne sait quoi, cette spontanéité à trouver dégoûtants, obscènes, ceux qui disent j'ai le droit. À tempêter contre ceux qui croient que tout leur est dû, que la société est injuste quand elle n'exauce pas leurs caprices et ne reconnaît pas leurs mérites.

Partout autour de lui, Daniel retrouve des échos de la voix de Guillaume. Surtout quand il parle de sa fille. Quand Daniel veut négocier des permissions de sortie ou conteste les punitions, les instituteurs s'indignent. Ses propres collègues le traitent de père permissif, qui ne sait pas éduquer sa fille. Quand il a commencé à évoquer les « problèmes » de Léa, certains se sont carrément indignés. Cette mode de l'autisme, ont-ils dit. Cette culture de l'excuse. Cette vanité des parents à vouloir des enfants particuliers. Si t'écoutes les profs, quatre-vingts pour cent des enfants sont haut potentiel. Un business juteux qui n'apporte pas de solution aux « malades », une étiquette confortable, vous comprenez c'est pas ma faute, plus que des cas particuliers, chacun sa petite excuse, son petit drame justifiant l'arrêt du monde, chacun se croit trop spécial pour la loi. Sérieux, certains ont même prononcé le mot « communautarisme », sans rigoler, c'est devenu ça, la France, on ne peut même plus évoquer les problèmes de ses enfants sans être pris dans leurs obsessions.

Et plus que jamais, sous le crâne de Daniel, toutes ces obsessions tournent et s'emmêlent.

Le risque d'effondrement n'est ni de gauche, ni de droite, il va toucher tout le monde, avec force inégalités bien sûr, mais des inégalités qui se réduiront progressivement en suivant la déplétion énergétique, la pollution et le réchauffement climatique qui impacteront le confort de tous. Les modèles politiques clivés appartiennent peut-être déjà au passé et la continuation du rejet sur un autre d'une responsabilité que nous partageons tous ne peut mener qu'à la rancœur et au conflit stérile, puisque en période de manque global et augmentant chaque jour, il n'y a plus rien à gagner.

Manifeste de l'association Adrastia

À l'Élysée, les séances de travail ont repris. Depuis un quart d'heure, le futur ministre de l'Économie résiliente parle sans notes, avec son calme froid d'expert. Les modèles de Brown et Simons font de plus en plus consensus dans la communauté scientifique. S'ils se vérifient, en Antarctique, le glacier Thwaites a commencé à basculer. Selon l'étude de Barudio et Sertiss, le niveau des océans pourrait monter de presque un mètre. Il faut aussi prévoir une très sérieuse altération des courants atlantiques suivra dans un délai de trois à cinq ans. Les hivers seront froids, les étés chauds. En matière agricole, nous devrions être plutôt bien lotis par rapport au reste de l'Europe, mais les contraintes seront tout de même importantes. Il n'échappe à personne que les événements climatiques excessifs et le contexte économique ne vont pas favoriser une extraction toujours plus pénible et gourmande. L'habitat, les modes de vie, les rythmes urbains, les infrastructures, les canalisations, les lignes électriques, la gestion de l'eau : tout devra être revu.

Mathilde est si concentrée qu'une ride traverse son front. Elle a pourtant fait ce qu'elle a pu ce matin pour garder le visage lisse. Certains réflexes sont difficiles à refouler. Dans le milieu où elle a grandi, on admire ceux qui réussissent. Critiquer est toujours mauvais signe. Elle sait qu'en politique autant qu'au cinéma, un requin reste un requin, elle ne se mettra pas nue à l'eau avec ce type, mais il faudra bien s'arranger si tout se passe comme annoncé. Par rapport aux squales du show-business, elle trouve au futur ministre le mérite de la constance. Gouverner, c'est un truc sérieux. Un esprit structuré, occupé de choses qui ne volent pas en éclats quand la mode change.

Eugenia lui a présenté le futur ministre il y a un an, en lui disant qu'un jour il serait ministre. Mathilde a soigné la relation. Le futur ministre lui a prodigué ses conseils d'homme d'expérience sans lui faire la leçon. Pendant la canicule de l'an dernier, il l'a prévenue plusieurs jours à l'avance que les centrales du Blayais, de Chinon, de Cruas allaient être ralenties. Il a été le premier à lui parler de sa sécurité. Vous allez devenir un vrai personnage public, avec tout ce que ça implique, il faut vous préparer à un tas d'emmerdes, des trolls sur les réseaux, des menaces peut-être, des *shitstorms*, les gens vous tombent dessus pour n'importe quel prétexte, par association d'idées, parce que votre tête ne leur revient pas, dès qu'on vous verra avec des politiques, vous en prendrez plein la gueule. Vous devriez engager quelqu'un. Je suis sûr que la fondation peut financer ça.

C'est comme ça que Mathilde a recruté Luca. Et sans Luca, elle ne se serait pas assez méfiée des fuites et de la presse. Quand une de ses anciennes copines de lycée est venue la voir, par exemple. Une fille blonde qui passait souvent les vacances avec elle à treize ans, nageait à côté d'elle vers le large, se sentait elle aussi libre de tout, surtout de provoquer. Une marrante, qui semblait n'avoir rien perdu de son esprit peste. En souvenir de ces escapades, Mathilde avait voulu l'intégrer à l'équipe, mais Luca avait posé des questions. Que faisait cette fille exactement ? Journaliste ? Pour quel média ? Au service de quel groupe ? Après quelques recherches, Mathilde avait compris que sa vieille amie était un pilier de la presse people. Qui sait quel scandale elle voulait déterrer.

À partir de là, en tout cas, elle a examiné avec beaucoup plus de soin les candidatures de ceux qui prétendaient l'aider. Plus tard, Luca l'a alertée sur les bêtises de Stanislas. Ses longs mails remplis d'accusations farfelues, de propos allumés. Mathilde en reçoit. D'autres gens en reçoivent aussi. Si quelqu'un les diffusait, ça ne serait pas génial pour la crédibilité de Stanislas. Et le pire, c'est qu'on ne sait pas tout. On peut s'attendre à ce que Stanislas laisse une ou deux mines qui risquent d'exploser au pire moment, disait Luca. Au cas où, il faudrait tout de même savoir ce qu'il écrit, avec qui il communique, être prêt à riposter.

Bizarrement, Luca montre moins de méfiance à l'égard d'Audrey. Au départ, c'est même lui qui a fait passer son CV. Il a rassuré Mathilde, s'est porté garant de la nouvelle recrue. Vous allez voir, c'est une vraie punk mais elle assure. Mathilde a tenté le coup. L'idée lui plaisait, à ce moment. Recruter des profils différents, hors des viviers attendus, prendre la tête d'une armée de fous et de bras cassés, faire sa révolution.

Les premiers mois, d'ailleurs, Mathilde n'a eu qu'à s'en féliciter. Audrey était d'une efficacité formidable pour la veille et les remontées d'infos. Aujourd'hui, si elle pouvait revenir en arrière, elle ne l'engagerait sûrement pas. Comme disait l'autre, que peu de temps suffit pour changer toute chose. Les engrenages ont tourné, Mathilde s'est prise au jeu, elle est chez elle, au fond, parmi ces gens importants. Pendant toute cette matinée de discussion à l'Élysée, il lui a fallu se battre avec Audrey. Son téléphone n'a cessé de vibrer. Plein de messages d'Audrey. Plusieurs fois, Mathilde a été obligée de se lever. De se faufiler dans le couloir, en espérant qu'aucun gendarme ne la suivrait. La troisième fois, elle s'est résignée à la conversation et s'est postée à la croisée de deux escaliers, non loin du bureau du secrétaire général. Le pire endroit concevable pour parler avec Audrey. Elle a pris une grande inspiration. Elle savait qu'Audrey serait ivre à l'autre bout. Elle devinait même ce qu'elle lui dirait. Au téléphone avec ce président, putain. Ce président. Mathilde n'avait pas le droit.

Et ça n'a pas raté. C'est vrai ce qu'on raconte ? crie Audrey. L'autre salaud t'a appelée ? Dis-moi que c'est une blague. Mathilde ne répond pas. Au bout de quelques secondes, Audrey reprend en jet continu. Le nucléaire, évidemment. Audrey combat ces moulins depuis des années. C'est un cauchemar, dit-elle. Ça ne peut être qu'un cauchemar. Mathilde a l'impression d'avoir entendu ça cent fois. Merde, une centrale nucléaire est plus inopérable qu'une tumeur métastasée : l'Allemagne arrive tout juste à désactiver quatre centrales, et nous avons cinquante-neuf tranches. Elle veut savoir comment ça va se terminer, Mathilde ? C'est simple. Par une dictature. Les riches sacrifieront tout le reste. Faut-il vraiment tout lui rappeler ? Les chiffres ? La façon dont les manifestations ont été réprimées ? Plusieurs milliers d'arrestations. Dix morts. Mains arrachées, yeux crevés, et ce préfet qui a osé dire devant le Sénat que les gens se blessaient en chargeant les LBD, ce n'est pas une blague, les manifestants chargent les balles de LBD.

N'ayez pas peur que la fin du monde soit pour aujourd'hui…
En Australie, c'est déjà demain !

Proverbe lu sur un sous-bock de bière

Julie quitte le ministère à la fin de la semaine. Elle a choisi L'Arc-en-Ciel pour son pot de départ. Daniel arrive dans les derniers et trouve Paul et Katia déjà installés. Katia a placé son fils à côté d'elle, non en bout de table mais au milieu. Elle essaie d'avoir l'air à l'aise mais elle n'est clairement pas dans son élément. Daniel espère que tout se passera bien. Heureusement, L'Arc-en-Ciel est un endroit tranquille. Un truc cool, dit Julie.

Elle a découvert ce restaurant un soir, interpellée par le propriétaire Hamza alors qu'elle courait dans le parc. Elle s'est laissé convaincre d'essayer le restaurant, puis de l'ajouter au Shinjuku et au Maharadja dans la liste de ses cantines. Tous les serveurs y connaissent ses habitudes. Au Shinjuku, un chirashi saumon, au Maharadja un lassi rose, à L'Arc-en-Ciel, Hamza ajoute une troisième merguez au couscous et apporte un verre de boulaouane.

Avant de s'asseoir, Daniel dit bonjour à Hamza et lève la main pour saluer les habitués. La vieille Arielle est au comptoir, elle réagit à peine. Daniel n'est pas comme Julie, il ne connaît pas leur prénom, ne sait pas qui vient de quel village, ce qu'on y cuisine au Nouvel An, qui est passé par quelle galère. Daniel n'a jamais compris comment Julie arrivait à ôter le ministère de ses épaules comme une cape en le quittant. À garder assez de disponibilité mentale pour s'intéresser à tout, même à la vie des habitués d'un restaurant. L'hiver dernier, elle lui a souvent parlé de la main bandée de Hamza.

Daniel, lui, est toujours préoccupé d'autre chose quand il vient là, des sujets plus importants s'interposent entre ces gens et lui. Les soirées passent comme des sirops sans goût. Rien de crucial, jamais. Tout file seulement, aucun instant ne pèse, rien ne blesse, rien ne fait palpiter son cœur, s'il n'y avait les expéditions lointaines, le temps se contenterait de défiler avec une intensité sans cesse égale, comme un tapis roulant vers la mort.

Avec Katia pour une fois, il apporte le monde extérieur avec lui. Il l'a présentée à ses collègues avec une certaine fierté. Certains ont eu l'air intrigués par le ronronnement qu'émet Paul, un peu semblable à un moteur. Daniel était prêt à répondre aux questions. Mais Julie aussi a des annonces à faire. Daniel sait très bien lesquelles. Julie et son copain Cristiano se dévorent des yeux comme des adolescents. Pendant quinze ans, Julie n'a connu que des relations à distance. Daniel et Alicia en ont parfois plaisanté. Julie s'est *mise* avec Jonathan juste avant de partir pour la Tanzanie, avec Laurent avant de partir aux États-Unis, dont elle est revenue après avoir *accepté* Raj. Elle ne les voyait jamais, mais qu'importe. L'important était le sentiment. Être amoureuse la portait. De ces intensités épistolaires demeuraient chaque fois des photos des commencements : elle et l'autre en train de s'échanger des regards amoureux, irradiant de bonheur et de confiance, comme à présent avec Cristiano.

Quelle admiration dans les yeux de Cristiano ! Il faut dire que Julie ne fait pas ses trente-sept ans. Elle revient régulièrement dans son village natal pour participer aux cross et aux semi-marathons, seule façon pour elle de revoir ses vieux amis. Elle a l'allure de quelqu'un qui a laissé la mort dans sa cage trotter dans une petite roue, en se promettant de revenir la caresser un jour. Dès qu'elle prend la parole, Daniel devine ce qu'elle va annoncer. Enceinte de combien ? Il parie sur trois mois. La confirmation du groupe Engie pour son nouveau poste tombe juste à temps. Ils râleront sûrement, mais n'est-ce pas de bonne guerre ? Julie aura peut-être un garçon, peut-être une fille, un peu des deux, entre les deux, mais son enfant sera certainement élève d'une grande école et d'une université étrangère.

Le pot dure depuis un moment, maintenant. Mais soudain, tous se retournent vers Katia. Qui parle fort. Fait rire tout le monde avec ses anecdotes. S'amuse de tout ce qu'elle a vu depuis qu'elle se balade en France, elle a eu le temps d'en voir, des gens bien habillés, propres sur eux et de bonne famille, qui s'échangent des professions de foi dans les salons des ministères alors que des boys leur apportent des petits fours. Julie se méprend sur le soupir de Daniel. Elle s'imagine peut-être qu'entre Katia et lui, il y a de l'eau dans le gaz, qu'elle doit venir à sa rescousse. Elle intervient.

— Tu sais, Katia, Daniel travaille vraiment beaucoup.

Daniel tressaille. Julie se mord les lèvres, a l'air de deviner qu'elle a dit une bêtise sans bien comprendre laquelle. Elle est assise n'importe comment, une jambe emmêlée à celle de Cristiano, elle n'arrive pas à tourner la tête vers Daniel. Ses premières phrases la prennent au dépourvu. Comme un vélo lâché sans frein dans une pente, le débit de Daniel s'accélère. Quelque chose se passe enfin. Une coupure dans le défilé désespérant des jours. Daniel en a assez. De l'optimisme de Julie, de sa façon de voir les choses en grand. Le progrès. Des milliards de gens sortent de la pauvreté. Ce n'est pas parce que quelques privilégiés d'Occident se trouvent soudain remis en cause qu'il faut condamner toute la marche du monde. C'est facile de dire ça, de compter les points, quand on est du bon côté. L'aspect positif du virus, c'est qu'on ne pourra pas se cacher derrière ce catéchisme. Tout ne va peut-être pas s'effondrer, mais quelque chose va rester. Fini, l'épopée stellaire des corps glorieux.

Julie rit. Des années à le soutenir, tout ça pour se faire engueuler. Daniel tape sur la table. C'est la goutte d'eau, ce rire de Julie. Ça suffit. Oui, oui, on sait, on a compris que le boulet c'est moi, toi, tu fais toujours tout bien, tu fais tous les efforts, je devrais passer ma vie à genoux pour te remercier. Merde. Je ne t'engueule pas, tu comprends ça. Je t'envoie chier. J'en ai marre. Tu me parles comme à un idiot, comme à un gosse, même ma mère n'oserait pas me parler comme ça. Tu caviardes mes notes, tu me les fais réécrire dix fois, tu me fais bosser toute la nuit et le lendemain tu fous tout à la poubelle parce que madame a trouvé plus important. Tu me donnes des ordres débiles, tu ne les assumes même pas, tu me dis d'auditionner tes copains et de remplir mon travail de leurs idées à la con, puis tu dis au ministre que c'est moi qui l'ai voulu. Tu te rends compte parfois ? Tu te rends seulement compte ? Le mois dernier, j'ai dû foutre ma vie en l'air, tout arrêter pour m'occuper de ce putain de débat, et pour quoi faire ? Pour qu'il te remercie toi de l'aider à se barrer en fanfare ? C'est vrai ce qu'on dit ? Même pour vous à l'Inspection, c'est devenu compliqué ? À force de brader l'État, votre propre cote sur les marchés s'effondre. Y a plus de place pour tout le monde. Faut ramper un peu aussi. Ma pauvre !

T'as une idée de ce que je prends dans la gueule en ce moment ? Ça vient de partout. Les syndicats, les réseaux sociaux, j'ai l'impression d'être devenu l'ennemi public. Tu veux lire les messages que je reçois ? La honte de ma famille, même ma sœur m'engueule, et toi, tout le monde te félicite, toi, c'est normal. T'es une fille, tes parents sont des prolos, et puis t'as l'air si gentille quand tu souris ! Bordel, c'est pas possible. C'est pas possible vraiment. Allez, dis-nous combien tu vas gagner, plus ou moins de cinq cent mille ?

Il sent l'envie de crier de plus en plus fort, de tout casser, de rendre toute relation avec Julie impossible, impossible à jamais.

Tout le monde regarde Daniel. Hamza s'est approché à deux mètres, comme s'il se préparait à s'interposer. Au début, Julie a failli répondre sur le même ton. Daniel l'a perçu à sa façon de se figer, de contracter la mâchoire. Mais elle ne l'a pas fait, elle a attendu qu'il n'en puisse plus puis elle lui est passée dessus calmement, mot après mot, comme un train en marche.

— T'es pathétique, tu sais. Le pire, c'est que je m'y attendais. Sérieux, j'sais même pas quoi répondre, tu laisses tes ennemis te piétiner, t'oses rien dire, et ensuite tu rentres dans le lard de tes potes.

La voix de Julie est détachée. On dirait que la haine de Daniel l'attriste. Il ne sait pas de quoi il a l'air en ce moment, d'un vieil alcoolique ou d'un petit garçon geignard qui tape des pieds parce que les gens sont méchants.

À cet instant, Katia pousse un cri aigu. Dans la confusion, elle a oublié de surveiller Paul. Il n'est plus là. Elle tente de se lever, vacille, se raccroche à sa voisine. Ce bruit fait l'effet d'un seau d'eau froide à Daniel. Comme un ivrogne qui décuve, il répète.

— Il ne peut pas être loin.

Julie pose sa main sur son ventre. Elle propose que l'on se partage les rues pour faciliter la recherche. Daniel la suit vers le Palais omnisports. Julie a raison, oui. Cette hauteur représente un défi irrésistible pour un enfant comme Paul. Daniel est trop nerveux pour se concentrer. Il regarde un moment autour de lui, en bas, les hauts immeubles et leurs lumières droites émerger dans la presque nuit, et par-delà la Seine, les quatre grandes ombres de la Bibliothèque nationale. Le cœur battant, il suit les gestes de Julie qui arpente le complexe, méticuleuse et attentive. Là ! dit-elle. Un poids énorme quitte la poitrine de Daniel. Paul est bien là, en équilibre au milieu d'une pente. Daniel a toutes les peines du monde à y grimper.

Katia prend Paul dans ses bras. Elle le saisit avec tant d'énergie qu'il se met à hurler.

— Je crois que nous allons y aller, dit Daniel.

Julie les accompagne sur une dizaine de mètres. Daniel la regarde d'un air abattu, implorant. Il aimerait qu'elle lui dise qu'elle a compris, la pression le fait craquer. Elle ne lui en voudra peut-être pas, pas au point de considérer que cette soirée marque la fin de tout, mais elle se méfiera de lui désormais. Daniel n'a pas l'étoffe, dans les sphères où ils évoluent, un homme incapable de supporter les coups est plus dangereux qu'un ennemi. Elle le fera peut-être savoir à d'autres.

— Nous allons attendre dans le parc, dit Daniel. Que ça se calme, je veux dire.

— Oui, répond Julie. Je crois que ce serait mieux.

Même ici, les flambées de haine impuissante me traversent. De pure rancœur. Un bon aperçu de l'enfer. Immobile, seul avec des pensées qui me secouent, me condamnent, condamnent le monde entier avec moi. Une rage ridicule, sans force, qui s'épuise sur elle-même. Un temps, je me suis senti Saroumane. Maintenant, je ne suis plus que Gollum.

Et je hais sans moyen d'assouvir ma haine. Pour l'ivresse. Pour rien. La haine n'a plus d'autre raison qu'elle-même. Je ne sais pas comment je lui ai permis de grandir à ce point. Peut-être en me laissant déchirer par toutes les voix en moi.

Au début, la colère était rare et passagère. Je me défendais par l'ironie. Je jouais le jeu, incapable de me décider pour rien, de prendre parti, j'allais d'un groupe à l'autre en traitant ma vie comme une plaisanterie. Pour tout ce que j'entreprenais, une musique de film m'accompagnait. James Bond au ski. *Star Wars* dans les couloirs de l'administration. Ça collait bien. Le ministère faisait penser à l'Étoile de la Mort.

Au début, changer sans cesse ainsi de rôle était enthousiasmant. J'appartenais à la première génération qui pouvait n'être d'aucun milieu. Du moins, je le croyais. Sur les réseaux sociaux, je ne portais pas mon vrai nom. Je fréquentais les uns, les autres. J'exprimais ce que je ne pouvais pas dire ailleurs. Je donnais vie à des personnages latents.

Puis, les voix en moi se sont faites plus fortes et plus dissonantes. Ne pas savoir qui j'étais devenait douloureux. Il y avait trop de choses dans le monde. D'idées qui prétendaient à l'absolu. Trop de gens choisissaient le fanatisme pour résister au souffle du doute. Autour de moi, tous commençaient à ressembler à leur caricature. Moi, je savais de moins en moins. Sous mon vrai nom, je me pliais à tout. Je m'adaptais à ce qu'on attendait de moi, souffrant parfois de ne pas trouver quelle forme prendre, de ne pas deviner qui on voulait que je devienne.

Souffrant. Le paradoxe, c'est que mon corps ne souffre plus vraiment. Le froid l'emporte, la mort s'installe. Certes, de petites douleurs flottent encore, se promènent dans mon corps cassé, s'assemblent, se dispersent. Je dis mon corps cassé, je n'en sais rien, en tout cas impossible de me lever, ça ne tient pas, je n'ai pas d'équilibre, même enfoncé dans la neige, enterré, j'ai l'impression d'être un bateau qui tangue dans une mer folle. Dans ma tête, la chute résonne encore. Et déjà des bouts de mon corps ne sont plus mon corps, des sacs qui pendent agités de fourmis. Et mon visage, vif comme une poêle à frire. Mais c'est à l'intérieur que la lutte pour la vie de mes mille âmes continue.

Mes mille âmes avec chacune sa hargne et ses rancunes. Combien de temps me suis-je battu avec elles ? Coincé dans toutes sortes d'engrenages, combien de temps Daniel Fresse s'est-il débattu ? Comme si j'étais tombé dans l'œil du cyclone des algorithmes.

Tous ceux qui m'insultaient avaient raison. Même les fous. Même ce type qui m'adressait des salves de messages incohérents, ou trop cohérents c'est selon. Parfois, simplement fils de pute, dix fois, vingt fois fils de pute, connard, sale veau, d'autres fois, c'était rends-moi ma vie, t'es l'antéchrist, d'autres fois encore, il me disait ta gueule, arrête de parler, tais-toi, comme s'il n'avait pas cessé d'entendre ma voix. Je dis ce type. Ça avait commencé peu après l'arrivée de Katia, c'était évident que c'était Arthur. Il n'est pas dangereux, disait-elle. Je protestais un peu. Il a quand même laissé ton fils dans la forêt. Katia haussait les épaules. Il était persuadé que Paul marchait à côté de lui. Il ne sait pas toujours ce qui est réel. C'est très dur de vivre avec lui, mais il n'a jamais agressé personne, il est beaucoup trop peureux pour ça. Il n'est pas dangereux.

Ça ne me rassurait pas. Moi j'étais dangereux.

Je n'étais plus un être raisonnable, mais une bête blessée à ce moment-là. Piégé. De toute part, la haine que j'avais semée me revenait, s'entretenait elle-même, me dictait chaque geste. Je savais que ça ne menait nulle part, que ça n'avait aucun sens. L'énergie brute devait s'échapper. Les crises créaient des bulles de temps dans ma vie. Un îlot de logique insensée. Jusque-là, j'étais parvenu à les cacher. Les premières explosions publiques étaient passées inaperçues, mais la soupape avait maintenant cédé.

Mon cerveau tempêtait, comme celui de Paul, comme celui de ma fille pendant ses crises, mais je ne me roulais pas par terre ni ne me cognais la tête contre les murs. La rage investissait les mots, la mémoire, l'intelligence. Elle déformait tout. Il fallait briser tous les liens, tout casser en moi, en l'autre. Être devenait intolérable. Les choses, les gens, moi surtout. Ça me traversait comme une décharge. Je ne serais pas le seul à souffrir. J'emporterais tout, jusqu'à ce que tout soit vidé. Jusqu'à ce que la rage ait tout consommé. Et m'ait recraché, cassé au fond de ma crevasse, comme un pantin, recroquevillé, informe.

Nul ne saurait prétendre avoir tout contemplé ou tout connu. Que chacun dise franchement ce qu'il a à dire ; la vérité naîtra de ces sincérités convergentes.

Marc Bloch, *L'Étrange Défaite*

Jusqu'au dernier moment ils auront joué avec ses nerfs à l'Élysée. Pas de confirmation, rien que les compliments oraux de la conseillère scientifique. Il lui a fallu attendre le matin de l'audition pour avoir un message officiel. Daniel parlerait en début d'après-midi. Dix minutes pour résumer ses propositions, pas une de plus. Le président serait là. Daniel a enfin respiré.

Bientôt, on connaîtra le nom du nouveau Premier ministre. Le supérieur de Daniel aussi s'en va, sans successeur désigné. En buvant son quatrième café, Daniel se dit que ce n'est pas forcément un hasard. On attend peut-être de l'entendre avant de le promouvoir. Il ne sait pas qui a la main, qui soufflera sa décision au président, si le nouveau Premier ministre, quel qu'il soit, aura son mot à dire. En attendant, il a dressé la liste des concurrents potentiels. Les membres des grands corps. Les fils de bonne famille. Les femmes. Tous ceux qui pourraient revendiquer un droit de préséance.

Julie ne lui a écrit qu'une phrase depuis la soirée, pour dire qu'elle acceptait ses excuses.

Daniel se prépare un demi-litre de café. Sans un mot, Katia le rejoint dans la cuisine. Elle préfère le thé. Daniel aimerait lui parler, cela le détendrait, lui changerait les idées avant d'aller au feu. Il lui demande ce qu'elle pense des dernières nouvelles à la radio. Ce site aborigène sous-marin qu'on vient de découvrir dans l'archipel Dampier, en Australie. Katia répond à peine. Depuis l'affaire de L'Arc-en-Ciel, Daniel a le pôle Nord chez lui. Katia a été franche : elle ne peut pas. Elle ne cherche pas à le culpabiliser. Avec ce qu'elle a vécu, elle ne peut pas supporter la violence d'un homme, même verbale, même désespérée. Du coup, leurs interactions se sont réduites au strict minimum. Les deux derniers jours, ils se sont presque disputés. Katia non plus ne va pas très bien, derrière elle, imperceptiblement, le désordre s'installe, traces de boue au sol, couverts oubliés, vêtements, objets déplacés. Daniel n'attend plus rien d'elle désormais, sinon qu'elle parte. Et Paul qui crie, qui court, qui culbute tout.

Au moment de sortir, d'un dernier regard, il arrache au miroir du salon un reflet inhabituel. Un corps voûté, une tête de lapin apeuré. Sa silhouette d'habitude, il l'apprivoise au calme, dans la glace de la salle de bains, qui lui montre un homme svelte, élégant. Il n'est pas certain que faire voir au président et à ses conseillers ce Daniel qu'il vient de saisir au vif soit à son avantage. S'il est vraiment comme ça, comment peut-il s'imposer face à ces gens qui aiment tant la force, l'assurance, l'énergie ? Qui sentiront sans doute que le corps de Daniel est chargé de souffrance, qui la lui renverront ? Depuis des semaines, il est prisonnier de cet engrenage, il a l'impression que chaque pore de sa peau sue la peur et la colère, que le monde est rempli de chiens qui le reniflent, grondent, se préparent à l'attaque.

En entrant dans la gare, il a le sentiment de s'être jeté à l'intérieur d'un flipper. Les gens foncent. Des missiles partout. Plus d'espaces droits. Les réflexes primaires reviennent, il se débat dans la mer, cherche en vain un rocher où s'agripper. Des couples marchent deux par deux, des familles s'avancent en grappe, des rangées de jeunes sans masque balaient les quais, soufflent leur haleine vers ceux qui prennent trop de temps pour s'écarter. Il ferme les yeux. On le bouscule. Il rajuste sans cesse son masque. L'instinct les pousse tous à l'attaquer. Ils voient la même chose que lui dans sa glace : l'être ébréché. Les gens reniflent. Ils craignent en lui cette autre contagion. Ils sentent qu'ils pourraient tomber dans le même trou, devenir à leur tour des corps creux. Depuis votre enfance, on vous exerce pour une seule chose, un rôle unique, et d'un seul coup, c'est tout le théâtre qu'on vous enlève, la pièce et le décor qui cèdent, et vous restez sur place, machine désactivée, substance sans âme.

Entre Montparnasse et Pasteur, le métro pile. La secousse projette les gens les uns sur les autres, déséquilibre un jeune qui se raccroche à Daniel. Il est sur le point de se mettre à hurler ; une fille derrière lui engueule le jeune homme, qui se défend d'un ton hargneux.

Surtout ne toucher personne. Se nettoyer autant que nécessaire. Putain de flacon de gel qui s'est ouvert dans le sac. Daniel ne voit pas les deux types s'asseoir. Il les découvre soudain. Deux grandes mains sales à quelques centimètres de ses genoux. Énormes. Il se retient de relever brusquement la tête, fait mine de déplacer son sac, en profite pour suivre le fil des gros bras nus jusqu'aux épaules, puis au visage. Son vis-à-vis est penché en avant, son crâne est compact comme une patate. Au bout d'une autre minute, Daniel prend le risque de jeter un œil de côté. Le second homme capte son regard, fronce les sourcils, formule silencieusement quelque chose qui ressemble à « C'est quoi, ton problème ». Incapable de penser à rien, Daniel observe ses genoux. Il regrette de n'être pas venu en voiture. Il ressent la présence gigantesque des corps, comme un démineur celle d'une bombe.

Place de l'Étoile, il cherche de nouveau son chemin dans le dédale des couloirs, débouche à l'air libre du mauvais côté de l'avenue. Il la traverse en tremblant. On dirait que ses lunettes ne sont plus à sa vue. Il reste quarante-cinq minutes avant le début de la séance. Il fait des exercices de respiration, de diction. Il se remet ce qu'il va dire en tête. Il marche le long du boulevard presque vide, croise des jeunes en tee-shirt, en short, en jupe. Peut-être l'atmosphère relâchée le gagne-t-elle, peut-être est-ce aussi le léger fraîchissement de l'air, le vent qui s'infiltre entre le tissu et sa peau ? Peu à peu, l'oppression se fait moins forte. Il marche plus librement. Il n'en peut plus de tout ce chaos, mais si le trajet de sa vie devait mener quelque part, c'est bien là où il va être dans un instant.

Un souffle dans son cou le fait sursauter.

— Rends-moi ma vie.

Daniel se retourne. Il n'identifie Arthur qu'au bout de quelques secondes à ses grands yeux obstinément ouverts. Sa première réaction est de se figer. Une montée d'adrénaline, comme devant les grilles de l'école en face d'un grand qui l'attend pour le taper. Ce n'est pas la peur. C'est la confirmation de tous ses pressentiments.

Dans sa poche, le téléphone vibre. Mathilde doit arriver aux portes de l'Élysée. Arthur n'a pas un physique impressionnant, mais il est là, il encombre la vue et la pensée, il bouche le chemin de l'Élysée. Daniel se sent cerné par sa masse, son odeur, par la confusion de ses yeux. Il fait un pas en arrière, lève ses deux mains comme pour parer un coup. Ne pas l'exciter surtout, ne pas l'exciter, ce type débloque grave, la tuile, merde, la tuile, c'est pas vrai, pourquoi est-ce que ça arrive aujourd'hui, pourquoi. Il aimerait vraiment que son bras soit un balai géant capable d'expédier Arthur au loin.

Daniel n'essaie pas de parler. Il est acculé dans un tunnel de présent, ne voit plus rien que le visage d'Arthur, pas même hostile d'ailleurs, indécis, presque terrifié. Sans masque, ce visage. Katia avait pourtant dit qu'Arthur était complètement parano avec ça. S'il est visage nu, c'est qu'il est vraiment prêt à tout.

Tais-toi, putain, dit Arthur, arrête de parler. Daniel n'a pas dit un mot. Il fait un pas de côté. Arthur lui prend le bras. Son cri projette un postillon sur la veste de Daniel. Les joues rouges d'Arthur emplissent son champ de vision, son visage plein de petites plaies, absurde et répugnant, qui n'aurait pas dû entrer dans sa vie, pas plus que son flot de textos délirants, qui sait ce qu'il se passe dans le crâne de ce type. Daniel frotte le postillon sur son revers. Tout le malaise remonte. Quand il redresse la tête, il retrouve Arthur qui continue à marmonner en le fixant de ses grands yeux bleus cillant à peine, tais-toi, putain, arrête de parler, rends-moi ma vie.

Soudain, Daniel hurle à son tour. Si fort qu'une femme bien habillée lui demande de baisser d'un ton. Daniel hurle encore. Vous me foutez la paix, vous ! Lâchez-moi tous !

Il doit avoir l'air un peu fou, en tout cas la femme n'insiste pas.

Daniel repousse Arthur. Il veut courir, trébuche, sent une douleur intense dans sa cheville, à l'endroit où l'accident de voiture l'a blessé, puis la main d'Arthur qui attrape la manche de sa veste, Arthur, légèrement en contrebas, exposé, quille dans le chemin d'une boule de colère. Le geste semble simple, évident, la dynamique parfaite pour un chassé, toute la force de la jambe, du corps, concentrée dans la poitrine de ce gros moustique, comme dans un jeu vidéo. Un choc clair. Arthur tombe. Déséquilibré, Daniel fait quelques pas de côté, se tord à nouveau la cheville, hurle, bascule, se rattrape à une poubelle dont le contenu se déverse sur lui.

Il se relève, court en titubant. Il ne réalise même pas qu'il vocifère. Il est en pilote automatique. Comme un forcené, il s'engage rue du Faubourg-Saint-Honoré. Au bout de quelques pas, il est interpellé. Quand les gendarmes le poussent dans un hall aux couleurs de pétrole brut, Daniel comprend qu'il ne verra pas le président. Il demande son téléphone. Un gendarme le lui a confisqué. Il tremble. Il tente d'expliquer la situation. Répète qu'il est attendu.

Le temps passe. Il lève les yeux vers le plafond lisse, noir, se laisse envahir par un immense fou rire. Sa sœur aussi rira, tout le monde rira en apprenant la façon absurde et inattendue dont il vient de mettre fin à sa carrière.

C'est peut-être la partie la plus difficile à comprendre à la veille de ce que l'humanité n'a connu jusque-là que ponctuellement et localement : un effondrement. Lors d'une période où tout s'accélère vers le bas, dans la négativité, ajouter de la stigmatisation, de la violence, ne pas assumer ses propres erreurs et considérer l'autre comme seul bouc émissaire de fautes collectives ne peut que créer des situations à risques (économique, militaire, civil) venant s'ajouter aux risques intrinsèquement liés à l'effondrement.

Manifeste de l'association Adrastia

Stanislas aurait dû dire non dès le début. Refuser de se compromettre avec ce débat trop tiède, complaisant, disent-ils. Ne pas attirer l'attention sur lui. Mettre un terme à tout ça quand il le pouvait encore.

Les mails de reproches sont tombés tout de suite. Les commentaires agressifs sur les réseaux. L'incrédulité, il s'y attendait un peu. La société se protège du savoir, du choc de la connaissance unifiée. Il n'imaginait pas que la haine puisse être forte, si instinctive. C'est peut-être le lot de la célébrité, mais alors pourquoi se faire connaître ?

Lorsque Mathilde l'a prévenu qu'on sortait des dossiers sur lui, il s'est dit tout de suite qu'il ne fallait pas aller regarder. Plusieurs sites avaient publié des mails de lui.

Tout son délire personnel exposé. Il a tout de même cédé au plaisir masochiste de lire le long article d'une éditorialiste particulièrement vicieuse. Habile à la torture. Il est allé plus loin dans l'immondice. Il a regardé une vidéo qui l'attaquait, et qui, en quelques heures, avait fait trois millions de vues. Il a lu les commentaires en dessous. Le flot d'obscénités. Tous ces gens qui le haïssent comme ils ont haï le Christ et Greta Thunberg, un peu pour les mêmes raisons d'ailleurs, en se raccrochant à tout ce qu'il y a d'étrange dans sa voix et son visage. Il a été suffoqué de tant de brutalité et de jubilation dans la haine.

Cela a duré plusieurs jours. Il s'est douté que ces gens viendraient le chercher jusque chez lui. Un soir, devant l'église du village, il a deviné les voix sans distinguer ce qu'elles disaient, mais il a tout de suite compris qu'on parlait de lui. Il a retenu sa respiration, attendu. Son cœur lui donnait l'impression de faire un bruit de tonnerre. À tout petits pas, comme sur une plaque de glace en pleine paroi, il s'est éloigné. Pour rentrer chez lui, il aurait dû passer devant eux. Il a préféré faire un détour, traverser le hameau derrière les maisons puis grimper dans les pentes dures pour rejoindre son chalet par le haut, par la forêt.

Un moment, une motte de terre a cédé sous son pied. Il s'est rattrapé de justesse à une touffe d'herbe. Il a plaqué sa tête au sol, comme au milieu d'un bombardement. Sous lui, les pierres roulaient avec fracas. Les portes du village allaient bientôt toutes s'ouvrir. Alors il est resté immobile, résigné, jusqu'à ce que le bruit cesse. Un chat a brisé le silence par un long miaulement, puis le calme est définitivement retombé. Avec une précaution extrême, il s'est hissé sur la côte. Il a exploité chaque bosse et chaque bourrelet de pente pour ne pas être vu du village.

Ils étaient peut-être nombreux à le chercher. Ils étaient certainement hostiles.

Il s'est enfermé chez lui. Il en est sorti le lendemain à 5 heures du matin. Décidé à se mettre à l'abri, à prendre le maquis. Il n'est pas allé vers le centre du massif mais vers le long plateau de l'autre côté de la vallée.

Il grimpe d'abord mécaniquement, la tête un peu lourde, le corps un peu fébrile. Il calcule la vitesse à laquelle il prend de la hauteur. Les messages de Mathilde se succèdent depuis deux jours, depuis que les médias ont tout publié. Il marche droit dans la pente. Pour ne croiser personne, il a préféré l'ancien chemin, qui contourne des falaises que le nouveau sentier escalade à coups d'échelles. Des filets d'eau gouttent des rochers en surplomb.

Vraiment, il aurait dû dire non, ne pas céder à Mathilde, à tous ces gens. Mais il ne résiste jamais quand on le gronde. Le directeur de son laboratoire avait utilisé le même ton déçu pour le pousser à prendre sa succession à l'université Orsay. Ça ne s'est pas bien terminé. Au fond, Stanislas n'a pas voulu devenir mathématicien davantage que prophète. On lui a fait comprendre un jour qu'il devait l'être, qu'il n'y avait pas d'autre nom pour cette façon de toujours chercher des principes généraux et des lois.

Il n'a pas non plus voulu être le porte-parole d'Anankè. Il n'a fait qu'agir en cohérence avec des raisonnements qui lui semblaient irréfutables. Il s'est contenté de diffuser l'information, mais Bruno et les autres étaient décidés à faire de lui une légende. Ils n'ont pas su entendre que Wenziger n'était pas Alexandre Grothendieck, mais un vieil enfant qui avait commencé sa carrière en essayant de comprendre pourquoi les fleurs que son père plantait dans le bout de terre qui leur servait de jardin ne tenaient jamais, puis n'avait plus cessé, dans tous les segments de la vie, de chercher la faille ou l'erreur que personne ne voyait.

Déjà devant les dessins animés. Toute la timidité du monde ne l'empêchait pas de rejoindre le groupe de garçons qui se retrouvaient dans un coin de la cour de l'école pour commenter l'interminable combat de Freezer et de Sangoku, chaque mercredi, comme un match ininterrompu. Cinq minutes avant l'explosion de la planète Namek. Vingt épisodes. Si la série s'était arrêtée là, tout aurait peut-être été différent, mais après la défaite de Freezer, les aventures s'étaient poursuivies. Alors, plus rien n'avait collé. Ce monde dans lequel on ressuscitait sans cesse, où à force de s'entraîner on dépassait les dieux, où des ennemis plus puissants surgissaient chaque fois à nouveau, était devenu le concentré de toutes les angoisses de Stanislas. C'était un monde sans puissance organisatrice, sans ordre définitif, dont on pouvait subvertir toutes les lois. Il n'y avait pas de sens à vivre dans ce monde-là. Surtout à vivre pour toujours. L'éternité était apparue à Stanislas comme un abîme d'horreur et d'absurdité. Le néant en était un autre.

En quatrième, il y avait eu son fameux exposé. Agacée par les cahiers vides de Stanislas, la prof de biologie avait voulu le piéger. Mais elle avait été bonne joueuse. Elle l'avait laissé parler. D'ère en ère, Stanislas remontait le temps. Le scandale du commencement le terrorisait. La prof de biologie se moquait souvent des états d'âme adolescents, mais elle avait été la première à retenir Stanislas en fin de cours pour un motif autre qu'une punition. Il y avait quelque chose de particulier en lui.

La scène s'était reproduite plusieurs fois. En troisième, leur prof d'histoire, une petite jeune habillée en motarde qui faisait fantasmer tous les garçons, avait paru choquée de l'entendre expliquer Waterloo par les effets indirects de l'éruption du Tambora. La discussion s'était enlisée avec les armées, autour des mouvements des corps de Soult et de Murat. Vingt-cinq ans plus tard, Stanislas doit avouer que l'interprétation de la prof était sans doute la bonne. Napoléon aurait perdu quoi qu'il arrive.

Rien n'avait encore de logique à cette époque. Cela rendait la vie terrifiante, et merveilleuse aussi. Stanislas y repense souvent. Il se souvient de journées entières, heure après heure. De tous ses camarades. Vincent, Marie, Emma. Tous avaient leurs traumatismes, leurs frustrations, leurs malheurs, et pourtant la vie était belle. Ouverte, promise. Comme si la vraie vie avait été celle-là, qu'il se penchait vers elle comme aux Enfers les ombres tendent les mains vers Ulysse.

Il se renseigne souvent sur ce que ses amis de collège sont devenus. Peu de promesses ont été tenues. Les vies qu'ils mènent ne sont pas toujours drôles. Elles sont normales, bien plus que ce à quoi ils s'attendaient. Elles ne sont pas paisibles. Certains galèrent, d'autres s'ennuient, mais personne n'a l'air d'avoir vraiment la haine, d'être aussi perdu qu'il l'est lui. Une fille appelée Laura peut-être. Personne ne sait ce qui lui est arrivé, à celle-là, une dépression, quelque chose dont elle n'est jamais ressortie. Elle habite encore chez ses parents. En allant rendre visite aux siens, l'an dernier, Stanislas l'a croisée par hasard dans un supermarché. Il a rompu la conversation en comprenant qu'il ne pourrait rien lui dire, qu'il n'y avait pas de fenêtre dans ce malheur buté, compact. Laura fume et tousse. Elle joue un rôle qui ne lui va pas. À la façon dont elle a brandi ses cigarettes à la caisse, Stanislas a compris qu'elle flairait la mort. Qu'elle devinait.

À ce qu'il a pu lire, Grothendieck aussi était hanté, mais chez lui, la puissance remplaçait la peur. Grothendieck était habité. Il faisait toujours le travail, ne lâchait rien avant d'avoir poussé aussi loin que possible. Stanislas, lui, se laisse des portes de sortie. Même la solitude de son chalet est un trompe-l'œil. Tout le monde peut l'y retrouver, et lui-même la ressent comme quelque chose de temporaire, comme une attente. Pour Stanislas, il y a de la lumière au bout du tunnel. Il n'assume pas. Il n'aurait pas permis à Mathilde d'entrer si facilement dans sa vie s'il n'avait pas voulu qu'on vienne le chercher.

Son corps vieillit, cela, il le sent bien, mais son esprit ne renonce toujours pas à l'enfance, il est trop plein de mondes pour faire le travail. S'il était Grothendieck, il s'éclipserait devant la tâche, vivrait reclus, sentirait avec chaque seconde la gravité du temps. Il accepterait de lire le mot « fin ». D'entrer dans la mer une fois l'œuvre achevée, de s'estomper comme une ombre dans le soleil couchant.

Stanislas a été productif, ça oui, un peu dans tous les sens. Dynamique des polynômes complexes, applications de la théorie des catégories aux singularités, et, l'espace de trois articles, des jalons qui avaient aidé Torti et Kawabata à faire des avancées jugées prometteuses pour une résolution de la conjecture de Hodge. Le milieu scientifique l'a récompensé en ne l'excluant pas quand il s'en est retiré, à la suite d'une désastreuse année à la direction d'une unité de recherche. Et, comme Grothendieck, chaque fois qu'il s'emballe, il écrit de longues lettres écrabouillantes. À tout le monde, à n'importe qui. Il laisse des messages sur les répondeurs. Heureusement, ses ennemis n'ont pas trouvé tout ça. Ils n'ont pas tout publié. Heureusement.

Plus haut, la caillasse cède la place à de larges et longues dalles au-dessus desquelles de vieux cairns achèvent de s'ébouler. Stanislas met les mains dans les prises, s'élève rapidement. Parfois, il lui faut escalader. Il ne s'inquiète pas de ne pas être assuré. Il a grimpé plus dur dans les rochers de Bourgogne. Pendant deux ans, il s'est entraîné presque chaque jour. Bruno et Johanna avaient installé leur communauté à quelques kilomètres d'une falaise célèbre.

Plus lentement, Stanislas se hisse sur les balcons supérieurs du plateau. La pente s'atténue, les dalles noires boivent le soleil huileux comme la veste en cuir de Mathilde dans le petit jardin de Bruno. Elle leur avait demandé de se réunir. Stanislas avait été le premier à s'exécuter. Elle avait son pitch, sa façon de filmer, qu'elle répliquait partout. Son regard avait effleuré Bruno qui cherchait à prendre l'air assuré. De la même manière, elle avait regardé les autres, tous ces gens dont les efforts pour faire tourner la communauté ne méritaient pas un plan isolé. Mathilde avait paru intriguée par Katia qui tenait Paul dans ses bras, mais c'est sur Stanislas que ses yeux revenaient.

Elle avait insisté pour l'interviewer, puis pour le revoir. Il s'était d'abord enfui mais n'avait pas su dire non longtemps. Elle l'avait attiré dans son appartement de Montmartre, dans ses soirées, dans des boîtes de nuit dissimulées par des murs sans mots de la rue Princesse. Elle lui avait présenté des amis d'enfance, des avocats, des artistes, toutes sortes de gens aussi amicaux que fatigants, qu'il n'aurait pas fait l'effort de fréquenter si Bruno et Johanna ne l'y avaient pas poussé.

Puis, il y avait eu la crise. En deux mois, sa personne avait cessé de lui appartenir. Le public absorbait tout de lui, faisait de chaque geste et de chaque mot un message ou une parabole. On le remerciait pour ses silences, pour l'expression de ses yeux quand une question le prenait de court. Il lui suffisait de parler, même sans vidéo, pour provoquer des larmes ou des colères.

Maintenant, les mauvaises pensées se soulèvent pour ne plus retomber, comme des feuilles par grand vent. Il se souvient de toutes les fois où les autres enfants se sont moqués de lui, lui ont donné des coups. Même les plus brutaux se lassaient. D'abord, parce qu'il se laissait plus difficilement prendre qu'un chat. Il se faufilait dans les buissons, passait les murs, sautait les ruisseaux… Et puis quand ils le prenaient, il mourait dans leurs mains. Le taper, c'était taper dans un épouvantail, taper dans rien. Seuls quelques-uns avaient su lui tirer de vraies larmes. Une fille appelée Caroline, en visant l'entrejambe.

Il pense à Paul, à tous les enfants dont les parents ne comprennent pas le silence. Lui-même n'a commencé à parler qu'à six ans. Avant, il ne parlait que dans sa tête, pour lui-même. Il se dit qu'il aurait dû s'en tenir là. Rester caché depuis le début, comme un petit enfant dans son lit.

Il n'a jamais marché si longtemps sans s'arrêter. Ni pris autant de risques inutiles. Négligeant les dalles du chemin militaire, il a coupé droit à travers les rochers qui jalonnent le haut du plateau. Ainsi, il a rejoint un col creusé comme un trône de pierre entre deux falaises. Sous lui, très bas, s'étendent des collines et des bois s'abîmant vers le creux de la vallée centrale. Derrière lui, les brumeuses ondulations du plateau semblent refuser au regard toute perspective.

Au bas de la pente, le sol légèrement givré reflète le miroir pâle du ciel là-bas dégagé des miasmes de brume poisseux dont les flots clapotant montent mollement mourir en léchant le pied du col où il se tient. Très loin maintenant, les zigzags du trait blanc de la route butent sur une épaisse tache verte dont l'indécise lueur de perle laisse deviner la surface d'un lac.

La nuit tombe. Stanislas a marché plusieurs dizaines de kilomètres. La fatigue ne l'a pas calmé. Plusieurs fois, il a coupé droit dans les pentes. Il est tombé parfois. Palier après palier, il traverse des rideaux de forêt, avance, écrasant les bois morts, reniflant, ahanant. Il ne sait pas exactement où il est. Loin de chez lui en tout cas. Il est descendu bien plus qu'il n'a monté et longe une travée boueuse qui taillade une côte en son milieu. Autour, la forêt se dissipe dans un crépuscule fétide et gris. Ses épaules sont endolories. Le bas de son dos le lance à chaque faux mouvement. Quand il pose trop brusquement le pied, ses genoux le font gémir. La descente suit maintenant un torrent dont les chenaux s'éparpillent entre deux pattes herbeuses abandonnées. Le merveilleux appel de l'eau, sa couleur de vie. À plusieurs reprises, il s'accroche aux pierres pour gagner le bord du torrent, se baisse autant qu'il peut et boit. Ses gorgées ne l'assouvissent pas longtemps.

Il hésite à s'arrêter. Songe à dormir mais il n'est pas équipé pour le froid. La travée est redevenue un sentier, qui est devenu une piste, puis à nouveau un chemin forestier, puis à nouveau un sentier. Chaque transformation du sol arrache des soupirs à Stanislas. D'habitude, l'épuisement lui apporte la paix, mais cette fois, il ne ressent que la misère.

À chaque tournant, il espère voir le fond de la vallée. Parfois, de la nuit, l'ombre d'un chalet surgit devant lui.

Au bout d'une heure encore, un hôtel fermé, planté au bord d'un nouveau lac. Les touristes y viennent sans doute pendant la journée. Derrière une herse d'arbres enfin, le chemin bascule vers la vallée principale, piquetée de lumières désespérantes et lointaines. Stanislas a de plus en plus mal. Le grondement d'une voiture le fait presque sauter de joie. En effet, le chemin rejoint enfin la route. Mais la prochaine agglomération semble éloignée. Stanislas traverse la route. Il gémit en découvrant que de l'autre côté le sentier se poursuit dans les pierres. Il est trop fatigué. Il décide de suivre la route. Près d'elle, il a plus de chances de trouver un refuge.

Il marche aussi vite qu'il peut mais ses membres sont lents et lourds. Il se tient au milieu de la route, comme si la symétrie allait rendre celle-ci plus courte. Il guette un endroit pour s'abriter. Que fera-t-il après la nuit ? Rentrer ? Il est parti comme il l'a fait souvent, mais la marche ne lui a soufflé aucune réponse. Revenir chez lui ? À l'abri de son masque, il peut espérer prendre le bus incognito, mais là-haut, les journalistes l'attendent peut-être encore. Peut-être faudrait-il partir plus loin, oui. S'équiper, disparaître pour de bon ? Épuisé comme il l'est, la perspective d'un voyage n'est que douleur. De toute façon, la route n'offre aucun abri. Pire, elle s'enfonce entre falaise et ravin. Elle entre dans l'arche d'un tunnel. Il reconnaît enfin l'endroit. Il est vraiment très loin de chez lui !

Alors, comme si toute la montagne pesait sur lui, il s'y traîne. Il marche toujours au milieu de la route. Et quand le vrombissement éclate, il se fige. Étourdi par l'onde brutale du son, il devine à peine le fond sombre et brumeux du tunnel qui s'anime, mû par une masse lancée à pleine vitesse.

Un être qui s'habitue à tout, voilà, je pense, la meilleure définition qu'on puisse donner de l'homme.

Fedor Dostoïevski,
Souvenirs de la maison des morts

Daniel n'est pas vraiment surpris. Depuis une semaine, il est détaché de tout. Il efface sans les écouter les messages de Mathilde, et n'a pas cherché non plus à retenir Katia. Le vendredi, un nouveau Premier ministre a été nommé. Il y a à peine pris garde. Quand les rumeurs de la mort de Stanislas ont commencé à circuler, son cœur n'a pas bondi non plus. Il les a suivies avec une attention froide, analytique. Sur les réseaux sociaux manifestement, on se pose les mêmes questions que lui. Accident ? Suicide ? Assassinat ? Avant que les médias ne l'annoncent, les premiers *threads* et appels à envahir les rues ont été déposés sur les forums.

En fin d'après-midi, les premiers portraits du responsable de l'accident sont sortis. Le type avait la gueule de l'emploi. Il avait fauché Stanislas à plus de cent dix kilomètres-heure, en pleine nuit. Il roulait avec beaucoup d'alcool dans le sang.

Toutes les cinq minutes, les forums se décorent de nouveaux fils de discussion. Une photo de profil du type debout à côté de sa voiture déclenche une avalanche de réactions. Une Audi SUV. La caisse de kéké par excellence. Au bout du quatrième commentaire, les gens s'insultent. Les uns disent que le conducteur était proche de l'extrême droite. Qu'il l'a forcément fait exprès ! Ou bien que c'est une manipulation du gouvernement. D'autres se demandent ce que Stanislas foutait en pleine nuit à pied dans un tunnel routier. Peu crédible qu'il y soit allé de plein gré, tout de même. Ou alors, il était vraiment complètement fou.

Daniel, lui, se sent toujours aussi détaché. L'assassinat, il n'y croit pas. D'autres y croiront sûrement, il y aura peut-être des dégâts dans la rue. Le pays sort déjà de plusieurs semaines de manifestations. Le suicide, l'accident, il hésite. Il est curieux, surpris de la précision presque malsaine de sa curiosité. À cette vitesse, en impact direct, Stanislas a dû être coupé en deux, décapité peut-être. Quand il ferme les yeux, Daniel imagine la tête arrachée jaillir et rebondir sur le mur puis rouler, cabossée, comme un ballon crevé.

À 5 h 54, un message signé Audrey Larnigot arrive dans sa boîte mail. Il a googlé ce nom. Une radicale, on dirait, mais qui semble avoir fait plus ou moins partie de l'équipe de Mathilde Guénot. Drôle d'idée d'employer une fille comme ça. Décidément, Mathilde ne soigne pas ses fréquentations. En tout cas, cette Audrey en tient une sacrée couche. C'est presque rassurant. En lisant les premières lignes du message, Daniel a d'abord eu peur. Audrey avait l'air de savoir beaucoup de choses, les liens entre Daniel et Stanislas, la préparation du débat. Daniel a même cru qu'elle l'avait piraté, qu'elle était aussi au courant pour ses contacts avec les journalistes, pour les messages de Stanislas qu'il avait laissés fuiter, etc. Puis il a poussé un soupir de soulagement. Audrey inventait une histoire de fou, d'assassinat, de complot impliquant la Fondation Ligier, le président, la Chine, annonçant d'autres révélations.

Dehors, la pluie tombe violemment. Une vibration sourde, continue, électrique, traverse l'épaisseur des vitres. Dans la poche de Daniel, le téléphone émet ses propres vibrations, malveillantes. D'autres attaques peut-être ? Il n'en a pas besoin. Il concède tout à ceux qui le critiquent ou l'insultent.

Fasciné, il écoute une éditorialiste interrogée sur une chaîne d'information en continu. Elle l'assume, dit-elle, son journal a beaucoup attaqué Stanislas. La charge a été lourde, c'est vrai, mais de là à les accuser de sa mort… L'accident est tragique pour les proches et la famille de M. Wenziger, mais ceux-ci, elle insiste sur ce point, doivent plutôt s'en prendre à toutes les forces qui ont instrumentalisé Stanislas tout en connaissant sa fragilité. Les lobbies, les ministères, et au premier rang, cette Mathilde Guénot qu'on annonce dans la nouvelle équipe gouvernementale, enfin si le Premier ministre se décide à donner le nom des secrétaires d'État.

Considérons les choses un peu objectivement. Nous sortons tout juste d'une épidémie gérée de façon calamiteuse par le pouvoir, et devons maintenant faire face à une crise économique de magnitude centennale. Une crise, elle se permet de le signaler, qui touchera d'abord et avant tout le peuple. Les premières lignes. Ceux qui ont fait tourner le pays pendant des mois, et qu'on croit pouvoir payer par des applaudissements. Pendant ce temps, qu'est-ce qui passionne les journalistes ? Que me demandez-vous de commenter ? L'imprudence – oui, je dis bien l'imprudence, comment appeler autrement le fait de se promener la nuit à pied dans un tunnel routier –, l'imprudence, donc, d'un savant, qui a eu quelque mérite en mathématiques, mais qui n'a pas supporté la pression d'être transformé en gourou par les médias officiels.

Les plus radicaux de chaque camp y vont tous de leur commentaire. Ils savent comment sont les choses, ils ont une vision construite, systématique, qui légitime leur colère. Daniel aurait presque envie que la conspiration soit vraie.

Sur la même chaîne d'info, un journaliste clashe l'éditorialiste. On croit rêver. Décidément, il ne faut pas attendre longtemps pour que vous montriez vos vraies couleurs. Quelle ignominie. Et quel aveuglement, aussi. Stanislas Wenziger a donné une voix à un mouvement profond qui traverse la jeunesse. Pour un rapport plus durable, plus résilient à la nature, mais cela va au-delà. Beaucoup de gens ont fait de lui l'ambassadeur d'un changement dans nos modes de vie. Une société où la compétition n'est pas le maître mot, qui ne nous laisse pas sans recours face aux algorithmes qui nous gouvernent. J'irai plus loin. Il est le porte-parole d'une génération, de plusieurs générations, même, qui en ont assez de la dureté, du cynisme, du prétendu réalisme grisâtre qui tient partout lieu de pensée. Des générations qui ont la certitude que la vie peut être changée.

Des générations d'enfants gâtés, élevés dans la toute-puissance, comme vous dites, répond l'éditorialiste. D'où croyez-vous que vienne ce malaise ? Des millions de jeunes ont grandi avec l'illusion que la vie serait un jeu, et maintenant, eh bien ils se cognent, et ce n'est pas trop tôt. La société ne tourne pas miraculeusement autour d'eux comme un manège. Il faut se retrousser les manches pour la faire tourner. Ces jeunes n'ont appris ni le sens de l'effort ni celui du sacrifice, ils n'ont aucune notion des réalités.

Chaque fois qu'il faut faire un choix, les gens responsables sont assaillis par ces milliers de petits Rimbaud. Je vais vous dire une chose : l'écologie ne se limite pas à un débat pour ou contre Stanislas Wenziger. Elle implique des décisions politiques difficiles, comme nos aînés savaient les prendre.

Des cloches sonnent dans la tête de Daniel. Il voit trouble. Ses lunettes ne sont décidément plus à sa vue. Il perd de plus en plus facilement l'équilibre. Tous les écrans l'agressent de leur éclat. Alors, il coupe, attrape un livre et tente de le lire. Il y a quelque temps, le président a parlé de profiter du contexte pour retrouver l'essentiel. Daniel ne trouve rien. Quelque part, sous une épaisse écorce, il reste sûrement des morceaux de lui en sommeil, qui ne sont pas les pires. Tout zigzague. Ils sont nombreux à gigoter comme lui, comme des phoques, échoués par le reflux du bruit.

Le lendemain, après trois grandes tasses de café noyées de lait, Daniel se met à pousser des meubles, déplacer son lit, ranger son bureau, l'appartement dans lequel les trophées de tous ses voyages recouvrent les traces de vie matrimoniale. Il ne fait plus depuis longtemps l'effort de fermer ses volets : il se contente de tirer les rideaux le soir, puis de les repousser le matin, pas assez pour dissiper l'obscurité qui cache les meubles provisoires, les fauteuils enfoncés et les tapis un peu tachés. En regardant ses murs, il se répète que ceux qui l'attaquent ont raison : quelle caricature d'écologiste il fait. Chaque photo avec son histoire d'avion, de train ou de bateau. Bras croisés sur la place du Régistan à Samarcande, ola victorieuse au Kilimandjaro et aux Galápagos face au Pineapple Rock, l'apogée d'un voyage, d'un passé peut-être : les îles qui se dentellent, le relief qui pâlit, les masses qui s'oublient dans leurs esquisses, on ne devrait pas avoir d'autre choix que de s'envoler, après avoir vu ça.

Quand le visage de Daniel apparaît sur l'écran, le médecin secoue la tête. Ça a l'air sérieux, cette fois. Je sais que vous allez protester, mais je vais vous prescrire trois semaines d'arrêt, et il faudra sûrement prolonger. Je mets « convalescence en province » sur l'ordonnance, sorties autorisées. Un conseil, changez d'air. Allez dans votre famille, où vous voulez, mais ne restez pas là. Vous risqueriez de faire une bêtise.

Mais la question tourne toujours. Où s'enfuir ? Que faire ? Il est resté si longtemps dans la boîte, Daniel, il a si souvent plié, dehors il serait comme un escargot sans sa coquille. Dépendant d'un système qu'il hait, mais sans lequel il ne serait rien, sans lequel il mourrait en deux jours. Après toutes ces études, quand même, dit sa mère, ils auraient pu t'apprendre quelque chose de concret. Cela dit, tu peux toujours faire prof.

Élise est plus prudente. Trouver une autre voie, oui, mais sans se précipiter. Daniel l'envie d'être médecin. Où qu'elle aille, quoi qu'il se passe, Élise sera utile.

Toute la journée, Alicia a tenté de le joindre. Le soir, Daniel se résout à prendre l'appel. Alicia aussi passe par conf call, maintenant. Décidément, le monde change. Alicia aussi semble crevée, trop pour affecter son habituel air détaché, deux rides plombent même les coins de sa bouche, si Daniel avait su, s'il avait compris qu'ils en arriveraient là, combien plus souvent il se serait baigné en elle, autrefois. Dans ses cheveux, maintenant, il y a de vraies traces grises. Derrière elle, pistolet à la main, deux petites filles aspergent indistinctement les meubles et les livres. On dirait qu'elle ne les voit même pas. En apercevant le visage de son père,

Léa se met à courir. L'écran se remplit de gouttes. Daniel bredouille. Alicia le coupe si brutalement qu'il comprend que cette histoire-là au moins va enfin trouver une issue définitive. Tu sais, je t'aime bien, mais là, tu m'en demandes trop, je ne peux pas m'occuper de toi en plus de Léa.

Ça fait quelques semaines, à vrai dire, elle a commencé à s'inquiéter pendant le confinement, et ce qu'elle entend depuis ne la rassure vraiment pas. Dans son état, il serait dangereux de lui laisser la garde de leur fille, même pour deux jours. Et en quelques phrases, Alicia pulvérise toutes les illusions que Daniel a commencé à nourrir à propos de Léa, non, elle ne lui permettra pas de tester de nouvelle méthode éducative sur elle, et très franchement, elle espère ne plus avoir à écouter les plans foireux que Daniel s'est mis en tête de dresser pour elle. Oui, elle espère vraiment qu'il va faire un effort. Dans le cas contraire, elle sera obligée de prendre des dispositions, de contacter son avocat.

Me réveiller cette fois est comme m'extraire de sables mouvants. À cela près, toutefois, que ces sables semblent s'être déversés en moi. Mon corps, ma tête, tout est saturé d'une épaisseur bourbeuse de fièvre, que perce à peine la stridence assourdie du téléphone. Ma main tâtonne dans le rembourrage de ma veste. Est-ce vraiment le téléphone ? Ou simplement le vent. De légers flocons virevoltent, le ciel est maintenant pâteux, désolant.

La crevasse est un palais noble. Une porte haute, verte et luisante, s'ouvre dans un mur de pierres saillantes. La voix d'Alicia calme et douce. Ses cheveux ramenés en arrière dégagent son front haut. Ils sont noirs à nouveau, noir pétrole, noir mort. Son visage a minci. Même ses yeux me paraissent effilés, presque bridés. Ils semblent regarder un peu de travers, en coin, comme si Alicia faisait des clins d'œil, vous adressait sans cesse des signes. Elle est en équilibre sur des talons pointus, porte une chemise noire trouée de motifs plus mystiques qu'ethniques. Elle est enceinte, mais je ne me souviens pas de l'avoir connue si royale. Alicia se tient au sommet d'elle-même. Elle se possède tout entière, elle exprime tout son potentiel de vague vivante.

Le carrelage projette une lueur un peu bleutée, tous les meubles sont arrondis, leurs formes se prolongent les unes dans les autres comme des êtres vivants. Au fond de la pièce et sur le côté, deux portes dissimulent d'autres espaces. Que fait Alicia dans la crevasse ? Tout est si bien rangé autour de nous. Je me souviens de son studio d'étudiante, aussi sale et désordonné que ses tenues étaient élégantes. Je la revois me proposer de boire quelque chose, se lever, ouvrir le frigidaire, revenir en portant deux verres d'une boisson jaune, épaisse.

Je ferme les yeux, j'ai l'impression qu'un néon ardent s'allume à l'intérieur de ma chair. Alicia demande si je sais au moins pourquoi je me hais à ce point. J'essaie de nier, mais elle soupire. Bien sûr que je me hais. Je me hais, je hais le monde, c'est une réaction d'autocatalyse. Je hais ce qui du monde danse, ce qui vous prend et vous transporte, ce qui est fluide, s'attrape au vol, ce qui se devine, je hais la danse. Je hais ce dans quoi je voudrais me fondre et qui me refuse.

Oh oui. Elle se souvient trop bien comme je me servais d'elle pour me haïr et pour haïr ma haine, la façon dont je me serrais à son corps, comme une goutte à une plaque rougie. Elle se souvient de nos baisers. La manière dont nos langues se combattaient, et qu'elle me sentait jouir quand la sienne me repoussait, m'écrasait, me résorbait. Quelle orfèvre du sexe c'était alors. Je lui faisais l'amour pour me noyer en elle. Dans le rythme que mon corps refusait. Je demandais à son corps de jouer le rôle du monde, de m'absorber et de me transfigurer. Elle et son mètre cinquante-huit, qui s'improvisait géante, dont j'escaladais les seins. Dont j'escaladais le cou, dont je gravissais les lèvres. Une autre fille ne serait pas forcément entrée dans ce trip ; elle a réussi à le trouver amusant. Elle m'imaginait partir à sa conquête habillé d'une petite armure dorée et refusait de se tenir tranquille : elle ne m'épargnait aucun tremblement de terre.

Elle s'assoit à côté de moi, caresse mes cheveux. Sa main est douce. Pourquoi ces colères sans raison, qui ne veulent blesser que moi. Sa voix coule dans mes oreilles comme de l'opium. Son parfum végétal m'englue. L'atmosphère est suave, vaporeuse. Elle parle plus vite maintenant, toujours avec cette voix étouffée, qui semble prisonnière de sa poitrine.

Il vaudrait mieux pour moi que je fasse mon possible pour ne pas mourir. En l'état, mon âme ne vaut pas bien lourd.

Sa voix et ses gestes sont aussi doux qu'inflexibles. Elle ne se retourne pas, s'éloigne en sautillant, un moment, ses pas de danseuse imitent le crissement de la neige qui tombe, puis, avec leur écho, le marbre des murs et les peintures s'estompent. Au fond de la crevasse, un frisson soulève un petit nuage.

Il est 1 heure du matin, mais Luca ne dort pas. Il est encore sur les réseaux. Depuis la mort de Stanislas, il ne décroche pas. Un mauvais pressentiment. Quelqu'un tentera forcément un coup fourré. Il est penché sur son écran, bouge le plus discrètement possible. Le sommeil de Nour est lourd, mais le cœur de Luca s'arrête à chacun de ses soupirs. La nuit, Nour est si désarmée. Moins apaisée qu'épuisée. Quelque chose de la petite fille qu'elle a été, de la vieille dame qu'elle sera, visage affaissé, amolli. Chaque fois qu'il la voit comme ça, Luca se promet d'être gentil. De faire de son mieux en tout cas. Ils sont de tout petits êtres cassés, il a envie de mettre tout le reste en sourdine jusqu'à la fin du monde.

Cinq alertes clignotent en même temps. Audrey vient d'envoyer une nouvelle salve de mails de dénonciation. Elle avait promis d'autres révélations. Les voilà. Elle a tout rassemblé dans un fichier de plus de cent pages. Luca n'avait pas imaginé qu'elle aussi tomberait là-dedans. Pour elle, tout ce qui se passe en ce moment est prémédité : les milliardaires, les multinationales enclenchent la vitesse supérieure. Ils font exprès de mal gérer pour que tout s'effondre, pour prendre le contrôle. Audrey n'est pas loin de croire au Grand Reset. Mince, parano à ce point !

Quand elle parlait de son don de voyance, il ne la prenait pas vraiment au sérieux. Quand elle disait sentir venir les coups, deviner l'avenir – elle avait compris comment tout se terminerait dès la crise en Ukraine, en 2013. Ça arrangeait trop de monde, ce virus. On ne l'avait sans doute pas inventé ni fabriqué, mais on ne faisait pas d'efforts pour le ralentir. Tous les classiques de la stratégie du choc. Dès l'été, on commencerait à parler de la dette, on profiterait du chômage pour couper dans les droits, dans les retraites, sabrer la fonction publique, bref, imposer la dictature.

Apparemment, Audrey est dans ces trucs depuis assez longtemps. Elle a commencé à comprendre il y a des années, écrit-elle, à la mort du numéro trois de Syngenta. L'accident n'avait motivé que quelques articles et commentaires. Quelques semaines plus tôt, comme par hasard, l'explosion du Falcon de Christophe de Margerie sur le tarmac de l'aéroport de Moscou avait été accueillie avec autant d'indifférence. Syngenta jouait sur le même terrain que Monsanto, avec beaucoup plus de discrétion. Personne ne rappelait jamais ses liens avec la Vischers de Bâle, sa maison mère, la boîte de la famille Ligier. Deux mois après l'accident, le conseil d'administration de Syngenta, au sein duquel la famille Ligier-Streisemann détenait une minorité de blocage, avait accepté l'offre de rachat présentée par une firme chinoise, ChemChina, pour quarante-neuf milliards, soit sept milliards de plus que la valeur boursière de Syngenta.

Bizarre tout de même que la presse n'ait rien dit. Que personne n'ait commenté la photo d'Eugenia Ligier-Gracine à côté de Bill Gates à Davos. Décidément, plus c'est gros, plus ça passe. La Fondation Ligier est un modèle réduit de la Fondation Bill Gates. Une filiale pour les questions d'environnement, disons. Officiellement écologiste, mais quand on creuse, transhumaniste, autoritaire, favorable au traçage numérique. Les photos d'Eugenia Gracine avec le président et un conseiller, ce n'est pas gênant, vraiment ? Ça ne trouble personne que Vischers fabrique justement des vaccins ? Que tous ces gens se soient vus si souvent ces dernières années ? En Chine en particulier. Oui, je ne rigole pas, à l'automne, Eugenia, le nouveau ministre de l'Économie résiliente et Mathilde Guénot en personne se sont retrouvés lors d'un congrès mondial de l'Unesco à l'hôtel Beijing.

Sur une de ces photos, le futur ministre attend même à l'entrée d'une salle. Sur une autre, des policiers chinois scannent sa carte d'identité, le visage de l'un d'eux est décomposé. Sur la suivante, le maire de Pékin entouré de son escorte lui serre les deux mains comme on salue un ami. La légende dit que le ministre et le maire de Pékin se connaissent depuis longtemps. Plus loin, des photos d'Eugenia Ligier-Gracine que les officiels chinois saluent comme une princesse. Puis, Mathilde dans les rues de Pékin. Mathilde pensive au milieu de l'immense bal de célibataires de la place Tian'anmen. Beaucoup d'annotations au sujet de Mathilde. Merde, pense Luca. Sous ses fesses, le lit grince dangereusement. Pourvu que Nour ne se réveille pas.

Merde, murmure Luca. Ça, c'est sa faute à lui. C'est lui qui a bavardé. Il ne s'imaginait pas qu'Audrey notait tout. Si Mathilde lit ça, ça va barder pour lui. Certains détails ne peuvent venir que de lui. Audrey en rajoute, bien sûr, elle brode. Peut-être est-elle jalouse. Apparemment,

Mme Guénot a une vie sentimentale agitée. Un patron de presse, un conseiller en communication, un étudiant en philo. Elle consomme du dix mecs au cent et tape dans toutes les catégories, avec un petit faible quand même pour les jeunes et les influenceurs. Une mafia on vous dit.

Mais qu'est-ce qui lui a pris de faire confiance à Audrey ! Il lui avait trouvé un boulot, il pensait qu'elle serait reconnaissante, pour tout dire, il la voyait comme une cinglée marrante, il est même entré dans son jeu, mêlant le vrai et l'absurde, sans réaliser qu'elle parvenait elle-même à extorquer bien plus d'informations de ses conversations qu'il le pensait. Mathilde va péter les plombs. Heureusement, Audrey n'a pas de photo.

Putain. Luca a parlé trop vite. Audrey a une photo, et pas n'importe laquelle. À l'hôtel Ligier. On reconnaît Eugenia Gracine, Mathilde décolletée, les yeux fermés, totalement déconnectée, le gros copain du président, ce journaliste et ce pauvre type du ministère, Daniel Fresse. Qu'est-ce qu'il est venu foutre là-dedans, celui-là ! Luca regarde la photo comme hypnotisé. Comment Audrey a-t-elle pu récupérer ça ?

Quand le téléphone se met à vibrer, il ne décroche pas tout de suite. Mathilde a dû ouvrir le texte plus tard que lui. Elle lit vite. Il se lève, brutalement. Dans le lit, Nour se retourne en râlant. Il s'enferme dans la salle de bains puis s'offre à l'orage.

D'abord, Mathilde parle calmement. Son ton d'impératrice. Je te préviens, tu ne remets pas un pied au bureau. Demain matin, j'appelle la fondation. Ils se débrouilleront pour mettre ça en forme. Je ne veux plus te voir. Comment ai-je pu être assez inconsciente pour leur conseiller de t'engager ?

Il commence par chercher à la raisonner : personne ne prendra Audrey au sérieux. Personne n'y prêtera attention. Mathilde s'énerve de plus en plus. Si personne n'a confiance en Audrey, pourquoi Luca l'a recommandée ? C'est lui qui a amené cette dingue dans l'équipe. Qui s'est porté garant. Luca est sûr que Mathilde se met à crier quand elle sent qu'elle risque de pleurer.

Mathilde respire bruyamment. Elle reprend d'un ton plus calme, froid, presque joueur, une pointe de séduction peut-être même, elle a dû la perfectionner à force de ruptures, cette voix de garce, cette voix qui cherche à vous faire imploser. Quoi qu'il en soit, en transmettant la photo, Luca a commis ce qu'on appelle une faute lourde. Luca proteste. La photo, ce n'est pas lui. Il l'a prise pendant la soirée, oui, mais parce que le type l'avait demandé. L'énarque, là, le type du ministère. Il voulait un souvenir, il n'avait pas d'appareil. Luca ne l'a envoyée qu'à lui. Pas à Audrey. Si elle l'a eue, ça ne peut être que par le type.

Évidemment, dit Mathilde (ce ton de reine, putain). Tu racontes ma vie privée à tout le monde, et tu veux me faire croire que Daniel Fresse s'amuse à balancer des photos de lui-même à Audrey. Il ne la connaît même pas, d'ailleurs. Et pourquoi il ferait ça, de toute façon. Si ça circule, lui aussi il va s'en prendre plein la gueule.

Luca ne sait pas quoi dire. Mathilde n'a pas tort, ça a l'air absurde cette histoire, le type n'avait pas de raison de transmettre cette photo. Mais lui non plus ne l'a pas fait. Il le jure. Alors, il a été piraté, reprend Mathilde, presque légère. Audrey a piraté Luca, qui a été trop nul pour s'en apercevoir. Involontaire, peut-être, mais faute lourde quand même. Pourquoi pas une photo avec Marion

Maréchal pendant qu'on y est ! Déjà que tous les écolos m'accusent de double jeu.

Plus calme mais pas moins implacable, elle continue. Cette affaire lui aura au moins donné l'occasion de se débarrasser d'un poids mort. C'est dommage – sa voix rit presque. Tu ne te fais pas des amis avec cette histoire. À la Fondation Ligier, ils n'aiment pas du tout ce genre de publicité. Si ça se trouve, ça va remonter jusqu'à l'Élysée. Le président veut faire un coup, débaucher une verte certifiée pour son gouvernement. Tout son effet risque d'être gâché si on me discrédite. Décidément, c'est inespéré pour toi, tout ça, mon chou. Ta compétence sera bientôt reconnue au plus haut niveau.

Elle a la voix de Cléopâtre qui ordonne de livrer un architecte trop lent aux crocodiles. Puis d'un coup, elle se met à crier. Et tu te prends pour un professionnel ! Pauvre nul ! Pour Stanislas aussi tu n'avais rien vu. J'espère que ça te restera sur la conscience.

Dans la salle de bains, les poings de Luca font vibrer quelques murs. Il n'est pas seulement en colère, il est triste, elle a raison Mathilde, il a été en dessous de tout. Lui, si fier de ses responsabilités. De ses tenues, de ses salaires, des convocations qui montraient au monde entier qu'on lui faisait confiance. Quand Mathilde l'avait engagé, il s'était senti libéré d'un énorme poids de honte et d'inquiétude. Le jour de la signature du contrat, il était resté une demi-heure dans la salle de bains, comme aujourd'hui, en se regardant l'air idiot dans le miroir avec le pressentiment qu'un jour cela se terminerait comme ça : un coup de téléphone fatidique.

Au bout de dix minutes, Nour commence à frapper à la porte. Les coups sont légers mais répétés. Nour doit être furieuse. Il n'a pas le courage de lui dire la vérité. Il ferme les yeux. Il lui faudra se contrôler quand il ouvrira la porte. Inventer un mensonge. Par exemple, qu'une urgence professionnelle l'appelle, que Mathilde le convoque d'urgence. Nour ne le laisse même pas terminer. À son accent, il comprend qu'elle est très en colère. C'est facile à voir chez elle. Plus elle enrage, plus son accent du Sud ressort. Il ne proteste pas. Ça non plus, il n'en a pas le courage, il a peur de ne pas tenir le coup. De ce qu'il risque de faire si la dispute s'envenime.

Il pourrait dire plein de choses pourtant. Que c'est avec Nour que tout a commencé, qu'elle a été la première à lui parler de tout ça. Prendre garde à la planète. C'est elle qui l'a jeté dans ce monde dans lequel il patauge maintenant comme un chien fou. Trie tes déchets. Mange bio. Au tout début, elle a eu des satisfactions de pygmalion en faisant son éducation. Elle lui a appris à travailler le jardin, s'est félicitée de le voir maîtriser les gestes précis du tutorat et de l'arrosage, faire de grands sourires idiots en découvrant ses premières tomates. Mais deux mois enfermés avec les enfants sur les bras ont abîmé dix années d'équilibre.

Il baisse les yeux pendant que Nour lui passe un savon. Elle en a marre qu'on la réveille la nuit. Elle ne veut plus que cette folie pourrisse sa maison. Elle a son boulot. Son magasin. Ça ne va pas fort en ce moment. Elle a tellement bossé pour en arriver là. Le problème, c'est qu'elle croit toujours à son rêve libéral, juste ajourné le temps d'une crise et d'une relance. Elle pourrait presque donner des cours aux conventions des Jeunes républicains, et tant pis si ces gens l'entubent, oui, on ne peut pas dire ça autrement, depuis vingt ans. Ça lui a sûrement servi plus jeune, cette niaque, la fille qu'on repère, qu'on nomme cheffe d'équipe, puis directrice de supérette. La vérité, c'est que Luca n'aurait pas supporté de prendre ses ordres d'elle.

Nour n'a jamais aimé Mathilde. Au magasin, elle s'est aplatie devant elle comme on le fait avec une cliente blindée. Un peu pour le bien de Luca, aussi, pour l'aider à trouver un boulot. Elle le regrette. Des Mathilde, elle en a trop vu passer. Des filles qui lui donnaient des instructions dès leur stage de fin d'études, pour qui ce qu'elle avait mis vingt ans à atteindre était un marchepied. Le genre de personne à défendre les petits voleurs, les syndicalistes, puis à biffer cent salariés sur un coin de page du haut d'un siège social. Qui l'avaient refoulée quand elle avait voulu travailler au siège, sur des « projets transverses » comme elle disait. Ce genre d'évolution n'était pas au programme pour les profils comme le sien.

Nour n'a jamais travaillé au siège. Elle s'est démenée pour la franchise, mais là aussi, il a fallu abandonner quelques illusions. Ce n'était pas vraiment la couleur de sa peau ni son nom, c'était plus vicieux. Une affaire de quartier, d'accent, de gestuelle, peut-être. Avec un diplôme de grande école et un père diplomate, on lui aurait vite trouvé des associés. La vérité, Luca n'a jamais compris pourquoi Nour voulait à ce point être une petite capitaliste. Depuis des années qu'elle se bat avec les investisseurs et les banques, elle devrait pourtant avoir percuté. Ce n'est pas le Code du travail qui bloque l'économie, ce sont les banques, tenues par des énarques qui refusent de prendre le moindre risque pour aider les particuliers, mais n'hésitent jamais à jouer sur les marchés en grand et en Technicolor (rappelez-vous le Crédit lyonnais). Elles gardent la bourse bien fermée, et quand elles ont l'occasion de t'étrangler, elles le font sans hésiter. D'ailleurs, Nour le lui dit sans arrêt, au prochain coup dur, je suis par terre.

Luca n'est pas très loin de craquer. Il met un doigt sur sa bouche, désigne la chambre des enfants. Nour baisse d'un ton. Ils sont au moins d'accord sur une chose. Quoi qu'il arrive, ils ont réussi ça. Ils ont eu de la chance avec leurs gosses. En tout cas, ils savent ce qu'il faut leur transmettre. Ils n'ont pas l'intention d'en faire des tueurs ou des guérilleros, mais de leur apprendre à se débrouiller. Éric et Raphaël participent à la vie de la maison. Cinq et sept ans, et ils savent cuisiner, planter des clous, monter des meubles, réparer de la tuyauterie, des circuits électriques. Côté discipline aussi, Nour est plutôt contente. Dieu soit loué, ils n'ont pas eu de fille. Avec le choc démographique et les barbus partout, ils passeraient leur temps à se ronger les sangs.

*

La nuit est humide, collante. Luca marche d'un pas plus rapide que d'habitude. Il descend la rue des Pyrénées. Il transpire. Peut-être que c'est la colère qui le fait transpirer. Tout ce qu'il a perdu. Beaucoup plus que deux Smic, sa fierté. Une responsabilité. Un mot qu'il aimait renvoyer au visage de Nour chaque fois qu'elle se mettait à faire de grands pas dans la cuisine. Il gagnait la même chose qu'elle, maintenant. Il comptait. Il ne la laisserait plus prendre toutes les décisions.

Voilà ce qui le fait transpirer. Tout ce qu'il refoule depuis des années. Le ressentiment, la violence. Sa vie, c'est un peu l'histoire du type qui vole un pain, mais qui a une force d'hercule et qu'on finit par mettre dix-neuf ans au bagne. En réalité, il a fait un peu plus que voler un pain. Il s'est battu un peu trop fort. Parfois, la rancune frappe à sa place. Ce n'est pas son invention personnelle, la rancune, c'est une réaction naturelle face à un monde qui vous dit depuis toujours que ça ne va pas. Trop gros, trop lent, trop indocile, plus assez jeune, trop blanc. Son étiquette de Français moyen l'a suivi jusqu'au tribunal. La correctionnelle, ce n'est pas comme les assises, c'est la piétaille, le prolétariat des repris de justice, alors personne ne fait attention, on est suspendu à la digestion du juge et la sieste de l'avocate, la loterie, quoi. Au moment où l'avocate a commencé à parler, Luca a eu une vision. Il a eu envie de prendre sa gorge et de serrer. Il a tout compris. Qu'elle se foutait de lui, ne balançait que des formules toutes faites. Que les cas intéressants venaient après lui !

Il s'est promis qu'on ne l'y prendrait plus. Une fois sorti de prison, il jouerait le jeu de la société. Il a fait plus qu'essayer. Il s'est rendu compte qu'il était capable de réussir des choses. Arrêter de fumer, peut-être pas de boire. Devenir bon dans un domaine. Il aurait pu être un bon artisan s'il avait commencé plus tôt, mais en France, ce que tu ne fais pas tout jeune, tu ne le feras jamais. Non, ses efforts ne l'ont pas sauvé. Plus Luca lisait, apprenait, s'émerveillait, plus il se heurtait aux rebuffades. On se moquait des tableaux qu'il allait voir dans les musées. Des poèmes qu'il récitait. Les voix autorisées salissaient tout ce vers quoi il se hissait, ce qu'il emmagasinait et qui l'enrichissait. On ne respectait pas ce qu'il trouvait beau et digne en lui. Dès qu'il éprouvait la présence d'un peu de grandeur, il était sûr de voir un con subventionné venir y pisser.

Luca a du mal à se concentrer. La sueur, l'humidité, l'insupportable bain tiède maintenant qu'il est tout en bas, au fond de Paris, dans le trou. Les rues sont presque vides, les rares noctambules s'écartent quand ils le voient. Il avance comme un hippopotame dans un fleuve, bêtement, certain d'être le plus gros et le plus fort.

Le jour est déjà là, dégueulasse. Luca attend devant la porte de bois rouge. Quelqu'un va finir par entrer, il le sait. On n'osera pas lui poser de question quand il en profitera pour passer. Il s'inquiète plus des huit étages qu'il faudra monter, du parquet qui craquera à chaque pas et lui donnera l'impression d'être lourd comme un monstre. Il pense à sa fatigue là-haut, à son halètement quand il fera face à Audrey. Il ne sait pas encore ce qu'il lui dira. La salope. Il lui faisait confiance. La défendait. Il se souvient que dans la controverse, Audrey a toujours le dessus.

Luca regarde sa montre. Bientôt 6 heures. La porte s'ouvre. Sur la pointe des pieds, il monte, sursaute chaque fois qu'une marche grince.

Cette fois aussi, ça a commencé par des rumeurs au début de l'après-midi. Un vigile de la Fondation Ligier aurait tué une journaliste. Les noms sont sortis très vite. Luca, détaché par la protection du studio de Mathilde Guénot. Audrey, pigiste pour la même fondation. Les détails, on ne les avait pas. Une sale affaire, certainement. Un gros truc.

Ceux qui avaient parlé d'assassinat à la mort de Stanislas n'ont pas attendu longtemps pour revenir à la charge. En quelques heures, le texte d'Audrey s'est mis à beaucoup circuler. À minuit, elle postait ça. À 7 heures du matin, on la dégommait. Du très lourd. À leur tour, journalistes et influenceurs se sont mis à le lire. Ils ne prenaient pas tout au sérieux. Les détails croustillants leur suffisaient.

Les policiers commençaient juste leur enquête quand une vidéo a fuité. Ça ne pouvait venir que de chez eux. Ils avaient le portable d'Audrey. Elle le tenait à bout de bras pour filmer Luca. Je te préviens, je filme tout. Si tu dégages pas de chez moi, je porte plainte. Pas avant que tu demandes pardon. Tu me dis pardon, tu dis que tu es une salope, je pars, disait Luca. Ensuite, le ton montait. La main de Luca faisait voler le téléphone qui roulait sur le sol. Le son devenait mauvais. Des insultes. Des cris, mais lâche-moi connard, le choc violent d'un corps qui cogne un mur et tombe, puis pendant deux minutes plus rien. Et enfin, un pas lent, lourd, traînant tout le malheur du monde. Pas si pro que ça, en tout cas, l'assassin. Une demi-heure plus tard, à l'arrivée de la police, le téléphone était encore là. Le voisin avait donné le signalement de Luca. Beaucoup trop facile, tout ça.

Le soir, les médias ne parlent plus que de ça. La police ne fait aucun commentaire, d'autres s'en chargent à sa place. Un homicide involontaire. Un accident. Un féminicide. Et le texte d'Audrey dans tout ça. On ne peut tout de même pas prendre ce truc au sérieux. Une chose, tout de même. La photo, la fameuse photo de Mathilde, Eugenia, Daniel, le journaliste et le copain du président. Voilà du croustillant.

Sur des sites moins officiels, on ne se gêne pas pour aller plus loin. D'autres photos circulent. Le président et Eugenia. Eugenia et Mathilde. Mathilde et Stanislas. Stanislas et l'ancien ministre. L'ancien ministre et Julie Dehotte. Julie et Daniel Fresse. Il n'y a pas de fumée sans feu.

Chez Daniel en tout cas, le sale bruit de grillon des SMS sur la terrible boîte ne s'interrompt plus. Le téléphone vibre sans arrêt. Il ne sait pas comment ces gens ont eu son numéro. En le googlant, certainement. Sur les réseaux, ils sont nombreux à *s'occuper de son cas*. Ils racontent le même genre d'histoire qu'Audrey, mais eux n'en restent pas là. Ils parlent de venir le chercher. D'ailleurs, il le mérite peut-être. Qu'est-ce qu'il lui a pris ? L'autre jour, quand il a reçu le deuxième message d'Audrey et qu'il a répondu. Qu'il a tout avoué, autant y entrer lui-même, dans ce délire, puisque c'est ce qu'ils voulaient tous, ils cherchaient un complot, eh bien, il le leur donnait, tu sais quoi, chérie, tout ce que tu écris est vrai, et pire encore, oui nous nous connaissons tous, oui, nous sommes une mafia, nous contrôlons tout et tu n'y peux rien, c'est comme ça, tu veux que je te montre ? En pièce jointe de sa réponse, la fameuse photo à l'hôtel Ligier.

Plusieurs groupes ont relancé leurs mots d'ordre. Se rassembler devant les bâtiments officiels, à Paris devant les ministères. Dans certaines villes, on casse des vitres, on brûle des voitures. Certains en profitent pour recycler de vieilles affiches. « Justice for Gaia ». Le préfet de police vient de donner des consignes d'intransigeance.

Pourquoi ont-ils merdé comme ça. Ça n'avait pas si mal commencé. Le portable est éteint, le téléphone fixe est coupé. Daniel est assis sur son lit. Il regarde une photo sur sa table de nuit. Tout le groupe se donne l'accolade dans le mince espace du col rocheux : lui, sa sœur Élise, Alicia, Julie, Guillaume.

Daniel a cimenté le clan en les invitant chez lui un été. Une méthode qu'il utilisait depuis longtemps. Au collège déjà, il invitait toute sa classe à la fin de chaque année. Sa sœur appelait ça acheter l'amitié, mais ça marchait. En cinquième, il avait amené tout le monde dans un chalet des Vosges, en quatrième à l'Europa-Park en Allemagne. À partir de la troisième, chaque année, des amis l'avaient accompagné l'été à Annecy.

Pendant dix jours, Alicia, Julie, Guillaume et lui avaient cohabité dans la maison de ses grands-parents au bord du lac d'Annecy. La sœur de Daniel les réveillait chaque jour pour les traîner sur les flancs secs des Aravis avant que la canicule ne se déverse. Elle avait épuisé Alicia sur une vire exposée du roc des Bœufs, puis fait craquer Julie et Guillaume dans la montée vers la brèche de la Grande Borne.

Ils ont tous l'air de ce qu'ils sont, sur cette photo. À peine sortis de l'adolescence, grisés de l'entre-deux. Ils se sont hissés aux portes de l'âge adulte au prix d'autant d'efforts qu'au sommet de la brèche. De là où ils sont postés, toutes les perspectives s'allongent encore, l'avenir semble intensément profond. Même les sommets dont les dernières pentes giclent, gercées d'arêtes, sont autant de promesses que de défis. Ils commencent seulement. Ils reviendront. L'année suivante, pour faire au moins l'ascension de la Grande Borne. Et plus tard, pourquoi pas un sommet plus sérieux ?

Daniel revoit Guillaume sur un ponton du lac d'Annecy désigner un immense chaos de nuages s'avançant vers eux, et dire : « le sublime ». Julie émergeant de l'eau puis nageant vers Daniel avec un sourire rempli de joie mortelle. Puis, la nuit l'assurance trop bien jouée d'Alicia qui lui fait croire qu'elle connaît la vie. Les moments où ses yeux noirs s'adoucissent, ses mots sans cesser d'être crus deviennent haletants.

Le soir, ils courent le long du ponton jusqu'au miracle bleu, passent des heures aveuglés par l'éclat de l'eau. Il n'était pas encore trop tard. L'épopée venait de commencer. Daniel et Julie s'empoignent pour la possession d'un îlot de bouées. Ils sautent dans l'eau, ils font la course. Julie surprise que Daniel tienne la distance. Elle était persuadée qu'il abandonnerait.

Ensuite, ils reviennent dormir, l'esprit en paix, le corps vidé de saine fatigue. Oui, tout a failli être différent, à un moment de leur vie.

La fonte des glaces de mer et des neiges, lesquelles renvoient davantage de lumière et chaleur vers l'espace que l'eau libre ou le sol, entraîne une augmentation de la quantité d'énergie solaire absorbée par la Terre et donc accélère le réchauffement climatique. C'est l'une des raisons pour lesquelles l'Arctique se réchauffe plus vite que le reste de la planète.

weather.com

Les paupières de Mathilde clignent pour soulever la fatigue. Elle reconnaît le pont et le saule. L'arbre a perdu ses feuilles et courbe des cheveux de sorcière sur l'arche de pierre. Au-dessous, la masse fumante et indisciplinée du torrent. Il n'y a encore personne sur l'esplanade, devant le vieux moulin, personne le long de l'enchevêtrement de toits de tuiles. Et derrière, les montagnes qui bourdonnent.

Selon les caprices de la lumière, le village prend des airs de paradis ou de reconstitution médiévale. En guise de place principale, un terrain nu couvert de réverbères et de fils. En arrière-plan, dressée comme une grande vague, une côte piquetée de sapins. Elle pourrait se croire en Engadine si les murs étaient entretenus, si les rues n'étaient pas vides et si les quelques vieux habitués au fond des bars ne paraissaient pas si lents et courbés sur leur verre.

Deux églises s'accrochent à la côte, à peine séparées de quelques centaines de mètres. La plus grande lui semble démesurément haute, complexe comme une cathédrale. À chaque pas dans l'escalier de pierre, Mathilde sent la fatigue de la nuit blanche, du trajet. Elle hésite en découvrant la police protéger une horde de blazers groupés en petits cercles dans le cône d'ombre sous le double bulbe turquoise. Elle est habillée plus simplement que d'habitude, elle porte un masque, mais sera fatalement reconnue. Pour le moment, tout a l'air calme, mais tous les bancs de bois sont occupés. Quelques personnes s'avancent déjà vers la porte. Tous ces gens ne s'aiment pas. La mort de Stanislas est un prétexte supplémentaire pour ne pas s'aimer.

Elle cherche une entrée dérobée, devine que la police l'observe, longe un mur, croise une jeune femme dont le visage est dissimulé par un grand masque. Vous savez s'il y a une entrée ici ? Elles font le tour de l'église, reviennent à leur point de départ, restent côte à côte en attendant que les portes aient absorbé la foule. La jeune femme suit Mathilde en se dressant sur la pointe des pieds, s'assoit à côté d'elle en fond de salle, protégée des personnalités par plusieurs rangées de petits vieux. Elle cherche parmi eux les parents de Stanislas. Ils sont sans doute à l'avant, mais la peur de les découvrir à l'improviste la pousse à faire passer son regard de nuque en nuque.

Ils l'ont appelée plusieurs fois. Mathilde n'a pas eu la force de dire combien elle avait honte. Elle aurait préféré des reproches auxquels elle aurait pu opposer de la froideur ou de l'arrogance. Face à leur gentillesse, elle n'a rien su répondre. On a beau multiplier les morts, on ne sait jamais. Dans sa famille aussi, les deuils s'enchaînent.

Sa tante, ses grands-parents. Sa mère dont la carrière d'alcoolique a éclipsé la carrière d'actrice. Mais il n'est pas permis d'exprimer les sentiments. Alors elle a laissé le vieux Wenziger lui raconter tout le bien que Stanislas disait d'elle, quelle bonne amie elle avait été.

Tu parles d'une bonne amie. Elle ne se sent pas fière, Mathilde, ces derniers jours. Évidemment, elle n'ira pas au gouvernement. Plus personne ne l'appelle de ce côté, d'ailleurs. Rien d'Eugenia, rien du ministre, rien du président bien entendu, et pourtant elle ne peut pas s'empêcher de surveiller son portable, de vérifier, d'attendre un message qui ne viendra pas, comme une amoureuse plaquée. Oh, elle se doute bien de ce qu'on a dû dire d'elle au Château, ils n'avaient vraiment pas besoin d'une nouvelle affaire, d'un nouveau scandale, si le président pense à elle, c'est avec l'idée de lui faire la peau pour l'exemple, ou peut-être même pas pour l'exemple, pour se passer les nerfs. Entre la rancune d'en haut et les menaces d'en bas, ils ne vont pas être faciles, ces prochains mois. Peut-être qu'il faudra partir à l'étranger, se mettre au vert. Heureusement que Mathilde a de l'argent. C'est utile, tout de même, l'argent. On prend moins cher que les autres.

Non, elle n'est vraiment pas fière, elle casse tout, elle détruit tout, elle avance comme un feu et ne laisse qu'une trace de cendres et de mort. Combien de fois Stanislas lui a-t-il dit qu'il ne voulait pas ? Combien de fois est-elle venue le chercher pour le remettre dans le jeu ? Ici même, dans ce village, il n'y a pas si longtemps. Dans sa famille en Alsace, l'hiver dernier, pour le traîner jusqu'à Davos.

Et le père de Stanislas qui la remercie. Encore un autre qu'elle a su séduire. Dès qu'elle l'a vu, sur un quai, avec son visage qui faisait penser à Coluche, elle a compris qu'il serait un allié. Lui a montré ce qu'elle savait être de mieux. Elle n'avait pas eu besoin de se forcer tant la gentillesse et la naïveté du père de Stanislas la désarmaient. À quoi bon toute la sophistication qu'on lui avait transmise ? Et puis, en toute rigueur, le vieil homme était logé à la même enseigne qu'elle. Lui non plus ne comprenait rien à ce qui comptait vraiment pour son fils. Gromov, Perelman, tous ces travaux inaccessibles ? L'effondrement serait à jamais leur seule intersection.

Pour forcer Stanislas à la suivre jusqu'à Davos, elle s'était tout simplement invitée dans la maison familiale, qui ressemblait tellement à son propriétaire. La porte branlait au milieu d'un mur en réparation, s'ouvrait sur un trou dans le sol, à la place de l'escalier qui menait à la cave. Le père de Stanislas avait du bricolage une conception inaccessible à un esprit humain normalement constitué. Il devait en être un peu conscient, malgré tout, car il jetait à Mathilde des regards interrogatifs, anxieux.

Elle n'avait pu s'empêcher de fixer Stanislas en le voyant se hisser hors de sa cave. Le retrouver si petit, si gauche, si angélique. Elle, ici ? Elle avait prévenu si tard. Elle avait deviné à l'avance qu'il garderait ses distances, ne l'embrasserait pas, ferait son possible pour échapper au piège de peau. Il répondrait à ses premières questions d'un ton buté de gosse, elle ferait avec, sourirait, prendrait une voix de miel, maîtriserait pour lui cette petite intolérance que son père, sa mère, ses amis avaient chacun à sa façon ancrée en elle. Mathilde ne tolérait jamais longtemps ceux qu'elle souhaitait aimer. Avec Stanislas, le moindre faux pas pouvait tout gâcher, travailler avec lui, c'était un peu comme avec le Hulk des Avengers. On ne le maniait qu'au prix d'un contrôle infini de soi-même.

Il voulait passer la soirée tranquille ? Il n'y avait qu'un lit, d'ailleurs, dans la chambre qu'il lui avait réservée, impeccable. Elle s'était enfermée, s'était couchée, tremblante mais silencieuse. Un lit bien fait, avec des draps bleus et des couvertures roses. Mathilde savait que Stanislas ne supportait pas de corps auprès du sien la nuit. Elle s'était demandé où il avait déplacé son matelas, dans quel abri il s'était claquemuré.

En fin de compte elle l'avait convaincu. Il irait avec elle. D'une façon ou d'une autre, l'histoire allait repartir. Peut-être même que le monde serait sauvé ou qu'ils mourraient tous ensemble, en se tenant la main, en se regardant au fond des yeux, unis dans un grand feu.

Le voyage avait duré une journée, en TGV jusqu'à Zurich, en train ICN jusqu'à Coire puis dans le train rouge que les Suisses appellent chemin de fer rhétique. Les annonces étaient prononcées avec un accent épais. Mathilde reconnaissait tout. Elle avait passé un an dans une pension huppée, face au lac Léman, face à des montagnes plus tourmentées. Elle avait skié, dansé, mais se souvenait surtout de l'impuissance, de la solitude. Ce n'était pas un pays festif, elle ne comprenait rien aux autochtones. Des gens vieux dès la naissance, qui se croisent sans jamais se parler, toujours sur les mêmes rails. Et qu'elle n'intéressait pas. Elle était restée en compagnie de ses pairs, fils et filles de célébrités du monde entier. Elle n'était capable ni de profiter du luxe ni de le quitter. Plus tard, elle avait cherché l'inconfort, lâché ses études pour être prof de flamenco, parcouru l'Europe avec des garçons pêchés dans des gares ou des bars, voulu vivre chaque seconde comme un pas sur le vide, mais son esprit ne se mettait jamais en sommeil.

En entrant en gare de Davos, le train a corné comme un drakkar. En sortant, Mathilde a glissé sur le quai. Elle est tombée durement sur le coude. La ville était pleine de gardes et de limousines, mais le soleil brillait. Mathilde et Stanislas avaient passé une journée à visiter la région. À côté d'eux dans un téléphérique, des Italiens se retenaient de rire. Elle avait deviné qu'ils se moquaient des Suisses. Un peu plus loin, un vieux couple parlait en français avec un accent romand. Ils regardaient en direction de Stanislas et Mathilde, leur adressaient des sourires bienveillants.

Les lacs s'enchaînaient, quelques traînées de brume prenaient une couleur de soufre. Tous les gens qu'ils croisaient leur rendaient leur salut. Oui, il fallait profiter, profiter. Elle avait bousculé Stanislas. C'est toi le loup ! Il avait fait semblant de la poursuivre, de ne pas réussir à la rattraper. Elle courait vite pourtant, depuis qu'elle était petite. Une petite fille turbulente, que l'habitude de fendre les foules a rendue incapable d'éviter les obstacles : dans une forêt presque déserte, elle avait heurté plusieurs vieux Suisses qui ne l'avaient pas insultée.

L'épuisement l'avait prise avec le soir. Les choses sérieuses commenceraient le lendemain, les séminaires, les conférences. Elle n'en pouvait plus de fatigue et de nostalgie, elle n'arrivait plus à marcher. Une maladie suisse, peut-être, comme il y a une maladie de Florence et de Venise. On ne se sent pas chez soi. On a l'impression que le paradis existe et qu'on devra en repartir. Pour rejoindre l'hôtel pourtant tout proche, il avait fallu prendre le bus.

Dans le bus, elle s'est assoupie sur l'épaule de Stanislas qui somnolait aussi. Un vieil homme l'a secouée un peu avant l'arrêt. Il n'a pas eu l'air surpris de la voir machinalement tourner sa bouche vers celle de Stanislas. En sentant

Stanislas se figer elle s'est rendu compte de ce qu'elle faisait. Il a eu l'air de réfléchir, ne l'a pas repoussée, ne s'est pas écarté non plus. Puis il a dit « Ah bon ? » et elle a eu l'impression que son sexe éclatait comme une grenade. Un instant, tout a failli basculer. Sa bouche est restée à quelques centimètres de celle de Stanislas. Sur ses lèvres, elle a savouré par avance le goût de cette peau qui ne sentait pas la cigarette ou le vin, mais le savon frais. Mais ils se sont seulement relevés, ils ont rajusté leurs vêtements, puis sont sortis.

Et voilà. Tout est vraiment fini. La cérémonie aussi s'achève dans la grande église. La cohorte s'ébroue lentement vers la lumière. Léger comme la silhouette de Stanislas, un petit vent se glisse dans l'édifice. Personne n'a reconnu Mathilde. Elle n'a peut-être pas autant d'importance qu'elle se l'est imaginé. Un éclat de voix la fait sursauter. À dix mètres, un policier sépare deux hommes qui se battent. À côté de Mathilde, quelqu'un trouve ça honteux, lamentable. Mais cela ne dégénère pas. La tension n'est pas si forte ici. Rien à voir avec ce qui se passe dans d'autres villes, les voitures qu'on casse, les supermarchés occupés, le cri de guerre qu'est devenu Anankè.

Mathilde marche le long du torrent vers le cimetière, aussi vaste que l'église semblait haute. On y entre en file indienne, sous contrôle de la police. La grille s'ouvre sur une allée rouge bordée des champs de tombes amoncelées comme dans un entrepôt sans fin au fond de la vallée. Les filets de brume ont fini par pourrir le ciel qui vire au gris. Les groupes errent. Mathilde croit reconnaître Bruno et Johanna qui regardent à gauche, à droite, comme s'ils guettaient les failles des conversations pour s'y incruster.

S'ils sont là, c'est certainement pour recruter. Mathilde a entendu dire qu'ils ont eu des ennuis. Arthur serait en HP. D'autres auraient quitté la Bourgogne. Et aux dernières nouvelles, Katia et Paul sont hébergés à Meaux.

Oui, bien sûr, il survivra à la mécanique, parce qu'il a en lui quelque chose qui durera au-delà même du dernier et inutile rocher déserté par les flots, achevant de se congeler au rougeoyant et dernier déclin d'un soleil sans chaleur, parce que déjà, dans l'immensité bleue de l'espace, l'étoile la plus proche retentira déjà du fracas de son atterrissage, sa chétive et inépuisable voix déjà pleine de paroles et de projets.

William Faulkner, *Parabole*

Daniel marche droit dans la pente. Il ne fait pas attention, il glisse, et déloge des cailloux instables qui roulent et rebondissent dans un bruit de champ de bataille. Les idées volent dans tous les sens, il n'y a rien de solide à quoi se raccrocher, et la piste se réduit maintenant à quelques marques. La chaleur pèse, en quelques années elle s'alourdira jusqu'à tout étouffer.

Partout, la roche semble ébréchée : un délire de bruissements, un ricanement de pierres croulantes. Ce n'est plus de la marche, même plus de l'escalade, c'est comme de la nage, une sorte de roulé-boulé haletant en face des verticales noirâtres, bouleversées, hypnotiques. Et plus on grimpe, plus la montagne donne l'impression de se disloquer.

Il a décidé de quitter Paris au milieu de la nuit. Il s'est levé très tôt, s'est d'abord avancé comme un homme traqué, a marché le long de la route avec son gros sac, de Versailles jusqu'à Paris. Prendre le train a été une autre épreuve. Il y est monté crevant d'angoisse à l'idée qu'un contrôleur n'interrompe son périple, prêt à s'effondrer en larmes. De Grenoble, il a pris le bus. À l'hôtel, quand il a fallu montrer sa carte, il s'est attendu à une remarque. Comme si son propre nom aussi risquait à tout instant d'échapper à l'anonymat, d'aller courir sur toutes les bouches.

Il n'a pas osé aller à l'enterrement. Il s'est approché du cimetière comme un adolescent de la maison de la fille dont il rêve. Puis, pendant trois jours, il s'est contenté de marcher dans la vallée. Il s'attendait à recevoir un mail, un appel, à être convoqué comme témoin. On ne parlait plus que de l'affaire dans le pays. Un bon prétexte pour se changer les idées. Avec cette agitation, on étudierait sûrement les boîtes mail d'Audrey, on y trouverait le message de Daniel, on voudrait l'interroger. La justice ne pourrait rien lui reprocher, mais il y aurait des fuites, les insultes continueraient, et de toute façon la conscience de Daniel se chargerait sans doute de le harceler.

Sans doute. Quoique pour l'instant, c'est plutôt l'immobilité, la drôle de paix tombée en lui dès le premier soir. L'ombre des grands murs montagneux projette une autre perspective sur le temps, sur les soucis, ici, c'est maintenant qui compte, et chaque pas, chaque irrégularité du sol sous les pas. Quand les yeux se lèvent, ils scrutent le détail des chemins, cherchent des passages, des voies. Des projets d'il y a quinze ans suivent leur cours comme si de rien n'était. Des inquiétudes qui hantaient les nuits de Daniel à l'époque, quand il est venu avec ses amis et qu'il craignait que sa sœur ne les entraîne dans des courses trop ambitieuses.

Ce n'est pas grand-chose, franchement, la Grande Borne, insistait Élise. Avec ses amis du Club alpin, elle visait les arêtes de la Meije, la Verte, pour gagner son brevet de montagnarde. Mais en ce temps-là, Daniel n'était pas sûr de sa forme, de sa volonté plutôt. Flancher avant Julie et Guillaume, avant Alicia peut-être. Alors il avait négocié. Pas le sommet, non. La brèche seulement. Par-derrière. Et il en était resté là, et depuis Élise avait multiplié les courses tandis que Daniel trompait ses regrets en payant au prix fort des aventures fournies clés en main. Cette histoire de pôle Nord, par exemple.

Les sommets sont toujours là. Plus sales, moins enneigés, nulle part les craquements de l'avenir ne sont aussi visibles qu'en eux. Ici aussi, quelque chose de l'effondrement flotte. Au supermarché du village, souvent, les guides soupirent auprès des caissiers. Le printemps raté leur a coûté beaucoup, l'avenir est incertain, plus que jamais, il leur faudra compenser, jouer avec les activités, eux aussi sont ubérisés. Cet été, c'est pire que tout. Les touristes sortent du confinement comme d'une boîte pour se jeter sur les montagnes ébréchées. Il n'y a pas longtemps, un des leurs, un des plus chevronnés, est mort, stupidement tué par un rocher détaché par son client, en école de glace sur le glacier Blanc. Les courses les plus évidentes se sont remplies de pièges. On doit souvent passer vingt mètres de 6b pour accéder aux voies classiques. C'est sûr, il a toujours fallu prendre son risque pour pratiquer ce métier, mais jusqu'à maintenant le risque était quantifiable. On pouvait choisir de rester à l'abri, d'attaquer le bon rocher du Grand Capucin, ou les falaises délitées de la face nord de l'Eiger. Il fallait toujours compter sur une pierre isolée, un sérac branlant, la foudre, mais c'était l'aléa. Chaque névé, chaque dalle ne menaçait pas à tout moment de glisser. Bientôt, presque tous les sommets seront réservés aux têtes brûlées. Il n'y aura plus de courses d'initiation, d'accès facile. Ce sera terminé.

Ça a déjà eu lieu. Mille fois, un million de fois. Ce n'est pas seulement l'avenir, l'effondrement. C'est dit depuis longtemps, depuis toujours. Daniel n'a pas mûri. Il ne sait toujours pas, sinon que bientôt, les dernières chances de vivre seront derrière lui. Il ne sera plus jamais prudent, à quoi bon ? À quoi bon préserver cette vie qui n'en a pas encore fini de se rétrécir, de le décevoir.

*

Daniel marche, stupéfait de la vitesse à laquelle la montagne fait passer d'un monde à un autre. En quelques heures, les rochers ont chassé toutes les autres idées. La peur, la haine. Il n'y a plus de place pour tout ça, il faut seulement s'accrocher, réfléchir à chaque pas. Le sac est lourd, trop peut-être, Daniel y a empilé les provisions, le complexe équipement du pôle. Il va lentement, ne pense à rien, s'étonne de cette obstination de taupe qui pas à pas lui fait gratter de nouveaux mètres dans la désespérance des pentes grises et noires tout juste libérées de la neige en ce début d'été. Le jour est vaporeux, la roche flotte en ombre indistincte. L'absurde lancer de dés des moraines ronge les heures et le souffle. Les pierres ne forment aucun dessin, aucune lettre.

L'après-midi touche à sa fin, et Daniel n'est toujours pas au sommet. Impossible de revenir en arrière. Il ne renoncera pas. Ça fait des heures et des heures qu'il voit, là-haut, la seule issue, l'unique salut dans le mur de falaise et de glaciers noircis, fondus, la fissure qui gicle dans la caillasse.

Un alpiniste retrouvé gravement blessé dans une crevasse

Après avoir passé plusieurs jours dans une crevasse du glacier de la Grande Borne, Daniel Fresse, dont la disparition avait été annoncée il y a deux jours, a été retrouvé. Il a aussitôt été héliporté vers l'hôpital de Gap. De multiples blessures ont été constatées. Le pronostic vital est très réservé.

Bien que le service de secours à personne du PGHM reste pleinement assuré, nous relayons le message de nos collègues médecins urgentistes du secours en montagne qui sollicitent expressément la responsabilité de chacun. En l'attente de prochaines directives officielles, nous appelons à la prise de conscience des pratiquants de la montagne et leur recommandons de réduire au strict minimum, idéalement de suspendre, leurs activités le temps de la crise.

Remerciements

Le thème de ce roman a flotté en moi longtemps. Merci à Alexandre et Cyprien qui m'ont encouragé à le rendre réel. À Leila et Pierre pour leurs conseils pendant l'écriture. À Mélodie aussi, qui sait pourquoi. Merci à Sara de m'avoir fait jurer de chercher un éditeur, et à Sacha de me l'avoir répété quelques semaines plus tard. Je remercie Alain Cugno de m'avoir permis autrefois de trouver la confiance d'écrire. Ophélie Chavaroche, Laurence Cossé et plus tard Olivier Raimbault, de m'avoir aidé à la garder. Enfin, je remercie mon éditrice Magali Langlade, pour son soutien et ses efforts, et toute l'équipe des éditions Belfond, sans qui ce livre n'existerait pas.

Sources des citations

LIVRES

Page 151 :
Paul Cazalis, *Une trop brève histoire de l'avenir*, Transitions, 2007.

Pages 157, 231 :
Jared Diamond, *Effondrement : comment les sociétés décident de leur disparition ou de leur survie*, traduction de l'anglais d'A. Botz et J.L. Fidel, Gallimard, 2006 ; Folio Essais, 2009.

Page 171 :
Pablo Servigne, Raphaël Stevens, *Comment tout peut s'effondrer, petit manuel de collapsologie à l'usage des générations présentes*, Seuil, 2015 ; Points Seuil, 2021.

Page 187 :
Paul Jorion, *Le dernier qui s'en va éteint la lumière, essai sur l'extinction de l'humanité*, Fayard, 2016 ; Pluriel, 2017.

Page 257 :

Marc Bloch, *L'Étrange Défaite*, Gallimard, Folio Histoire, 1990.

Page 273 :

Fedor Dostoïevski, *Souvenirs de la maison des* morts, traduction du russe de H. Mongault et L. Desormonts, Gallimard, Folio Classique, 1977.

Page 311 :

William Faulkner, *Parabole*, traduction de l'anglais de R. N. Raimbault, Gallimard, 1954 ; Folio, 1997.

PRESSE MAGAZINE ET PÉRIODIQUES

Page 13 :

National Geographic, « La sixième extinction massive a déjà commencé », Nadia Drake.

Page 67 :

20 Minutes, « La fin est proche : qu'est-ce que la collapsologie, la *science* qui prédit l'effondrement du monde ? », Laure Beaudonnet, 06/08/18.

Pages 199, 213, 219 :

Sarah Andrieux et Clémentine Van Effenterre, « Polémiques autour du rapport Stern », *Regards croisés sur l'économie*, vol. 6, n° 2, La Découverte, 2009.

Page 27 :
Wikipédia, article « Extension de l'Holocène ».

Pages 35, 241, 263 :
comptoir.org, manifeste de l'association Adrastia, 25 mai 2016.

Page 55 :
jancovici.com, « L'hydroélectricité, tout bon tout beau tout propre », Jean-Marc Jancovici, 1er avril 2006.

Pages 77, 89, 129 :
institutmomentum.org, « L'effondrement n'est pas un bug mais une caractéristique », Séminaire du 12 octobre 2017 par Ugo Bardi à l'Institut Momentum.

Page 123 :
jancovici.com, « Pourrait-on alimenter la France en électricité uniquement avec de l'éolien ? », Jean-Marc Jancovici, 1er juin 2000.

Page 145 :
Wikipédia, article « Tipping point (sociologie) ».

Page 161 :
maxisciences.com, « Gélification des océans : les méduses toujours plus nombreuses », Emmanuel Perrin, 14 juin 2014.

Page 165 :
jancovici.com, « Où nous situons-nous dans l'échelle des températures par rapport au passé ? », Jean-Marc Jancovici, 1er novembre 2004.

Pages 179, 193 :
ananke.org, Bruno Delorme.

Page 303 :
weather.com, *the weather channel*, « Réchauffement climatique : 50 % des espèces pourraient disparaître d'ici à 2080 », Capucine Tissot, 15 mars 2018.

Éditions Belfond,
92, avenue de France, 75013 Paris.
Pour le Canada,
Interforum Canada, Inc.,
1055, bd René-Lévesque-Est,
Bureau 1100,
Montréal, Québec, H2L 4S5.

ISBN : 978-2-7144-9578-5
Dépôt légal : août 2021

Composition et mise en pages
Nord Compo à Villeneuve-d'Ascq

MIXTE
Papier issu de sources responsables
FSC® C003309

L'éditeur de cet ouvrage s'engage dans une démarche de certification FSC® qui contribue à la préservation des forêts pour les générations futures.

Pour en savoir plus :
www.editis.com/engagement-rse/

Achevé d'imprimer par
Normandie Roto Impression s.a.s.
61250 Lonrai (Orne)
N° d'impression : 2102576

Imprimé en France